사랑의 쓸모

사랑의 쓸모

개츠비에서 히스클리프까지

이동섭 지음

몽스북
mons

coeur d'amour epris

verve

목차

III.
오해와 섹스

IV.
결혼과 불륜

프롤로그

사랑은 희망이자 절망의 이름이다. 끝내 너를 가질 수 없다는 체념과 어쩌면 너로 인해 내가 더 나은 인간이 되겠다는 희망을 품고 있다. 그러니 사랑이란 단어는 하나이나, 그에 깃든 생각은 하나가 아니다. 그런 이유로 우리는 사랑에 관한 이야기를 만들고, 읽고, 보고, 듣기를 좋아한다. 프랑스어에서 소설은 로망roman이다. 중세의 성직자와 귀족들이 사용하던 라틴어가 아닌 로마어로 쓴 통속적인 이야기라는 뜻에서 연유됐다. 세속의 보통 사람이 쉽고 재미있게 읽을거리가 소설의 시작인 셈이다. 한 여자가 한 남자를 만나 우여곡절 끝에 사랑을 이루는 행복한 이야기와, 장애물에 굴복하고 마는 슬픈 이야기 등 시대와 문화는 달라도 소설의 뼈대와 전개는 그다지 다르지 않다. 비슷한 이야기를 그토록 많은 사람들이 좋아해 왔음은, 인간은 사랑으로 웃고 우는 존재임을 환기시킨다. 하지만 그것의 웃음과 울음을 우리는 제대로 설명하지 못해 늘 쩔쩔맨다. 이런 어긋남을 이해하고자 나는, 사랑을 소재로 쓴 위대한 문학 작품들을 탐독했다.

문학은 거대한 호수였다. 사랑을 궁금해하며 나는 호숫가를 따라 걷고, 헤엄치다가 때때로 물 아래로 내려가 하늘을 올려다보았다. 호수를 탐험했으나 끝내 사랑의 속살은 찾지 못했다. 호수를 떠나 일상으로 돌아오고 나서야 그 이유를 알았다. 비로소 나는 사랑에 관한 작품은 사랑으로만 읽을 수 없음을, 사랑 이야기는 결국 사람의 이야기였음을 깨달았다. 마침내 사랑으로 상처받고 삶이 깨진 문학 작품 속 인물들을 향해 내 마음은 열렸고, 나의 호수 속으로 그들이 들어왔다. 그러자 『위대한 개츠비』의 개츠비가 냉철했더라면 어땠을까 상상하니 『적과 흑』의 쥘리앵이 떠올랐고, 쥘리앵이 여자였다면 그의 운명은 『안나 카레니나』의 안나와 같았을까 내게 되물었다. 물음에 답하는 과정에서 나는 내 지난 사랑들을 반추해야만 했다. 이렇듯 그들을 알아가며 이해하고 공감하는 과정은 곧 나를 직면하는 시간이었다.

'문학은 혼자 읽고 생각해서 각자의 답을 찾아간다.'는 말에 기대어 나는 17편의 명작으로 사랑에 대한 나름의 답과 질문을 기록했다. 문학은 오랜 꿈이었다. 소년 시절에 시를 수백 편, 청춘의 산맥을 넘으며 소설과 희곡, 영화를 수십 편 썼다. 홀로 읽고 버려진 그것들과 여전히 버려지지 않는 사랑이 이 책으로 맺어졌다.

2022년 가을
이동섭

I.

끌림과 유혹

왜 나는 하필이면 너를 사랑할까?

『첫사랑』

이반 투르게네프

연애는 나를 알아가는 과정이다. 연애할 때 우리는 참지 못할 일을 참고, 참을 만한 일은 참지 못한다. 그러면서 내가 진짜로 어떤 사람인지, 무엇을 원하는지 깨닫게 된다. 연인은 내 욕망을 발견하게 만드는 존재다. 그래서 사랑에 관한 모든 이야기는 왜 나는 하필이면 너를 사랑하는가에서 출발한다.

　사랑의 막연한 예감과 기대감이 "나의 몸 구석구석에 스며들었다. 나는 그 예감으로 호흡했고, 그것은 내 마지막 피 한 방울에까지 스며 혈관을 따라 흘러들었다."[1] 열여섯 살의 블라디미르 페트로비치(이하 소년)의 몽상은 스물한 살의 지나이다 알렉산드로브나(이하 지나)가 옆집에 이사 오면서 현실이 된다. 첫 만남부터 예사롭지 않다. 남자들이 분홍빛 줄무늬 드레스를 입고 머리에 흰색 스카프를 두른 그녀 곁에 몰려 있다. 그녀가 꽃으로 그들의 이마를 차례로 건드리자 들꽃이 소리 내며 터진다. 소년은 연극의 한 장면 같은 풍경의 주인공인 그녀를 뚫어지게 쳐다본다. "그 아름다운 손가락이 내 이마도 건드려주기만 한다면 세상에 있는 모든 것을 다 주어

1　이반 투르게네프, 『첫사랑』, 최진희 옮김, 펭귄클래식코리아

도 좋을 것만 같았다." 소년의 아버지(페트로비치)도 지나를 매우 아름답고 교양 있는 아가씨라고 칭찬한다. 소년은 눈을 감아도 지나의 얼굴이 떠오르며 심장이 알싸해진다. 첫사랑이 시작된 것이다. 이런 소년의 심정을 아는 듯 모르는 듯, 지나의 연애 놀이는 지속된다.

과연 소년은 경쟁자들을 물리치고 지나와 사귀게 될까? 우선 소년이 지나에게 반한 이유부터 찾아보자.

내가 갖지 못한 것을 가진 너여서, 사랑한다

소년은 지나를 보자마자 반한다. 독일어의 '홀딱 반한smitten'은 물리적으로 '세게 얻어맞은smitten'과 같은 단어다. 상대에게 반한다는 것은 무언가에 세게 얻어맞아 정신을 차릴 수 없는 상태라는 뜻이다. 지나의 무엇이 소년을 강타했을까?

"내 안의 피는 방황했고, 심장은 달콤하면서도 간지럽게 죄어들었다. 나는 늘 무언가를 기다리며 두려워했다. 모든 것이 놀라웠다. 나는 준비되어 있었다."

열여섯 살 소년은 사춘기思春期, puberty[2]였다. 즉 이성을 향한 호기심과 열망으로 사랑에 빠질 준비가 끝난 상태였다. 대상도 없이 저 홀로 뜨거웠던 소년에게 지나가 훅 들어왔고, 소년의 심장을 쿵 때렸다.

사춘기는 욕망에 눈을 뜨는 때이나, 그에 부합하는 대상은 모른다. 누구를 사랑해야 할지 모를 때, 타인이 사랑하는 대상을 사랑하는 경향이 강하다. '다양한 나이와 직업의 성인 남자들이 사랑하는 지나니까, 지나는 성숙한 아름다움을 지녔고 내가 사랑할 가치가 있어!'로 결론지었다. 따라서 소년이 지나에게 끌린 핵심은 성숙한 여성의 아름다움이다. 그것은 소년에서 성인으로 건너가기 시작한 그가 선망하는 점이다. 성숙에 대한 동경이 강했기에 그는 또래 소녀가 아닌 다섯 살 연상의 지나에게 반했던 것이다.[3] 그렇다면 사랑은 소년의 바람대로 흘러갈까?

사랑은 감정의 이름이자 관계의 이름이다

나는 너를 사랑한다고 말할 때, 사랑은 감정을 지칭한다. '우린 연

---

2   라틴어의 '털이 많아지다'(pubescere)에서 유래된 puberty는 신체 성장에 방점을 찍는다.
3   소설 후반부에 지나가 남동생과 소년을 친구로 맺어주자 소년은 분노한다. 그러면서도 자신이 어른들보다는 또래인 그와 더 잘 어울림을 인정한다.

인이야.'라고 말할 때, 사랑은 관계의 종류를 규정짓는다(남자 사람 친구/여자 사람 친구는 호/불호의 관계, 연인은 사랑/증오의 관계다). 그래서 사랑은 감정으로 시작하여 관계로 나아간다. 이때 남자는 대상을 바꾸며 감정의 사랑을 반복하려는 경향이 강하고, 여자는 한 대상과 관계의 사랑으로 안착하길 원한다고들 말한다. 감정이 관계로 구축되려면 내가 사랑하는 상대도 나를 사랑해야 한다. 사랑은, 내가 사랑하는 그 사람이 나를 사랑하는 것이기 때문이다. 상대에게 사랑받지 못하면 짝사랑으로 미끌어진다.

> "사랑하지 않을 수 없다. 사랑하지 않기를 바라지만 그럴 수 없는 것!" - 지나

지나의 붉어지는 뺨과 고통스런 말투에서, 소년은 그녀가 사랑에 빠졌음을 알아챈다. 그 상대는 자신이 아니었다. 첫사랑은 짝사랑이었다. 우울해진 소년은 4m가 넘는 담에 앉아 먼 곳을 바라보고 있었다. 지나는 자신을 사랑한다면 뛰어내려 보라고 했다. 말이 끝나기도 전에 소년은 뛰어내렸고, 정신을 잃었다. 지나는 소년의 얼굴에 키스를 퍼부었다. 입술과 입술이 맞닿기도 했다. 그러다 화들짝 정신을 차린 듯 그녀는 바보 같은 짓을 저질렀다며 소년을 힐난한다.

"어떻게 내 말대로 할 수가 있어······. 당신을 정말 사랑
해······."

소년에게 말하고 있으나 '당신'은 소년을 가리키지 않았다. 지
나가 사랑하는 당신은 누구일까?

사랑은 복종이다

"나는 참으로 특이한 여자랍니다. 언제나 진실만을 말해 주
시기 바라요. (······) 그리고 내게 복종해야 합니다."

처음 둘이 있을 때, 지나는 소년에게 진실과 복종을 요구한다.
부탁의 어투이나 명령이다. 동시에 '나는 너를 사랑하지 않으니 그
런 의무가 없다.'는 고백이다. 지나에게 사랑은 사랑받는 쪽이 상대
의 전부를 갖는 것이자, 사랑하는 이를 위해 모든 것을 바쳐야 하는
것이다. 그녀에게 사랑은 복종이다. 주위를 맴도는 남자들은 그녀
의 요구에 복종하고, 보상으로 손등의 키스처럼 몸의 일부를 허락
받는다.[4] 그러니 저들은 백설 공주를 쫓아다니는 난쟁이들에 불과

4 "그녀의 생명력 넘치는 아름다운 존재 안에는 교활함과 부주의함, 꾸며냄과 순박함, 고요와 소

하다. 왜냐하면 지나의 "나를 사랑한다면 내게 복종하라."는 말은, '내가 복종하는 사람이 곧 내가 사랑하는 사람이다.'는 뜻이기 때문이다.

"나는 당신들을 소유하고 있습니다……. 그런데 저기 분수 옆에, 소리 내어 떨어지는 물 옆에 내가 사랑하는, 나를 소유한 남자가 나를 기다립니다. (……) 나는 그에게 가고 싶고 그와 함께 있고 싶어요. 그곳 정원의 어둠 속에서 나무의 속삭임 아래, 분수의 물소리 아래에서 그와 함께 사라지고 싶은 나를 멈추어 세울 수 있는 권력은 없습니다……."

고통은 인간을 현명하게 만든다. 소년은 지나의 말이 암시임을 간파한다. 그날 밤 곧바로 정원으로 나간다. 아무도 발견하지 못한다. 자신(의 사랑)을 배신한 지나에 대한 복수심과 그녀가 사랑하는 남자에 대한 질투심은 커져만 갔다. 다음 날 밤에는 영국제 작은 칼을 주머니에 넣고 잠복한다. 한참의 기다림 끝에 마침내 지나의 연인이 나타났다. 소년은 공포와 악의로 머리카락이 곤두선 채로 칼을 꺼내 그를 향해 내밀었다. 그 순간 소년은 너무 놀라 칼을 떨어뜨

란이 특별히 매혹적으로 조합되어 있었다. (……) 조롱, 깊은 상념, 열정이 거의 동시에 그녀의 얼굴에 드러났다" 그녀의 집에 방문하는 남자들은 그녀의 아름다움, 예측할 수 없는 성격, 경쟁자들의 경쟁심으로 그녀에게 완전히 포박당한 상태였다.

린 채 얼어붙었다. 지나의 왕자는 바로 자신의 아버지(페트로비치)였기 때문이다.

첫사랑은 결핍을 투사한다

"그녀가 매우 아름답고 교양 있는 아가씨라고 하더군."

아버지의 말에 소년은 지나 근처에 가지 않겠다고 결심한다. 가지 않으려는 다짐이 강할수록 가려는 마음은 커졌고, 빨아당기는 힘에 끌려 가니 지나가 있었다. 소년은 머뭇거렸다. 하지만 페트로비치는 소년을 지나쳐 곧장 지나에게 가서 인사를 건넸다. 그녀는 당혹스런 표정을 지었다. 인사를 마치고 뒤돌아 걷자, 지나가 그를 눈으로 좇는다.

"어떻게 그처럼 젊은 처녀가, 하물며 공작의 딸이, 나의 아버지가 결혼한 사람이라는 것을 알면서도 그런 행동을 할 수 있었을까? (……) 무엇을 기대한 것일까? 자신의 모든 미래를 망칠 수도 있다는 두려움은 없었던 것일까? 그래. 이것이 사랑이겠지. 이것이 열정이며 헌신인 것이야. (……) 어떤 사람에게는 자신을 희생하는 일이 지극한 기쁨일 수 있다."

많이 아파하고 오래 고민해서 찾은 답이다. 그러나 틀렸다. 지나
는 무엇도 희생하지 않았다. 오히려 오랫동안 간절히 바랐던 남자
를 만나 기뻤을 것이다. 때때로 솟아오르는 죄책감은 기쁨에 눌려
차츰 옅어지며 사라졌을 것이다. 근거인즉슨 이러하다.

첫사랑은 자신의 결핍을 투사한다.

정신분석학자들의 지적을 받아들인다면, 지나의 결핍은 아버지
였다. 그녀의 아버지는 부자였으나 도박으로 파산하여 하급 관리의
딸과 결혼했다. 그 후에도 투기에 빠져 전 재산을 날린 한심한 인물
이었다. 따라서 지나에게 생물학적 아버지는 있었으나 강력한 보호
자와 처벌자로서의 아버지는 없었다. '아비 있는 고아'로 자란 셈이
다. 부성애父性愛를 원한 지나는 미모와 젊음을 권력 삼아 남자들에
게 진실과 복종을 명령하며 지배자 흉내를 냈으나, 아버지란 존재
의 결핍은 그런 권력 놀이로는 해소되지 않았다. 따라서 지나의 마
음을 사로잡을 이는 부성을 채워주리라 기대할 만한 사람이었다.
그녀는 자신의 말을 잘 듣는 남자가 아니라, 자신을 말을 잘 듣게
만들 남자를 원했다. 페트로비치는 부유하고 품위 있는 미남이다.

말도 아주 능숙하게 탔고, 말 한 마디 한 마디도 자신의 생각으로 만들어진 남자였다. 아주 남자답고 매력적인 남자였다. 지나는 그에게서 아버지의 특질들을 발견했고,[5] 페트로비치를 사랑하지 않기를 바라면서 순식간에 사랑에 빠져버렸다. 이렇게 해서 소년이 처음 피워낸 사랑의 꽃은 외면받은 채 시들어갔다.

짝사랑은 설렘과 그리움의 협주곡

"(그 사건이 발생한 후) 일주일은 기이한 열병과도 같은 시간이었다. 그것은 가장 모순적인 감정, 생각, 의혹, 희망, 기쁨과 고통이 회오리치는 카오스였다."

그리스인들은 욕망(애욕)을 둘로 나눴다. 부재하는 이에 대한 욕망을 파토스Pathos, 실재하는 이에 대한 욕망을 히메로스Himeros로 구분했다. 파토스에 대한 흔적은 그리움, 히메로스의 징후는 설렘으로 드러난다. 짝사랑의 경우 나는 그(녀)에게 설레지만, 설렘은 사랑으로 나아가지 못한다. 사랑에 빠진 나는 설렘으로 들떠 있으

---

5   소설에서는 그들이 어떻게, 누가 먼저 사랑에 빠졌고 어떻게 발전했는지 묘사하지 않는다. 소년이 지나에게 그러했듯이, 지나는 단번에 페트로비치를 백마 탄 왕자로 느꼈을 것이다.

나 들뜸에 응답할 상대가 없다. 스스로 찾아들길 기다려야만 한다. 그래서 짝사랑은 상대를 설렘의 대상이자 그리움의 대상으로 인식하게 된다. 파토스와 히메로스가 공존하는 상태다. 이것이 짝사랑의 곤란함이다. 소년의 첫사랑은 사춘기의 짝사랑이었고, 짝사랑도 사랑인지라 상실의 슬픔을 혹독하게 치러야만 했다. 그렇다면 소년은 지나를 사로잡은 아버지를 증오했을까?

나의 아름다운 적, 나의 아버지!

"나는 아버지를 사랑했다. 그는 나를 매료시켰으며 나의 이상적인 남성상이었다."

여기서 아버지는 모든 강한 것의 이름이다. 소년이 성인 남자로서 갖고자 하는 매력, 실력, 외모와 분위기, 지식 등을 구체화시킨 존재다. 페트로비치는 소년의 이상형이다. 소년은 아버지와 같은 남자가 되고 싶었고, 아버지의 욕망을 모방한다.[6] 그를 향한 선망의 강도는 연인을 향한 욕구와 다르지 않았다. 혹은 그 이상으로 강력

---

6 지나에 대한 아버지의 호의적인 평가를 듣고 소년은 지나를 향한 사랑이 그럴 만한 가치가 있음을 확신했을 것이다. '아버지도 좋은 평가를 내릴 만큼 괜찮은 여자야!'

하게 느껴진다.

　　　"나는 이지적이고 밝게 빛나는 아버지의 아름다운 얼굴을 들
　　　여다본 적이 있었다……. 내 심장이 떨려왔고 내 몸 전체가
　　　그에게 빨려들 듯했다……."

　　소년은 지나를 사랑하고, 지나는 아버지를 사랑한다. 소년은 그
녀를 매개로 아비와 상징적으로 접촉한다. 이렇게 보면, 소년의 첫
사랑은 지나가 아니었다. 아버지다. '아름다운 갈퀴를 지닌 우아하
고 늠름한 호랑이가 되고 싶다.'는 새끼 호랑이와 같다. 이런 이유
로 아버지가 지나를 처음 칭찬했을 때 소년이 다시는 그녀를 보지
않겠다고 다짐한 것이다. 소년은 지나를 사랑의 경쟁자로 질투했는
데, 아버지가 자신보다 지나를 더 좋아한다고 느꼈기 때문이다. 형
을 선호하는 부모를 둔 동생의 심리와 같다. 지나를 중심으로 생각
하면 더 절망적이다. 소년은 아버지와 경쟁해야 하는데 도저히 이
길 수 없으니, 다시는 지나를 보지 않겠다고 결심한 것이다. 패배가
자명하니 싸움터 밖으로 나가려는 것이다. 따라서 소년은 아버지와
지나를 중심으로 형성된 이중의 질투에 빠진 듯하지만 실제로 질투
가 일어나지는 않는다. 왜냐하면 '나의 이상형인 남자가 내가 사랑
하는 여자와 사귄다. 내가 사랑하는 둘이 사랑한다.'는 결론에 이르

자, 소년은 그들을 사랑하기로 결심하기 때문이다. 사랑은, 모든 사랑할 수 없는 것을 사랑하려는 고통이다.

사랑은, 사랑할 수 없는 것을 긍정하는 마음이다

어느 날 지나를 사랑하던 남자가 소년의 어머니에게 편지를 보냈고, 아버지와 지나의 불륜이 들통났다. 아버지와 어머니 사이에 눈물과 저주의 사나운 말들이 오갔다. 다음 날 어머니는 이사를 결정했고, 더 이상의 스캔들은 없었다. 소년은, 지나가 자신의 미래를 망칠 수도 있는 유부남인 페트로비치를 사랑하는 이유를, 끝내 이해하지 못했다. 다만 그런 것이 사랑임을, 부도덕의 두려움보다 사랑이 더 강한 것이라 홀로 짐작한다. 시간이 한참 흘러 첫사랑이 추억으로 기억될 무렵, 아버지와 지나의 밀회를 다시 목격하고서야 짐작은 깨달음으로 바뀐다. 지나가 다른 남자와 결혼하려고 하자 페트로비치는 간절히 설득한다. 지나의 결심은 단단하다. 그러자 페트로비치는 그녀의 손바닥을 말채찍으로 내리친다. 그녀는 비명도 지르지 않는다. 오히려 그 상처에 입을 맞춘다. '어떻게 사랑하는 사람에게 폭력을 가할 수 있지. 어떻게 사랑하는 사람이 가하는 폭력을 참을 수 있지.' 바로 그것이 사랑임을, 사랑은 그런 것이라고 소년은 직감한

모든 사랑은 끝나지만, 첫사랑은 멈출 뿐이다.

첫사랑은 주제 선율이 되어 이후의 모든 사랑에서

변주되기 때문이다.

다. 아버지는 그에게 가르치려는 의도 없이 사랑을 가르친 셈이다.

"아버지의 고유한 특징은 자식의 성장 과정 전반과 행동 양태 그리고 정신의 성숙도 같은 것들을 촉진시키는 것에 있다."[7]

이탈리아의 정신분석학자 루이지 조야Luigi Zoja에 따르면, 인간의 역사에서 아버지와 어머니의 역할은 달랐다. 주로 어머니는 아이의 몸을 보살피고, 아버지는 아이가 사회에 잘 적응해 사는 방법을 가르쳤다. 아버지는 자녀의 정신적 능력을 성장시키는 존재였다.[8] 소년과 지나가 페트로비치에게 공통적으로 얻길 바랐던 특질이다. 그들에게 페트로비치는 이상적인 아버지로 비쳤다. 그래서 그의 자질을 소유하고자(그와 같은 어른이 되고자) 그를 사랑했다. 사랑은 나와 연인이 같다고 착각하게 만들기 때문이다.

"할 수 있는 것을 스스로 선택해라. 타인의 도움을 바라지 마라. 너는 너의 것이란다. 그것이 바로 삶이란다. (인간에게 자유를 주는 것은) 의지, 자신의 의지란다. 그것은 자유보다 더

---

7 루이지 조야, 『아버지란 무엇인가』, 이은정 옮김, 르네상스, p. 432
8 어머니는 물질과 관계 깊다. 어머니mother, 물질matter의 라틴어는 각각 mater, materia로 언어의 뿌리가 같다. 아버지papa는 일반 신부padre와 교황pope처럼 제의를 주관하는 성직자들과 연결된다. 따라서 아버지는 정신적인 측면과 깊은 관련을 맺고 있는 존재로 해석된다.

좋은 권력을 준단다. 무언가를 원하는 능력을 가져라. 그렇게 되면 자유를 얻고 다른 사람들도 이끌 수 있을 것이다."

– 페트로비치

페트로비치에게 사랑은 의지와 자유를 제어하는 권력이다.

"내가 위에서 아래로 내려다봐야 하는 그런 사람들을 좋아할 수는 없지요. 나는 나를 굴복시킬 수 있는 사람을 원해요……." – 지나

아버지의 의지와 지나의 굴복은 같은 길로 들어선 말이다. 소년은 사랑의 본질적인 면들을 그들의 사랑을 지켜보며 깨우친다.

"아들아, 여자의 사랑을 두려워하거라. 그 행복, 그 독을 두려워해."

그녀가 다른 남자와 결혼했다는 소식에 흥분한 아버지가 울며 한 말이다. 강인하고 단단한 그의 세계를 무너뜨린 것은 그녀였고, 그녀를 향한 사랑이었다. 아버지가 두려워하라는 '그 행복'이 여자에게 사랑받으며 느끼는 행복인지, 사랑하는 여자가 행복해하는 모

습을 보며 느끼는 행복인지 불분명하다. 혹은 누군가를 사랑하면 의지가 꺾이면서 필연적으로 약자가 되고야 마는 한탄일까? 그것이 무엇이든 소년은 사랑과 행복은 독을 품고 있음을 배운다. 비로소 소년의 사춘기가 끝난다. 소년의 몸은 어른의 몸으로 이미 넘어갔고(지나와의 키스), 생각도 그에 걸맞게 깊어졌기 때문이다.

페트로비치는 마흔두 살에 뇌졸중으로 죽었고, 지나는 아이를 낳다가 죽었다. 대학을 졸업한 블라디미르에게 첫사랑은 추억의 호수로 스며든다. 이렇듯 첫사랑은 블라디미르의 성인식이었다.

선망은 내가 갖고 싶으나 갖지 못한 특질을 소유한 상대에게 끌리는 마음이다. 가장 강렬하게 체감하는 선망은 사랑, 그 가운데 첫사랑일 것이다. 여기에 자신이 선망하던 것들을 모두 가진 여자에게 다가가 연인이 된 군인이 있다. 그는 해외로 파견됐고, 소식이 끊어졌다. 실연당한 여자는 다른 남자와 결혼한다. 5년 후, 엄청난 부자로 나타난 그는 그녀만을 사랑해 왔다며 고백한다. 과연 그녀는 그의 손을 다시 잡을까? 프랜시스 스콧 피츠제럴드의 『위대한 개츠비』의 개츠비와 데이지의 이야기다.

ℙ

이반 세르게예비치 투르게네프 Ivan Sergeevich Turgenev (1818-1883, 러시아)

페테르부르크 대학에서 철학을 전공하고, 열아홉 살에 시집을 출판했다. 유럽을 선망해서
독일 베를린 대학에서 2년간 유학했고, 러시아로 돌아와 알렉산드르 푸쉬킨과 니콜라이
고골 등 진보 지식인을 만나면서 본격적으로 글을 썼다. 유럽에서 명성을 얻은 첫 번째 러
시아 작가였다. 프랑스 파리 문학계를 드나들고 영국 옥스퍼드 대학의 명예 학위를 받았다.
톨스토이, 도스토옙스키와 더불어 19세기 러시아 사실주의 문학의 3대 거장으로 꼽힌다.
『사냥꾼의 수기』『루딘』『귀족의 보금자리』『아버지와 아들』 등을 남겼다.

『첫사랑』은 투르게네프가 문학적 절정기에 완성한 대표작으로, 사춘기 소년의 섬세한 심
리 묘사와 사랑에 대한 통찰을 쉬운 문체로 잘 표현한 작품이다. 특히 작가의 자전적인 면
이 강하게 배어 있다. 매력적인 아버지를 숭배하고 폭압적인 어머니를 매우 싫어했던 점,
스페인 여가수 폴리나 비아도르에게 빠져 그녀의 남편과도 친구로 지냈던 점 등이 소설의
내용과 포개어진다.

자신의 매력을 아는 사람은 드물다

『위대한 개츠비』

F. 스콧 피츠제럴드

매력은 타인의 마음을 끌어당기는 힘이다. 외모와 분위기, 지식과 품위, 재산과 능력 등 매력을 느끼는 지점은 저마다 다르다. 안타깝게도 내가 매력을 느끼는 상대가 원하는 매력과 나의 매력도 자주 어긋난다. 무엇보다 우리는 자신의 진짜 매력을 잘 모른다. "그(개츠비)는 자기가 미소를 지으면 사람들이 그에게 호감을 갖는다는 사실을 알고 있었을 것이다."[1]라는 친구의 추측과 달리 개츠비는 알지 못했다. 여기에서 가장 낭만적인 소설 속 인물로 꼽히는 그 남자, 제이 개츠비의 비극이 만들어졌다.

담쟁이 덩굴에 뒤덮인 탑이 우뚝 솟아 있고, 대리석 풀장과 드넓은 정원이 펼쳐진 프랑스식 저택이 있다. 고풍스럽고 웅장한 이곳은 종종 크리스마스트리처럼 장식된 나무들과 최고급 음식들, 수십 명의 오케스트라단이 함께하며 거대한 파티장으로 변신한다. 고급 승용차 롤스로이스가 아침 아홉 시부터 밤늦게까지 손님들을 실어 나른다. 초대장 없이 누구나 와서 먹고 마시고 놀면 된다는 점이 가장 특이하다. 제이 개츠비가 이 저택의 주인이다. 그는 파티에 참석한

---

1 F. 스콧 피츠제럴드, 『위대한 개츠비』, 김석희 옮김, 열림원

닉(소설의 화자)의 도움으로 옛 애인 데이지와 재회한다. 톰과 결혼한 유부녀인데도 개츠비는 그녀에게 사랑을 고백한다. 심지어 톰을 떠나 자신과 예전처럼 행복하게 살자며 손을 내민다. 데이지는 갈등한다. 남편의 외도로 괴로워하던 차였기 때문이다. 톰은 둘 사이를 의심해 개츠비에 관한 뒷조사를 벌인다. 몹시 무더운 어느 여름날, 개츠비와 데이지, 톰과 닉이 호텔로 피서를 온다. 그리고 개츠비는 데이지가 톰과 헤어질 것이라고 통보한다. 그러자 톰은 개츠비의 비밀을 폭로하며 반격한다. 데이지는 놀라서 어쩔 줄 몰라한다.

과연 데이지는 남편을 버리고 개츠비를 선택할까? 둘의 곡절 많은 연애사를 파악하기 위해서는, 우선 개츠비가 사치스런 파티를 벌이는 이유부터 짚어봐야 한다.

비밀과 거짓말

개츠비가 호사스런 파티를 연 이유는 단순하다. 저택 주인에 대한 흥미로운 소문이 퍼져 나가 데이지도 참석하길, 그래서 그녀와 자연스럽게 재회하길 바랐기 때문이다. 뜻대로 일이 풀리지 않자, 개츠비는 데이지의 육촌 오빠인 닉에게 데이지와 우연히 만나는 듯한 자리를 만들어달라고 부탁한다.

"그 사람(개츠비)은 데이지한테 자기 집을 보여주고 싶어 해요." - 닉

개츠비는 대저택을 통해 자신의 부를 데이지에게 과시하고 싶었다. 그래서 호수를 사이에 두고 데이지 집과 마주 보는 위치의 저택을 구했고, 밤에는 물에 반사되는 조명과 하늘의 별이 서로 엉켜 반짝이며 한층 화려하게 보이도록 꾸몄다. 데이지가 이런 것을 좋아하리라 믿었기 때문이다. 데이지의 입장에서 상황을 재구성하면 놀라운 사실이 드러난다.

"다시 만나서 정말 기뻐요." - 개츠비

데이지는 개츠비를 보자마자 소스라치게 놀랐다. 한때 너무나 사랑했던 제이 개츠비 중위는 해외 파견 후 연락이 완전히 끊어졌고, 그녀는 이런 비참한 이별을 다시는 겪지 않기 위해 군인 빼고 각종 어중이떠중이들과 닥치는 대로 만났다. 그렇게 나이가 차서 여러모로 적당해 보이는 톰과 결혼했다. 도대체 개츠비는 어디에서 뭘 하다가 다시 나타났을까? 이에 대한 답과 개츠비가 부자연스러운 재회 방식을 고집한 진짜 이유를 알려면 5년 전으로 거슬러 올라가야 한다.

"나는 중서부의 부잣집 아들로 태어났소. 가족은 이제 다 죽고 없지만요. 미국에서 자랐지만 교육은 옥스퍼드에서 받았어요. 집안 전통에 따라 조상들도 대대로 거기서 교육을 받았으니까요." - 개츠비

거짓말이다. 제임스 개츠의 부모는 무능한 농사꾼이었다. 하지만 그는 부잣집 아들인 제이 개츠비란 인물로 데이지를 속였다. 머리 좋고 야망이 컸던 그는 우연히 거부인 댄 코디를 알게 되었고, 그와 세계 항해를 다니며 쌓은 경험과 교육으로 제이 개츠비의 실체를 채워나갔다. 그 와중에 댄 코디가 죽자 집과 직장을 다 잃었다. 유일한 해결책은 입대였다. 군인이 된 그는 근무지에서 데이지를 만났고, 한 달 동안 사랑을 나눴다. 당연히 자신의 천한 신분과 빈한 사정은 숨겼다. 양심의 가책으로 데이지가 자신을 차버리길 바랐으나, 그녀는 그를 사랑했다. 그러던 어느 날 그는 다른 전쟁터를 거쳐 영국으로 파견됐고, 데이지와 연락은 끊어졌다. 이것이 5년 전 상황이다. 그리움에 사무쳐 남몰래 데이지의 집 근처를 배회하기도 했지만, 가난한 모습으로는 데이지에게 돌아갈 수 없었다.

입을 옷이 군복뿐이라 늘 군복을 입던 개츠비는 밀주 제조 등에 뛰어들어 어마어마한 돈을 만지게 됐다. 그러니까 데이지와 헤어졌던 5년간은 개츠비가 거짓을 현실로 만드는 과정이자, 제임스 개츠

가 제이 개츠비로 변신하는 기간이었다. 따라서 저택과 파티는 돈에 대한 콤플렉스를 가진 개츠비의 뒤틀린 구애 행위다.[2] 이런 이유로 데이지가 그의 집을 어떻게 평가하는지가 아주 중요했다.

데이지: 저기 저 으리으리한 집인가요?
개츠비: 마음에 들어요?
데이지: 아주 마음에 들어요.

데이지의 대답에 개츠비의 몸은 부르르 떨렸을 것이다. 자신의 염원대로 데이지가 저택(현재의 자신)을 마음에 들어했으니, 이제 데이지를 되찾아 끊어졌던 과거를 이어 붙일 수 있게 됐다. 그런데 여자를 경멸하여 가까이하지 않던 그가 왜 하필이면 데이지에게 집착할까?

"데이지의 목소리는 돈으로 가득 차 있지요." - 개츠비

개츠에게 상류층 미녀 데이지는 '상류층 신사 개츠비natural born rich man'로의 변신을 완성시켜 줄 존재였다. 진짜 부자가 됐으니, 이제 데이지를 완전히 가질 수 있다고 확신했다. 여기서 그는 치명적

---

2   데이지가 '개츠비 저택 = 개츠비'로 알아주길 바라는 마음과 이제 데이지를 되찾겠다는 개츠비의 의도가 포개져 개츠비는 그런 기이한 재회를 구상했다.

인 실수를 범한다. 그녀에게도 5년의 진실을 털어놓지 않은 것이다. 이제 데이지는 더 이상 철없이 파티나 즐기던 소녀가 아니었다.

사랑의 타이밍, 타이밍의 사랑

"딸이라서 기뻐요. 바보 같은 여자로 자라주면 좋겠어요. 그게 제일이죠. 예쁘고 머리 나쁜 여자가 되는 게." - 데이지

부잣집의 철부지 데이지는 속상한 일을 많이 겪었다. 고난은 사람을 염세적으로 만든다. 데이지도 세상의 숨겨진 면을 모르고 사람들에게 마냥 예쁨만 받는 여자가 행복한 여자라고 믿게 됐다. "닳고 닳은 거지요. 그래요, 닳고 닳았단 말이에요!" 스스로를 비하하며 냉소로 상처를 가린다. 톰을 열렬히 사랑하지는 않았지만 결혼하기 적당한 남자여서 결혼했고, 아이를 낳았고, 톰은 외도 중이다. 개츠비가 데이지의 인생에 재등장한 타이밍이 좋았다. 그들은 공백을 뜨겁게 메워나갔다. 첫사랑의 기억이 달콤하게 그들을 감쌌다. 둘은 부부가 될 계획을 세웠고, 실행 날짜를 꼽았다. 그러던 어느 여름날, 그들은 톰과 닉 등과 무더위를 피해 호텔로 왔다. 남편과 애인이 있는 데이지, 애인과 그녀의 남편이 있는 개츠비, 바람난 부인과

상간남이 있는 톰이 한 공간에 있게 됐다. 사소한 말 한 마디조차 폭발로 이어질 듯 신경전은 팽팽했다. 개츠비가 톰에게 선제공격을 감행한다.

"내가 가난했기 때문에 나를 기다리는 데 지쳐서 당신과 결혼한 것뿐이오. 끔찍한 실수였지만, 마음속으로는 나 말고 어느 누구도 사랑한 적이 없소!" - 개츠비

개츠비는 데이지가 자신만을 사랑해 왔다고 외쳤다. 데이지도 동의한다. 여세를 몰아 개츠비는 톰에게 결정타를 날린다.

개츠비: 데이지는 당신을 떠날 거니까.
톰: 말도 안 되는 소리.
데이지: 하지만 그럴 거예요.

개츠비의 위대한 승리다. 하지만 샴페인을 승리의 잔에 붓기도 전에, 개츠비는 패배의 쓴잔을 받아야 했다. 톰의 반격이 이어진 것이다. 톰이 개츠비는 어둠의 세계에 발을 담근 범죄자라고 하자, 데이지가 겁을 먹었다. 분위기가 순식간에 달라졌다. 데이지의 변심으로 '제이 개츠비의 세계'는 순식간에 붕괴됐고, '제임스 개츠의 꿈'

은 한여름 밤의 몽상으로 끝나버렸다.

"주제넘은 사랑놀이도 이제 다 끝났다는 걸 깨달은 모양이
니까." - 톰

가면이 떨어지자, 개츠비의 일편단심은 불장난으로 추락했다.[3]
가난한 사나이의 야심은 쓰라린 고통만 남기고 사그라졌다. 여기서
소설의 제목『위대한 개츠비The Great Gatsby』에서 개츠비의 '위대한
great' 면모는 부자가 되기 위해 악착같이 돈을 번 것, 거기에 인생을
바친 것, 데이지를 향한 사랑이 변치 않은 것 등에서 비롯된다. 이토
록 위대한 개츠비가 부자가 되기만 하면 데이지의 완벽한 연인으로
예전처럼 행복할 수 있다고 믿은 점이 참으로 대단하다.[4] 그것은 개
츠비의 집착의 결과였다.

3　제임스 개츠는 미천한 출신이나 야심만만했다. 과거를 조작하고 더러운 일에도 손을 댔다. 그에
게 돈은 과시의 수단이자 상류층으로 가는 통행권이었다. 미혼의 선망받는 상류층 신사이길 바랐으
나, 돈을 마구 써대는 의심스러운 졸부로 유명해졌다. 이 간극이 그에게 미스터리한 분위기를 덧씌웠
고, 그의 유명세는 순식간에 부풀어올랐다. 뼈대 있는 가문 출신과 수상한 자들과 어울리는 범죄자는
낭만적인 분위기를 풍기나, 하류층 출신임이 밝혀지면 순식간에 부정적인 낙인이 찍힌다. 그는 기꺼이
이런 위험을 감수했다. 가난만 해결하면 데이지에게 완벽한 남자가 될 수 있다고 확신했기 때문이다.
4　great는 위대한, 대단한의 뜻인데, 대단한은 다소 반어적인 뉘앙스도 품고 있다. 자신의 부족함
과 한계를 극복하기 위해 노력했던 소년 개츠의 이상형이 청년 개츠비였다. 리어나도 디캐프리오가
개츠비를 연기한 영화 〈위대한 개츠비〉(배즈 루어먼 감독, 2013년)에서는 그를 지켜보던 화자 닉이
'great'를 완성된 원고 마지막에 펜으로 써넣는다.

"집착은 환상을 만들어낸다. 실재를 원한다면 집착을 버려야 한다. (……) 집착이란 결국 대상이 실재한다는 느낌이 충분치 못한 상태다." [5]

프랑스 철학가 시몬 베유Simone Weil의 통찰이다. 데이지를 마음에 품은 시간이 길어지면서 그녀를 향한 개츠비의 집착은 강해져만 갔다.[6] 매일 그녀를 생각하면 내가 그녀와 함께 살아가는 기분이다. 기분은 현실이 아니고, 환상은 실재가 아니다. 내가 집착한다고 상대가 내 것이 되지 않는다. 개츠비가 그걸 알았더라면 결말은 달라졌을 것이다. 개츠비의 비극은 데이지를 향한 강한 집착과 더불어, 그녀를 사로잡은 자신의 진짜 매력을 몰랐기 때문이다.

내 매력을 알아야 연애에 성공한다

"그는 이해한다는 듯, 아니 이해하고도 남는다는 듯 미소를 지었다. 그것은 우리가 평생 네댓 번밖에 볼 수 없는 희귀한 미소, 상대를 안심시켜주는 보기 드문 미소였다. 그것은 잠

---

5 김영민, 『영화인문학』, 글항아리, p. 246
6 너무 오랫동안 품었던 꿈이기에 그것이 집착이 된지도 몰랐을 것이다.

사랑이 있는 한 믿음은 오염되지 않는다.

고집 센 마음, 그것이 사랑이다.

시 영원한 세계에 직면했다가 —또는 직면한 듯했다가 —다음 순간에는 당신에 대한 사랑을 억누를 수 없어서 '당신'에게 집중되는 미소였다. 그것은 당신이 이해받기를 바라는 만큼 당신을 이해했고, 당신이 스스로 믿고 싶어 하듯 당신을 믿었고, 당신이 최상의 상태에서 남들에게 전달하고 싶어 한 바로 그 인상을 당신한테서 받았다고 당신을 안심시켜주는 미소였다." - 닉

얼굴에 아름다운 꽃처럼 피어나는 미소, 마주 보는 이에 대한 무한한 애정을 담은 미소, 상대가 보이고 싶은 이미지로 보인다고 확인시켜주는 미소, 무조건적인 호의를 갖게 만드는 미소, 아주 잠시라도 우리를 완전히 무장 해제시키는 미소, 그 희귀한 미소가 바로 개츠비의 진짜 매력이다. 그들이 처음 만났던 10대 후반의 데이지에게도 그랬을 것이다. 개츠비가 자신의 상황을 솔직히 털어놓았더라면 데이지에게 돈은 문제되지 않았을 수 있다. 개츠비의 미소가 그대로인 한, 그에 대한 사랑도 그대로였을 것이다. 미소는 얼굴로 짓지만, 얼굴이 곧 미소는 아니다. 다시 만난 개츠비의 미소는 호텔방에서 진실이 폭로되기 전까지는 여전히 매력적이었다. 하지만 미소에 가려졌던 개츠비의 범죄자 얼굴을 접하자, 데이지는 미소가 변질됐음을 느꼈다. 이것이 그를 떠난 진짜 이유다.

개츠비는 데이지를 사로잡은 자신의 매력을 몰랐다. 자신의 미소가 지닌 신비로운 힘을 알았더라면 진실을 털어놓았을 가능성이 크기 때문이다. 또한 그는 데이지의 매력도 몰랐다. '개츠'는 그녀가 상류층 여자여서 끌릴 수 있지만, 그가 뼛속들이 '개츠비'였다면 "데이지의 목소리는 돈으로 가득 차 있지요."가 아니라 데이지의 절친인 조던 베이커처럼 그녀의 목소리에는 뭔가 남자를 끄는 힘이 있다고 했을 것이다. 소설에서 꼭 짚어 말하지 않지만, 데이지의 매력의 핵심은 미모에 결부된 목소리였다. 목소리는 성격의 알맹이자 관능의 무지개다. 데이지와 재회했을 당시에도 개츠비는 그녀의 목소리를 통해 단숨에 5년 전 그때로 돌아간다.

"그때 그를 사로잡은 것은 무엇보다 열에 들떠 물결처럼 오르내리는 그녀의 따뜻한 목소리였던 것 같다. 그것은 아무리 꿈꾸어도 지나치지 않은 목소리였기 때문이다. 그 목소리는 불멸의 노래였던 것이다." - 닉

개츠비의 미소와 데이지의 목소리, 그것이 서로를 이끈 매력이었다. 데이지는 개츠비에게 미소를 원했으나, 개츠비는 돈을 주려했다. 개츠비가 데이지에게 주려고 한 것과 데이지가 개츠비에게 바란 것은 어긋났다. 그래서 개츠비의 삶은 한때 화려하게 빛났으나

보람 없는 삶이 돼버렸다. 데이지는 달랐다.

"나는 지금 당신(개츠비)을 사랑해요. 그걸로 충분하지 않나
요? 지나간 일은 나도 어쩔 수 없어요. (……) 한때는 저 사람
(톰)을 사랑했어요. 하지만 당신도 사랑했단 말예요."

데이지는 이상형의 틀에 남자를 밀어 넣고 고집하지 않는다. 현
재 사랑하는 남자를 사랑한다. 개츠비와 대비되는 점이다.

장점 하나가 소소한 단점들을 무시하게 만든다

돈은 불안을 줄인다. 나이 들어 미모가 시들어도 돈으로 시든 미모
를 메울 수 있고, 지금의 편리와 편안을 앞으로도 계속 누리며 살 수
있다는 보증서다. 원하는 미래를 담보하는 상징이기에, 인간은 본
능적으로 그것의 과거를 궁금해한다. 개츠비는 불법의 길을 걸어서
부자가 됐기에 뒤돌아보고 싶지 않았다. 지난 시간들을 부정하려는
것은 그 기간 동안의 자신의 모습을 부정하고 싶기 때문이다.[7]

7 소설에서는 없지만, 영화 〈위대한 개츠비〉(배즈 루어먼 감독, 2013년)에서 개츠비가 톰의 시계를
떨어트리고 부순다. 그가 이렇게 시간에 집착하는 것이 바로 과거를 부정하려는 무의식적 행동의 결
과다. '나와 데이지의 사랑은(마음은) 그때와 다르지 않다.'고 믿는 것도 같다.

"그래서 우리는 계속 앞으로 나아가는 것이다. 흐름을 거슬러가는 조각배처럼, 끊임없이 과거로 떠밀려가면서도." - 닉

사랑의 영역에서는 압도적인 장점 하나가 소소한 단점들을 잊게 만든다. 그러나 소소한 장점들이 많다고 매력적인 사람이 되지는 못한다. 단점을 채우려는 방향으로 삶을 경작하는 사람과 자신의 장점을 극대화시키고자 하는 사람 가운데, 후자가 매력적인 이유다. 개츠비가 자신의 미소에 어울리는 삶을 사는 방향으로 나아갔더라면 진정 위대해지지 않았을까?

1차 세계 대전 무렵 뉴욕의 개츠비와 달리, 자신의 매력에 기대어 사회 밑바닥에서 벗어나려는 프랑스 청년이 있다. 나폴레옹이 몰락하고 왕정으로 되돌아간 시대에 목수의 아들로 태어난 쥘리앙 소렐이다. 스탕달의 『적과 흑』의 주인공인 그는 귀족 여인들을 사로잡는다. 과연 그가 개츠비와는 얼마큼 다른 결론에 이르렀을까?

프랜시스 스콧 피츠제럴드 Francis Scott Fitzgerald (1896-1940, 미국)

프린스턴 대학에 다니다 1차 세계 대전에 참전했다. 첫 장편 소설 『낙원의 이쪽』으로 큰 성공을 거둔 이후 『아름답고 저주받은 사람들』『나와 함께 왈츠를』『밤은 부드러워』와 『벤자민 버튼의 기이한 사건』(영화 〈벤자민 버튼의 시간은 거꾸로 간다〉의 원작) 등의 단편 소설집을 남겼다. 영화 〈바람과 함께 사라지다〉 등의 시나리오 작업에도 참여했다. 가난과 질병 등을 겪으면서도 글쓰기를 멈추지 않았고, 『마지막 거물』을 쓰던 중 심장 발작으로 요절했다.

『위대한 개츠비』는 1920년대의 경제 공황과 금주법 등으로 혼란스럽던 미국 사회의 초상화로 읽히는 소설이다. 특히 부인 젤다와 자신의 체험에서 길어올린 개츠비와 데이지의 심리 묘사가 빛난다. 『타임』지의 '20세기 100대 영문 소설'로 선정됐다. 작가 무라카미 하루키도 자신의 인생에서 가장 중요한 책 가운데 하나로 꼽으며 직접 일본어로 번역해 출간했다. 리어나도 디캐프리오가 소년의 순수와 성공의 열망이 공존하는 개츠비를 연기한 동명의 영화도 유명하다.

너를 선망하므로, 증오한다

『적과 흑』
스탕달

신분제 사회에서는 출생의 우연이 인생의 대부분을 결정했다. 귀족 자제는 무능해도 부러움을 받고, 노동자의 똑똑한 자식은 쓸모없었다. 이런 시대에 목수의 아들로 태어난 쥘리앵은 출세의 야망이 컸다. 그는 독특한 매력으로 귀족 여자들을 사로잡았다. 그에게 사랑은 출세의 수단이었을까?

쥘리앵 소렐은 프랑스의 지방 도시 베리에르의 가난한 목수의 셋째 아들이다. 영민한 그는 출세의 발판이 되리란 기대로 신약 성경 전체를 라틴어로 외웠다. 이에 감탄한 신부의 추천으로 시장 자녀의 입주 가정 교사가 된다. 그는 시장 아내인 레날 부인의 귀족적인 아름다움에 반하지만, 출세를 가로막을 위협이라 경계한다. 부인도 곱상한 외모와 섬세한 성격의 쥘리앵에게 호감을 느낀다. 하지만 둘은 상대의 호의의 말과 행동을 오해했고, 미움과 반감만 쌓여간다. 우여곡절 끝에 오해가 해소됐고, 그들은 사랑의 기쁨을 만끽한다. 그러나 둘의 밀애를 눈치챈 하녀가 온 마을에 소문을 퍼트리고 추문이 커져만 가자, 쥘리앵은 결백을 입증하려는 의도로 어쩔 수 없이 이웃 도시의 기숙 신학교에 입학한다. 강제 이별을 당한 동안에 레날 부인은 타락을 회개하고 신앙에 헌신했다. 왕따와 견제를 극복한 쥘리앵은 신학교 교사로 자리 잡는다. 그 과정에서 그는 외교적 언사를 구사할 줄 아는 귀족의 위선적인 매너도 익힌다. 그는 제법 날카로운 발톱을 부드러운 털 속에 감출 줄 아는 브루주아가 되었다. 이즈음 그는 라몰 후작의 개인 비서로 발탁되어 파리로 가게 되고 그 소식을 알리러 밤늦게 레날 부인을 몰래 찾아간다. 옥신각신 끝에 부인은 그를 뜨겁게 품는다. 쥘리앵은 발각의 위험을 간신히 넘기며 파리로 떠난다. 쥘리앵에게 나타난 두 번째 여자는 라몰 후작의 딸이자 파리 사교계의 꽃 마틸드였다. 사랑을 권력과 자존심 게임으로 생각하던 그녀는 쥘리앵의 남다른 용기에 반한다. 쥘리앵의 아이를 임신하자, 마틸드는 결혼을 결심한다. 이때 레날 부인에게서 날아든 한 통의 편지로 쥘리앵의 운명은 급변한다.

과연 쥘리앵은 나폴레옹처럼 사랑도 얻고 그토록 원하던 출세도 하게 될까? 그 답에 이르기 위해 우선 18-19세의 쥘리앵의 마음속으로 들어가야 한다.

지식이 야심의 무기

"출세하지 못할 바에는 차라리 천번 만번 죽겠노라는 불요

불굴의 결심이 그렇게 창백하고 그렇게 부드럽고 소녀 같은 용모에 숨어 있음을 그 누가 짐작이나 할 수 있었겠는가?"[1]

쥘리앵은 앳된 얼굴로 야심을 감췄다. 그는 나폴레옹을 지지하는 보나파르트주의자, 왕을 옹호하는 왕당주의자, 자유와 평등을 외치던 공화주의자도 아니다. 어느 쪽이 출세에 더 유리한가를 따져 결정하는 출세주의자다. 그것이 변방의 하찮은 집안 출신으로 유럽을 지배한 나폴레옹이 그의 우상인 진짜 이유였다. '나라고 그처럼 되지 말란 법 있나!' 나폴레옹처럼 붉은 제복을 입는 군인이 되어 야심을 펼치려 했으나, 그의 몰락으로 권력의 축이 군인에서 사제로 기울었다. 쥘리앵은 주저 없이 검은 옷의 사제가 되기로 결심한다.[2] 신앙심이 전혀 없으면서도 오로지 셸랑 신부를 감탄시킬 의도로 신약 성경 전체를 라틴어로 외웠다. 이에 감동한 신부의 추천으로, 그는 베리에르 시장의 입주 가정 교사가 된다. 신분 상승의 계단을 하나 올라섰다. 여기서 그의 출세는 두 사람 때문에 위기를 맞는다. 첫 번째는 귀족들에게 불온과 경멸의 상징인 나폴레옹이다. 시장 부부와 귀족들과 있을 때, 쥘리앵은 나폴레옹에 대한 존경을 감춘다. 그래도 출세의 부적인 나폴레옹 초상화는 자신의 침대 밑

---

1 스탕달, 『적과 흑』, 이규식 옮김, 문학동네
2 당시 프랑스에서 하층민의 아들이 출세할 수 있는 직업은 군인(적색 군복)과 종교인(흑색 사제복)이었다. 작품 제목의 『적과 흑』은 그런 뜻으로 읽을 수도 있다.

에 숨겨뒀다. 어느 날 그것이 시장에게 발각될 뻔했으나 간신히 되찾아서 불태운다.

"자칫하면 내 모든 명성이 한순간에 추락하고 사라질 거야. 불타는 (나폴레옹 초상화가 든) 상자를 바라보며 쥘리앵은 생각했다. 평판은 내 전 재산이야. 나는 오직 평판에 의하여 살아가고 있어……."

귀족noble의 어원은 '평판이 좋은'을 뜻한다. 평판은 귀족의 정체성을 이루는 핵심 요소다. 그래서 귀족은 사회적 평판을 좋게 유지하는 것이 중요했다. 그것이 출세의 결정적 잣대였다. 라틴어 지식이 돈 버는 수단인 가정 교사보다 순수 학문적 차원에 그치는 성직자나 학자가 귀족적인 지식인으로 대접받은 이유다. 이렇듯 그는 호랑이 무리에서 호랑이의 탈을 쓰고 사는 고양이였다. 눈으로는 구별이 어려워도 둘의 냄새가 확연히 다르듯, 다른 신분의 냄새는 언어와 매너였다. 여기서 빚어지는 오해로 쥘리앵과 레날 부인의 관계가 한동안 요동쳤던 것이다. 바로 그녀가 그의 앞날을 위협하는 두 번째 인물이다. 그렇다면 레날 부인을 사로잡은 쥘리앵이 매력은 무엇일까?

매력적인 애송이

곱상한 외모였다. 부인은 여느 하층민 출신의 가정 교사들처럼 아이들에게 폭력을 휘두르는 추한 외모로 상상했지만, 그는 날씬하고 균형 잡힌 준수한 용모와 아이들을 아끼는 섬세한 성격이었다. 두 번째는 순수함이다. 쥘리앵은 귀족의 세계로 첫발을 내디딘 처지였다. 모든 것이 두려웠다. 입주 첫날, 시장의 집 문간에서 벌벌 떨면서 초인종도 누르지 못하고 서 있었다. 부인은 그 모습에서 젊은 노동자의 순수함을 느꼈다. 그리고 그녀는 지적이고 고귀한 영혼을 가진 미래의 사제와 이야기 나누는 즐거움을 만끽했다. 즉 라틴어 실력, 아름다운 외모, 열 살 어린 청년의 순수함과 소통의 쾌감 등에 끌렸다.[3] 여기에 쥘리앵의 결정적인 매력이 더해진다.

> "내 감사의 표시로 선생이 작은 선물을 받아주었으면 해요. 내복을 살 약간의 돈에 지나지 않아요."

쥘리앵은 속옷이 거의 없어서 하녀에게 세탁을 자주 부탁해야 했다. 그 정도로 가난하다는 사실에 부인의 동정심은 커졌다. 그에게 돈을 직접 주긴 뭣해서 남편에게 말했다. 남편은 아랫사람에게

---

3 레날 부인은 순진한 귀족 부인답게 하층민에 대한 막연한 동정심도 갖고 있었다.

그럴 필요가 없다며 거절한다. 할 수 없이 그녀는 쥘리앵에게 직접 돈을 건넨다. 그러면서 남편에게는 말하지 말아 달라고 덧붙인다.

"저는 하찮은 사람이지만 저급한 인간은 아닙니다, 부인. 이 점을 부인께서는 충분히 생각하시지 않은 듯합니다. (돈에 대해 누구에게도 떳떳하지 못하다면) 저는 이 댁 하인보다도 못한 인간이 될 겁니다."

쥘리앵은 자존심의 인간이다. 그녀는 주인이고, 그는 하인이다. 자신을 하인으로 대했다고 분노하는 하인의 말에 귀족은 기겁한다. 하인은 주인에게 적의를 감추고 호의에 감사해야 한다. 그것이 상식이고 예의다. 하지만 쥘리앵은 자존심을 조금이라도 공격받거나 훼손되면 상대를 할퀴려 들었다. 부인의 말 속에 깃든 마음을 읽지 못했고, 크나큰 상처를 줬다. 하지만 부인의 가슴을 끌어당긴 효과를 냈다. 그는 하층민에 대한 편견을 깨는 남자이자 품위 있는 '귀족적인 노동자'였기 때문이다.

"그 청년은 비록 출신은 비천하지만 높은 기개를 품고 있습니다. 그의 자존심을 언짢게 하면 그는 아무짝에도 쓸모가 없어질 것입니다. 그를 바보로 만드는 겁니다." - 피라르 신부

하인이나 하인처럼 대하지 말아 달라, 천한 신분이나 고귀하게 대해 달라는 쥘리앵의 태도는 신분제 사회에 대한 반항이다. 이런 강한 자존심이 그가 몰랐던 진짜 매력이었다. 정숙한 부인은 여기에 매혹됐고, 사랑인 줄 모른 채 그를 사랑하게 됐다.

모든 장점은 단점의 요소를 품고 있다. 상대가 착해 사랑하면서도, 착함의 그림자인 우유부단함에는 질색한다. 착함은 자신의 욕망이 아닌 주변 사람들에게 맞춰주면서 얻게 되는 평가여서 타인과 관련된 일에서는 결단력이 없기 마련이다. 쥘리앵의 자존심이 부인을 휘어잡은 점이니, 부인은 자존심의 그림자인 오만과 냉정도 감수해야 했다. 그렇다면 그는 왜 귀족 부인의 정부라는 위험을 감수했을까? 남다른 그는 사랑에서 얻고자 하는 것도 남달랐다.

사랑이 아니다. 자존심이다

그는 첫눈에 부인의 아름다움에 압도당했다. 그래서 그녀를 경계하고 증오했다. 귀족 부인을 사랑한다는 사실이 알려지면 평판은 더러워지고 출세는 끝나기 때문이다. 사랑과 야심이 맞부딪히는 이 지점에서 쥘리앵의 괴로움이 솟아난다. 머리와 가슴이 어긋났고, 쥘리앵은 부인에게 뜬금없이 애정을 과도하게 표시하거나 무관심한 척 차갑게 대했다. 부인은 그의 의도를 제대로 파악하지 못해 전전 긍긍한다. 둘이 서로를 오해한 원인은 두 가지다. 우선 쥘리앵은 여인을 능숙하게 다루는 바람둥이 흉내를 냈다. 자신의 비천한 신분의 특징이 탄로날까 두려웠기 때문이다. 이것을 부인은 공격이나 놀림으로 이해했다. 반대로 부인의 애정 어린 말과 행동을 쥘리앵은 무시나 경멸로 오해했다. 이해와 오해의 간극이 컸던 이유는 귀족과 노동자의 언어와 행동 규범 등이 완전히 달랐고, 그것을 그저 각자의 입장에서 해석해서 받아들였기 때문이다. 이런 이유로 돈 후안 흉내를 내는 사랑의 애송이와 쑥맥 유부녀의 연애는 한참이나 삐거덕거렸다. 드디어 쥘리앵이 레날 부인의 손을 잡자, 상황은 급변한다.

"쥘리앵이 자기 손에 불타는 입맞춤을 퍼부었을 때 느낀 행복에서 그녀는 헤어날 수 없었다."

결혼은 했으나 사랑을 모르던 그녀는 처음으로 사랑의 행복으로 전율한다. 쥘리앵에게 주려고 남편한테서 뺏는 것은 아무것도 없다며 간통의 죄책감마저 떨쳐냈다. 하지만 쥘리앵이 행복한 이유는 완전히 달랐다. 그가 부인의 손등에 키스한 일이, 그에게는 소심함을 극복하고 연인으로서 자신에게 주어진 의무를 수행해 낸 행위였다('드디어 내가 용기 내서 하려던 일을 해냈어!'). 왜냐하면 나폴레옹 초상화도 주저 없이 불태울 정도로 뼛속들이 출세주의자인 그에게 사랑은 쾌감일망정 정열은 아니었다. 사랑도 야심의 일부일 뿐이다.

"이 여자는 이제 나를 업신여길 수 없을 테지. 그렇다면 이 여자의 아름다움을 즐겨야지. 이 여자의 애인이 된다는 것은 나 자신에 대한 의무야."

'내 마음대로 할 수 있는 귀족 부인이 있다 = 신분제 사회에 복수를 가한다.'로 느꼈다. 그는 '유부녀인 너를 사랑하니 너를 나의 애인으로 삼겠다.'가 아니라 '귀족인 너를 애인으로 가지면 나를 무시하지 못하는 귀족이 한 명 생긴 셈이다.' 혹은 '미천한 내가 귀족인 너를 소유하는 것은 신분제를 뒤집는다. 왜냐하면 사랑에서 우리는 평등하니까.'로 여겼기 때문이다.[4] 줄곧 그는 평등 없이 사랑은 없다고 강조했다. 그 말은 곧 자신을 귀족처럼 대해 달라는 바람이었다.

사랑은 나를 낮추고(버리고) 사랑하는 너를 높이는(취하는) 행위다. 이건 배우지 않아도 누구나 저절로 알고 행한다. 쥘리앵에게

---

4 그래서 레날 부인이 대담하게 그의 손을 잡았을 때, 애정 표시로 이해하지 않는다.

사랑은 그녀를 사랑하는 것이 아니라, 그녀가 자신을 사랑하도록 만들어서 자신을 높이는 일이었다. 사랑보다 자존심이 먼저였고, 사랑은 자존심을 채우는 수단일 뿐이다. 이런 쥘리앵의 속내를 부인은 상상조차 못 했으니, 손을 맞잡은 순간에도 그들은 각자 다른 것을 붙잡은 셈이다.

그는 그녀의 우아한 몸짓과 새하얀 살결에서 귀족성을 느꼈고, 그에 반했다. 레날 부인과의 사랑으로 신분 콤플렉스를 간접적으로 해소한 셈이다. 고양이가 새끼 호랑이와 친해지자 자신도 호랑이인 양 착각한 모양새다. 따라서 레날 부인과의 사랑에서 출세의 야심이 잠들었을 때만 쥘리앵은 사랑스런 연인이고, 야심이 깨어나면 냉정한 출세주의자로 돌변한다.[5] 쥘리앵의 이런 모습은 파리의 라몰 후작의 딸 마틸드와 연애를 통해 더욱 도드라진다. 신분제 사회에서 출세의 가장 빠르고 확실한 길은 유력 가문과의 결혼이다. 레날 부인과는 불가능했지만, 마틸드와는 결혼이 가능하다. 그렇다면 쥘리앵은 결혼으로 야심을 실현할까? 그러려면 파리 사교계의 꽃인 마틸드를 사로잡아야 하는데, 시골의 귀족 부인을 반하게 만든 매

---

5 그는 신분 차이를 벗어나 생각하지 못했고, 부인은 사랑을 벗어나 그를 생각하지 못했다. 그러나 간통이 발각되면 모든 것을 잃을 위험에도 부인이 치른 희생을 보며 그는 진심으로 부인을 흠모하게 된다.

력만으로는 부족했다.[6]

결핍에서 비롯된 매력도 있다

열아홉 살 소녀 마틸드는 명성, 재산과 아름다움까지 모든 것을 가졌다. 단 하나 행복만 갖지 못했다. 그것은 남다른 용기를 지닌 남자만 줄 수 있었기 때문이다.

> "남자를 두드러지게 하는 건 사형 선고뿐이야. 마틸드는 생각했다. 그것만이 돈으로 살 수 없는 유일한 것이지."

그녀의 간절한 욕망은 사형 선고를 받고 목이 잘린 애인을 갖는 것이다. 사연인즉슨 이렇다. 그녀의 선조인 보니파스 드 라몰은 마르그리트 여왕의 연인이었다. 어떤 사건에 휘말린 친구들을 구해 내려다 그는 사형 선고를 받고 참수당한다. 그때부터 마틸드는 자신의 선조같은 담대한 남자를 애인으로 갖길 바랐다. 하지만 주위 남자들은 하나같이 식물처럼 나약했다. "좋은 가문은 사형 선고를 야

---

6 한국어 번역본에서는 1권이 베리에르와 브장송에서 레날 부인과의 사랑, 2권은 파리에서 마틸드와의 사랑이 주로 펼쳐지고 마지막에 두 여자와의 이야기가 하나로 엮인다.

기할 만한 영혼의 특성을 위축시켜버리거든." 시시하고 하품 나는 남자들 사이에서 지방에서 온 목수 아들은 달랐다. 쥘리앵은 나폴레옹처럼 한 국가를 무너뜨리지 못해도 한 여자의 가슴을 휘저을 만큼의 반골 기질과 드높은 자존심이 있었다. 이것을 마틸드는 사나이의 용기로 이해했고 매혹됐다.

"쥘리앵이 가난하지만 만일 신분은 귀족이라면 내 사랑은 세속적인 바보짓, 평범한 결합에 불과할 거야. 나는 그런 것은 원하지 않아. 그런 사랑에는 위대한 정열의 특징들이 전혀 없거든. 극복해야 할 끝없는 곤경과 사태의 암울한 불확실성이 없다고나 할까."

파리 사교계에서 사랑은 일종의 게임이다. 쥘리앵의 결정적 무기는 스스로는 단점으로 여기던 것이었는데, 그것에 마틸드는 속절없이 무너졌다. 자신의 매력을 제대로 몰랐고, 매력을 모를 때 그 매력은 힘을 발휘하는 법이다. 쥘리앵처럼 매력은 종종 결핍에서 만들어진다. 고귀한 혈통을 가져서 생기는 매력이 있는가 하면, 그것이 없기에 갖게 된 매력도 있다. 쥘리앵에게 외모와 라틴어가 전자였고, 후자는 비천한 신분이었다. 레날 부인처럼 마틸드에게도 쥘리앵이 갖지 못한 것이 가진 것을 돋보이게 만들었고, 그를 유일무이한 존재로 느끼게 됐다('너는 부족하므로 매력적이다'). 따라서 쥘리앵은 우수한 명품이나 화려한 사치품이 아니다. '레어템'이다. 어디서든 쉽게 구할 수 없는, 돈으로도 살 수 없는 희귀한 남자였다. 그의 가치를 간파한 마틸드는 자신의 오랜 환상을 실현하리란 기대로 사랑을 고백했다.

> "내 지독한 자존심을 벌주세요. (숨이 막히도록 그를 껴안으며) 당신은 내 주인이에요. 그리고 나는 당신의 노예예요. 반항하려고 했던 것에 대해 무릎을 꿇고 용서를 빌겠어요."

그러나 곧이어 그를 초라한 신분이라 무시한다. 변덕으로 고백을 뒤집는다.

> "나는 당신을 사랑하지 않아요, 쥘리앵 씨. 내 미친 공상에 속았던 거예요……."

그래도 그는 그녀를 사랑했다. 매일이 고통이었다. 그러다가 우연히 만난 남자의 조언을 따라 여느 귀족 부인을 사랑하는 척 질투 작전을 구사하고 마침내 마틸드의 마음을 되돌린다. 목수 아들의 야심이 순식간에 해결될지도 모를 순간이 다가왔다.

"당신은 나를 완전히 잊었군요. 나는 당신의 아내예요. 당신의 행동은 정말 끔찍해요. (……) 하고 싶은 대로 나를 경멸해도 좋아요. 하지만 나를 사랑해 줘요. 나는 당신의 사랑 없이는 더 이상 살 수가 없어요."

사랑에서 차가움은 뜨거움을 이긴다. 무시와 무관심은 차가운 심장을 뜨겁게 만든다. 질투에 빠지면서 마틸드의 권태가 사라졌다. 마틸드는 쥘리앵을 확실히 자신의 것으로 만들고 싶었다. 결혼식 전에 대담하게 첫날밤을 치렀다. 쥘리앵의 아이를 임신했고, 마틸드는 이제 쥘리앵은 확실히 자신의 것이라며 기뻐한다. 허영에 도취된 마틸드와 야망에 도취된 쥘리앵의 사랑이 결혼으로 맺어지기 직전이었다. 이때 레날 부인에게서 쥘리앵의 추문과 처사를 비난하는 편지가 날아든다. 쥘리앵은 부인이 자신과의 사랑을 완전히 부정한 것에 극도로 분노한다. 곧장 베리에르로 달려간다. 그리고 교회에서 기도 중이던 레날 부인을 총으로 쏜다. 이 사건으로 쥘리앵은 사형을 선고받는다. 레날 부인과 마틸드 등 주변의 많은 사람들이 그의 목숨을 구하려 노력하나, 그는 죽음을 고집한다. 마틸드는 목이 잘린 쥘리앵의 머리를 그의 유언대로 산등성이에 고이 묻어준다.

만남은 은총의 산물이다

쥘리앵은 자신이 속한 사회와 자신이 속하고자 했던 사회 양쪽 모두에서 특이한 존재였다. 그래서 남자들은 경계했고, 여자들은 이끌렸다. 귀족적인 노동자가 치러야 했던 대가는 죽음이었다. 그것으로 '레어템' 쥘리앵의 희귀함은 완성됐다. 쥘리앵은 출세의 야망은 컸으나 출세해서 무엇을 할지는 몰랐다. 위대한 프랑스를 만들겠다는 꿈이 있었기에 나폴레옹은 황제가 되어야만 했다. 쥘리앵은 나폴레옹이 이상형이었으나 나폴레옹의 이상에는 관심이 없었다. 그는 나폴레옹의 놀라운 출세 그 자체만 선망했기 때문이다. 그래서 자신이 진정 원했던 삶을 죽음 직전에 깨닫고서도 인생의 궤도를 수정하지 못했다. 산속에서 홀로 독서하고 사유하는 것이 그의 유일한 즐거움이었다. '책 읽는 학자'가 이상이었으니, 진작에 알았더라면 마틸드와 결혼해서 이상적인 삶을 누릴 수도 있었다. 하지만 그는 출세에 포박당한 삶을 고집했다. 그는 귀족을 경멸하면서 귀족이 되고자 했다. 귀족 여인을 사랑하고, 그녀에게 사랑받으면서도 그 사랑을 두려워했다. 출세의 욕망을 버리지 못했기 때문이다.

쥘리앵에게 사랑은 자존심과 야망을 채우는 수단이었다. 물론 사랑은 출세의 계단이 되기도 한다. 그래도 삶의 이상에 부합되지 않는다면 피해야 한다. 쥘리앵은 그것을 생의 마지막 순간에서야 깨달았다. 그가 죽고 70여 년 후, 파리 오페라 극장의 소프라노 가수 크리스틴은 '음악의 천사'를 알게 된다. 그의 가르침에 그녀는 큰 인기를 끌었으니, 그녀에게 그는 은총이 가득한 만남이었다. 하지만 그가 사랑을 고백하자 은총은 악연으로 돌변한다. 크리스틴은 다른 남자를 사랑하기 때문이다. 사랑의 삼각관계에서 크리스틴은 과연 누구를 최종 선택할까? 앤드류 로이드 웨버의 뮤지컬 작품으로도 널리 사랑받는, 가스통 르루의 소설 『오페라의 유령』에서 크리스틴이 마지막 순간까지 선택을 주저한다.

스탕달 Stendhal (1783-1842, 프랑스)

프랑스 그르노블의 유복한 가문 출신이다. 본명은 마리 앙리 벨Marie Henri Beyle. 열일곱 살에 나폴레옹 군대에 입대했고 나폴레옹의 러시아 원정에 참전했다. 나폴레옹의 몰락으로 제대 후 본격적으로 글을 썼다. 『적과 흑』에서 나폴레옹을 추앙하던 쥘리앵은 작가의 경험에서 비롯됐다. 유럽의 도시들을 여행하며 자유롭게 살면서 예술과 역사에 관한 『이탈리아 미술사』 『연애론』 『로마산책』, 『파르마의 수도원』 등을 남겼다. 58세에 뇌졸중으로 죽었다.

스탕달은 신분 상승의 욕망이 강한 쥘리앵을 통해 왕정 복고기의 프랑스 사회상을 사실적으로 그려냈다. 특히 귀족과 부르주아, 노동자 계층의 욕망 및 풍습에 대한 묘사가 탁월하다. 『적과 흑』은 최초의 사실주의 문학 작품으로 꼽는다. 가난한 집안 출신의 야망이 큰 남자가 사회적 성공을 위해 분투하는 이야기의 전형이다. 영국의 위대한 소설가 서머싯 몸(1874-1965)의 '최고의 작가 10명과 그 작품들'에 선정됐다.

우리가 사랑에서 얻기를 바라는 그것

『오페라의 유령』

가스통 르루

이유 없는 사랑은 없다. 자신이 원하는 재산, 외모, 성격, 실력 등을 가진 상대와 사랑에 빠지는 경향이 있다. 그것을 모르면 선택은 어렵다. 여기 두 명의 남자와 한 명의 여자가 있다. 음악 교사로 탁월한 실력을 가졌으나 성격이 모난 남자와, 귀족으로 자란 유약한 남자 그리고 그들의 사랑을 동시에 받는 무명의 오페라 여가수다. 그녀는 누구를 연인으로 선택할까? 즉 그녀는 무엇을 가진 상대와 사랑에 빠질까?

19세기 후반 파리의 오페라 가르니에 극장. 공연 중에 갑자기 조명이 꺼지더니 무대에서 열창하던 크리스틴이 사라진다. 무대 연출인지 아닌지 술렁이던 관객들에게 극장주가 해괴한 사고로 공연이 중단됐다고 알리자, 무언가를 눈치챈 듯한 관객석의 라울은 곧장 극장 지하로 달려간다. 사건은 몇 달 전에 시작됐다. "크리스틴, 너는 언젠가 천사의 소리를 듣게 될 거야. 내가 하늘나라로 올라가면 너에게 천사를 보내줄 거란다. 약속하마."[1] 아버지가 죽고 약속대로 '음악의 천사'가 찾아왔다. 크리스틴은 천사의 비밀 수업을 수

1   가스통 르루, 『오페라의 유령』, 홍성영 옮김, 펭귄클래식코리아

락한다. 어둠 속에서 목소리로만 나타나는 천사의 정체에 대해 크리스틴은 의구심을 품는다. 알고 보니 그는 오페라 극장 지하에 살며 각종 악행을 일삼던, '오페라의 유령'으로 불리는 에릭이다. 유령처럼 감쪽같이 나타났다 사라질 만큼 오페라 극장을 구석구석 잘 아는 그가 크리스틴의 기도나 혼잣말을 엿듣고 음악의 천사로 속인 것이다. 크리스틴은 그에게 3개월 동안 비밀 수업을 받았고 그녀의 부족한 성량과 기교 등 고질적인 문제점들을 완전히 해결했다.

어느 날, 에릭은 사랑을 고백한다. 하지만 라울을 사랑한 크리스틴이 완곡히 거부한다. 그러자 에릭이 크리스틴을 납치했던 것이다. 무대에서 그녀가 사라지자 마자, 라울은 에릭의 짓임을 직감하고 그녀를 구하러 떠난다. 갑자기 나타난 페르시아인 남자의 도움으로 우여곡절 끝에 에릭의 비밀 거처에 갇힌 크리스틴을 찾아낸다. 그러나 에릭이 설치해 둔 함정에 빠져 라울마저 죽을 위기를 맞는다. 절체절명의 순간, 에릭은 라울의 생명을 걸고 크리스틴에게 기묘한 선택을 강요한다.

과연 그녀는 누구의 손을 잡고 그곳을 빠져나갈까? 그것은 그녀가 사랑에서 얻고자 하는 바가 무엇인지에 대한 답과 연결된다.

사랑은 보살핌과 배움

크리스틴은 어려서 어머니를 잃었고, 아버지의 보살핌만으로 자랐다. 귀족 소년 라울을 향한 사춘기의 설렘은 풋사랑에서 끝났다. 그에 비해 너무나 초라한 신분이 문제였다. 그래서 그녀가 경험한 유일한 사랑은 아버지의 사랑이었다. 아버지는 바이올린 연주자이자 선생님이었고, 사랑은 가르침과 다정한 보살핌으로 체험됐다. 아버지가 죽자 크리스틴은 사랑을 잃었다. 바로 그때 '음악의 천사'가 찾아왔다.[2] 천사의 가르침으로 아버지의 죽음과 함께 사라졌던 크리스틴의 실력이 되돌아왔다. 심지어 아버지도 고치지 못한 단점들도 고쳤으니, 천사는 아버지보다 훌륭한 선생님이었다. 이로써 크리스틴이 사랑에 빠질 조건 하나는 충족됐고, 천사도 그 점을 알았다.

"크리스틴, 나를 사랑해야만 하오."

"오로지 당신만을 위해 노래하는 나에게 어떻게 그런 말을 할 수 있죠?"

천사는 사랑을 강요하고 크리스틴은 물음으로 답을 피한다. '크

---

2 이런 이유로 앤드류 로이드 웨버의 뮤지컬 〈오페라의 유령〉에서는 아버지와 에릭의 주제 선율이 같다. 크리스틴은 에릭을 아버지가 보낸 '음악의 천사'로 알고 있고, 더 나아가 그가 아버지의 자리를 채웠기 때문이다.

리스틴, 언제나 나를 위해서만 노래해야 하오.'라고 했더라면 그녀의 답은 들어맞는다. 천사의 정체를 의심하던 차에 들은 고백이니, 크리스틴은 은인으로는 고마움을 표하면서 연인으로는 거절해야만 했다. 내게 잘해 줬다고 상대를 사랑해야 하는 것은 아니기 때문이다. 에릭은 그러길 바라지만 크리스틴의 대답은 '아니오!'다. 이런 이유로 천사의 정체가 밝혀지면 '음악의 천사-소프라노'는 '선생-제자'의 관계로 유지되더라도, 연인으로 발전할지는 미지수다. 모든 관계는 장점과 단점을 동시에 갖는다. 사제 관계일 때 장점이 연인 사이에서 단점이 될 수도 있다. 그들의 관계가 이런 양상을 띤다.

아버지의 자리, 대체되지 않는

> "단 한 번의 울림에도 모든 미덕을 느낄 수 있는 목소리
> (……) 한 번 들으면 어느 누구도 저항할 수 없을 것 같은 최
> 고의 목소리."

에릭의 목소리는 아름답고 매혹적인 천상의 소리였다. 그것은 강력한 독으로 크리스틴을 환각에 빠진 상태로 만들었고, 에릭은 '천사-소프라노' 관계가 연인으로 이어지길 바랐다. 독일의 종교철

학자 루돌프 오토Rudolf Otto의 지적에 따르면, 그녀에게 에릭은 두렵고(지만) 매혹적인 신비를 자아내는 존재다. 그래서 그를 향한 경외감은 일종의 종교적 신앙심 혹은 절대자에 대한 공포의 감정과 유사하다. 그는 공포감을 주나 무섭지 않고, 매혹적이나 가까이 다가서기에는 두려운 존재다. 그녀는 끌리면서도 도망치고 싶고, 벗어나고 싶으면서도 끌려든다. 이렇듯 크리스틴은 절대자를 향한 복종과 비슷한 상태에서 허우적거린다. 이런 그녀에게 천사가 '나를 사랑하라'는 것은 권위를 내세운 강요였다. 아버지에게 받은 사랑과 달랐고 그녀는 거절했다. 가르침과 보살핌을 모두 주는 상대에게 사랑을 느끼는 그녀에게 그는 자애로운 보호자는 아니었다. 가르침이 왼쪽 날개라면, 보살핌이 오른쪽 날개다. 오른쪽 날개에 적합한 인물은 라울 자작이다.

사랑은 후회를 바로잡는 용기

"아가씨, (그녀의 손등에 열정적인 입맞춤을 하며) 제가 당신의 스카프를 건지러 바다에 뛰어들었던 그 어린 소년입니다……."

스물한 살의 라울은 여성들에게 둘러싸여 교육과 보살핌을 받았고, 소녀 같은 외모와 소년의 수줍음을 가진 귀족 청년이다.[3] 해군사관학교를 졸업하고 세계 일주까지 다녀왔다. 북극으로 떠나기 전 휴가를 즐기던 중에 우연히 오페라 극장의 무대에서 옛 친구를 발견했다. 그녀를 향한 연정이 되살아나 크리스틴 주변을 맴돌았다. 그러다가 그녀가 무대에 쓰러지자 황급히 달려가 자신의 정체를 밝힌 것이다. 깜짝 등장에 크리스틴은 놀라지 않았다. 이미 관객석에 앉은 그를 봤기 때문이다.

라울에게 크리스틴은 후회와 미련의 대상이다. 여섯 살 때 몇 달을 함께 보냈고 영혼의 쌍둥이처럼 서로에게 끌렸다. 사춘기 무렵 재회했을 때 사랑만으로 결혼하지 못한다는 세속의 이치를 알게 된 귀족 소년은 가난한 평민 소녀를 단념했다. 이에 크리스틴은 "라울이 예전처럼 다정하지 않은 거 보셨어요? 나도 이제 더 이상 그를 좋아하지 않을래요!"라며 아버지의 마음이 상할까 봐 울음을 꾹꾹 참으며 웃으며 다짐했다. 첫사랑을 잊기 위해 그녀는 음악에 매달렸다. 하지만 아버지가 죽자 그녀의 실력과 열정도 사라졌다. 하지만 음악의 천사 덕분에 그녀는 다시 찬사를 받는 가수가 되었다. 이

---

3 자신을 낳다가 어머니가 죽자 두 명의 누이와 숙모가 어머니 역할을, 열두 살에 아버지가 죽자 스무 살 연상의 형이 아버지 역할을 하고 있어서 과보호를 받았던 셈이다.

무렵 라울이 그녀의 인생에 재등장한 것이다.

"크리스틴, 당신 아버지가 말씀하시던가요? 내가 당신을 계
속 사랑해 왔다고, 당신 없이는 살 수 없다고……."
"저를요? 제정신이 아니시군요. 우리는 친구 사이인걸요."
"웃지 말아요, 크리스틴. 전 진지합니다."

때를 놓친 고백은 무기력하다. 라울은 예전으로 다시 돌아가리
라 기대했으나, 크리스틴의 웃음에 묻혀버린다. 그러자 그는 그녀
의 분장실 앞에서 우연히 엿들은 에릭의 음성("나를 사랑해야만 하
오.")을 떠올리며 질투심에 부르르 떤다. 라울은 에릭을 연적으로
질투하고, 에릭도 크리스틴을 미행하다 발견한 라울을 질투한다.
두 남자가 질투를 주고받는 가운데 크리스틴은 천사의 정체가 에릭
임을 알게 되고, 그가 하는 협박(나만을 사랑해야 한다)과 공포(그
렇지 않으면 처벌이 내려진다)에 라울을 향한 사랑을 감추기 급급
하다. 서로의 사랑을 확인한 후에도 크리스틴은 기쁜 티를 내지 못
한다. 에릭의 처벌이 두렵기 때문이다. 그렇다면 왜 에릭은 크리스
틴을 사랑할까? 그가 사랑에서 무엇을 얻길 바라기에, 크리스틴이
그것을 자신에게 주리라 기대하게 됐을까? 해답의 결정적 힌트를,
소설을 원작으로 만든 뮤지컬에서 딱 세 줄의 노랫말로 압축한다.

크리스틴을 덫에 빠트린 속사정

소설 후반부에서 납치된 크리스틴과 구하러 온 라울은 벽을 맞댄 각기 다른 방에 갇혀 있는데, 뮤지컬에서는 라울 혼자 그녀를 구하러 와서 셋이 한방에 있다. 에릭은 라울의 목에 올가미를 씌운 후, 크리스틴에게 기묘한 선택을 강요한다.

Start a new life with me - Buy his freedom with your love!

Refuse me, and you send your lover to his death!

This is the choice.

This is the point of no return.[4]

나와 결혼하여 새 삶을 살자 - 너의 사랑으로 그의 목숨을 구해라.

나를 거절하면 너는 네 연인을 죽이는 것이다.

이것이 선택이고,

이것이야말로 되돌릴 수 없는 선택이다.

그는 라울을 살릴지 말지를 크리스틴에게 결정하라고 떠넘긴다. 에릭과 결혼하고 라울을 살릴 것인가? 라울을 죽이고 에릭을 벗

---

4 이탤릭 표시는 뮤지컬 가사집의 원작자의 표기다.

어날 것인가? 그녀가 에릭을 선택하면 라울은 살고, 아니면 라울은 죽는다. 즉 크리스틴이 에릭과 결혼하면 그것은 라울의 생명을 구하기 위한 행동이고, 반대의 경우는 라울이 죽더라도 그녀는 에릭을 거절하겠다는 뜻이다. 질투에 빠진 남자에게 가장 궁금한 것은 그녀가 누구를 사랑하느냐인데, 여기서는 크리스틴이 어떤 선택을 하더라도 그녀가 에릭을 사랑하는지 알 수 없다. 따라서 이 선택은 에릭이 던진 덫이다. '나를 사랑한다면 나와 결혼하자. 내가 너를 행복하게 해줄게. 날 사랑하지 않는다면 여기서 모든 것을 끝내자. 어쩔래?'처럼 단도직입적으로 묻지 않는 이유는 크리스틴이 자신을 사랑하지 않는다고 말할까 두렵기 때문이다.[5] 그토록 위압적이고 잔인하던 그가 크리스틴의 사랑을 확인할 자신감이 없다. 왜 이리 나약할까? 답은 그의 가면에 있다.

가면으로 감추고자 하는 것

가면은 이중 기능을 수행한다. 가면은 에릭의 흉측한 얼굴을 가리는 동시에 그것을 가리고 싶은 마음도 드러낸다. 가면을 쓰지 않으면 얼굴을 가리고 싶은지 알 수 없지만, 쓰면 확실하게 표시된다. 그

---

5   그가 라울을 네 연인(your lover)라고 지칭하는 것도 최악의 상황을 염두에 둔 표현이다.

래서 에릭의 가면은 '얼굴을 감추고 싶고 그게 드러나는 걸 두려워한다.'는 뜻이다. 가면은 곧 그의 콤플렉스다.

"내 어머니조차 내가 키스하는 걸 원하지 않았어……. 엄마는 뒤로 물러서면서 내게 가면을 던져주었지."

갓 태어난 에릭의 얼굴은 몹시 추했다. 어머니는 가면을 첫 선물로 주면서 그를 버렸고, 버려진 소년은 살아 있는 시체 같은 기괴한 외모를 시장에서 구경거리로 팔아서 먹고살아야만 했다. 그렇게 유럽 각지를 떠도는 집시 무리에 섞여 들었고, 예술과 마술 등 갖가지 재주를 익힌 덕분에 파리의 오페라 극장에서 살게 된 것이다. 추한 외모 때문에 세상의 멸시와 조롱을 받던 소년은 마음 밑바닥에 녹지 않는 얼음 송곳을 가진 어른이 되었다. 언제나 세상은 그에게 차갑고 무정한 곳이었다.

"사랑이란 원하기만 하면 무엇이든 익숙해지는 거야. 정말 마음으로 원하기만 하면 말이야." - 에릭

가면을 쓰고 살면서도 마음 한구석에는 '이런 나에게도 따스한 손길과 부드러운 눈길을 주는 사람이 한 명쯤은 있지 않을까?' 하

는 기대와 희망도 웅크리고 있었다. 항상 기대는 어긋났고 희망의 답은 절망이었다. 그래서 그는 사랑받고 싶은 욕구를 인정받고 싶은 욕구로 바꿨다. 그에게는 인정이 사랑이고, 사랑은 인정이다. 일의 결과로 칭찬받는 것과 타인에게 사랑받는 것은 전혀 다른 영역이나, 그는 둘이 같다고 믿었다. 사랑과 인정을 분리시키지 못한 결정적 이유는, 어미의 사랑처럼 무조건적이고 헌신적인 사랑을 받아보지 못했기 때문이다. 이런 그에게 '넌 그 일을 참 잘해.' 같은 칭찬이 곧 사랑이었다. 사실을 알지 못하면, 아는 것을 사실로 믿는 법이다.

"사람은 자기를 느끼게 해준 사람을 사랑한다."

프랑스 철학가 파스칼Pascal이 『팡세』에 쓴 대로, 에릭은 크리스틴에게 받은 선생으로서의 인정을 사랑으로 믿었고, 그녀에게 고백했다. 다른 이유들도 짐작 가능하다. 부모 잃은 크리스틴의 사정을 알고 '불행한 저 여인이면 나의 불행도 이해해 주지 않을까?' 혹은 처음에는 자신처럼 불행한 그녀를 음악의 천사로서 순수하게 도와줬으나 점차 그녀의 고운 마음씨에 '어쩌면 그녀가 나를 사랑해 줄지도 몰라.'라며 희망을 가졌으리라.[6]

---

6 소설에서는 그녀의 미모라고만 하는데, 그걸로는 충분히 설명되지 않는다.

"그녀는 내 모습 있는 그대로를 사랑하니까."

그가 크리스틴을 사랑하는 이유는 불분명하지만 라울이 등장하면서 그가 품은 기대와 바람은 분명히 위태로워졌다. 콤플렉스는 최선이 아닌 최악을 피하는 쪽으로 그를 몰아갔고, 그녀에게 사랑을 단도직입적으로 묻지 못했다. 자신을 사랑해야만 한다고 명령했고, 거절에 부딪혔고, 자포자기의 심정으로 선택의 덫을 던졌다. 이렇게까지 해서 그가 그녀와 하려던 새로운 삶은 무엇일까?

행복은 보통 사람처럼 사는 것

"나도 이제 다른 사람들처럼 살아갈 거야. 다른 사람들처럼
일요일이 되면 아내와 함께 산책을 가겠어. 다른 사람들처럼
평범해 보이는 가면도 새로 만들었으니까."

사랑하는 아내의 손을 잡고 블로뉴 숲을 산책하고 카페에서 음료수를 마시고 저녁이면 오페라를 보러 가는, 즉 보통 사람처럼 사는 것. 이것이 에릭이 바란 행복이다. 그가 다가서면 모두가 소리 지르며 시체를 본 듯 겁먹고 도망치니, 평범한 사람들이 누리는 일상

이 그에게는 불가능했기 때문이다. 따라서 크리스틴에게 필요한 보호자는 라울이 적합했다. 크리스틴에게 아버지와 같은 이상적 남자는 에릭과 라울이 결합된 남자이나 그것은 말 그대로 이상이고, 현실은 둘 가운데 한 명을 선택해야만 한다. 콤플렉스로 비뚤어진 내면을 가진 선생님과 섬세하고 다정한 보호자 가운데, 그녀는 놀랍게도 에릭을 선택한다. 에릭의 아내가 되기로 결정하고 라울을 살린다.

> "내가 그녀의 이마에 입을 맞출 때, 그녀는 내 입술이 다가오는데도 물러서지 않았어. 정말이지 정숙한 여인이었어. (……) 그녀는 살아 있는 여자로서 진정한 배우자처럼 나를 기다리고 있었어."

크리스틴은 에릭의 정숙한 아내로서 그의 입술을 받아낸다. 체념인지 사랑인지, 동정인지 연민인지, 그 사이 어딘가인지 그 전체를 합친 것인지 가늠되지 않았으니 그는 믿고 싶은 대로 믿었다. 한 줌의 사랑도 사랑은 사랑인지라 크리스틴의 사랑이 그의 몸으로 건너오자, 울어지지 않던 서러움과 울 수 없었던 미움의 멍울이 메마른 목을 헤치고 눈으로 차올랐다. 그의 짐승 같은 울음에 그녀도 눈물을 쏟아낸다.

"그녀의 눈물이 내 얼굴 전체를 적셨을 때 (……) 가면을 벗어 던졌다네. 그런데 그녀는 날 전혀 피하지 않았어. (……) 나를 위해, 나와 함께 눈물을 흘렸다네. 우리 두 사람은 그러안고 함께 눈물을 흘렸지……. 오, 하느님, 이제 내게 최고의 행복을 선사해 주시는군요!"

가면을 벗는 용기는 확신에서 비롯된다('내 얼굴 그대로 너와 마주할 수 있다, 그래도 너는 나를 외면하지 않을테니'). 콤플렉스는 사랑으로 씻겨졌고, 세상을 향한 증오는 울음으로 해소되었다. 그러자 크리스틴을 향한 사랑이 되돌아왔고, 포악한 오페라의 유령은 사랑의 천사로 부활한다.

"사랑…… 난 사랑 때문에 죽는 거야. 난 그녀를 너무나 사랑했어. (……) 난 난생처음 살아 있는 여자에게 키스를 해본 거라네……."

오랫동안 어두운 곳에서 혼자 웅크리며 쌓아왔을, 사람들의 무시와 냉소에 시달리며 숨어 살았던 고통과 두려움이 크리스틴의 키스에 속절없이 녹아내렸다. 그는 그녀의 착한 아이가 되었다. 그리고 에릭은 깨달았다. 사랑은, 내가 사랑하는 그 사람의 행복을 위해

나의 행복을 포기할 용기임을.

"당신을 위해 그리고 그를 위해 이 반지를 가져요. 이건 내가 주는 결혼 선물입니다. (……) 당신이 그를, 그 청년을 사랑한다는 것을 알아요. 이제 더 이상 울지 말아요."

에릭은 라울을 풀어주고 크리스틴과 함께 떠나게 했다. 다만 자신이 죽는 순간까지 그 반지를 끼고 있어 달라며 부탁한다. 어머니에게 외면받으며 세상에 나왔던 에릭은 크리스틴의 사랑을 받으며 세상을 떠났다.

새로운 하늘을 보여준 사람을 잊지 못한다

사랑은 여러 이름으로 불린다. 우리가 사랑에서 얻길 기대하는 특질이 저마다 다르기 때문이다. 에릭과 라울, 크리스틴은 각각 다른 이름으로 사랑을 말했다. 불완전한 너와 내가 만나 사랑하면, 사랑은 우리를 새로운 하늘로 데려간다. 하늘의 아름다움이 언젠가 잊히더라도 그것을 함께 본 연인은 잊히지 않는 이유다.

우리는 그 사람이 완벽해서 사랑하는 것이 아니다. 부족한 부분을 알면서도 사랑한다. 사랑은 상대의 부족함을 내가 채워주고 싶은 마음이다. 하지만 시간이 지날수록 사랑은 진부해진다. 무엇으로 뻔한 연애에 변화를 줄 것인가? 제삼자가 개입한다면 분명 나른해진 관계가 생기로 꿈틀댈 것이다. 새로운 사람이 연인 사이에 끼어들면 연인을 잃을까 하는 두려움과 다시 갖고 싶은 소유욕으로 긴장감이 생기기 때문이다. 그러니 연인을 믿는다면 조심해야 한다. 종종 믿음은 최악의 결말로 나타나니, 연인을 믿되 잘 관찰해야 한다.

여기 흥미로운 일이 좀체 일어나지 않는 아프리카에서 사는 프랑스 사업가가 있다. 나른한 아프리카의 태양 아래서 늘어져가던 부부 사이를 질투로 되살리려는 듯, 그는 아내와 이웃 남자의 몸짓과 행동, 주고받는 말들과 숨소리 등에 집중한다. 약간의 질투는 잠자던 행복한 사랑을 일깨운다고들 하는데 그렇다면 질투가 많아지면 어떻게 될까? '새로운 종류의 소설'이란 뜻의 프랑스 '누보 로망 nouveau roman'의 대표작 알랭 로브그리예의 『질투』는 그에 대해 하나의 답을 준다.

가스통 르루 Gaston Leroux (1868-1927, 프랑스)

파리에서 법학을 전공하면서 문학 잡지에 글을 썼다. 법률 사무소 서기, 변호사, 연극 비평가, 극작가 등을 거치며 다양한 경험을 했고 기자 시절에 스페인과 모로코, 러시아 등 세계 곳곳으로 취재를 다녔다. 작품을 완성할 때마다 축포를 쏘듯이 권총을 허공에 발사해서 이웃을 놀라게 한 괴짜다. 남다른 모험심과 기발한 상상력이 도드라진 『노란 방의 비밀』 『검은 옷을 입은 여인의 향기』 『살인기계』 등의 추리 소설과 환상 소설을 서른세 편 남겼다. 말년에는 영화 제작사를 설립해 몇 편의 영화도 제작했다.

르루는 파리 오페라 극장의 샹들리에 추락과 유령이 불을 냈다는 루머를 소재로 삼아 『오페라의 유령』을 썼다. 팬텀의 은신처인 지하 호수도 실제 존재한다. 초고는 1909년 가을부터 1910년 초까지 신문에 연재됐고, 곧이어 단행본으로 출간됐다. 공포와 로맨스가 공존하는 『오페라의 유령』은 영화와 연극 등으로 많이 각색됐으며, 특히 1996년 앤드류 로이드 웨버에 의해 로맨틱 뮤지컬로 만들어지면서 지금까지도 세계적인 인기를 누리고 있다.

II.

질투와 집착

질투는 사랑의 독약이다

『질투』

알랭 로브그리예

언제 연인이 가장 간절해질까? 다른 사람에게 뺏길 가능성이 생겼을 때, 연인이 나보다 다른 이를 사랑하는 듯할 때다. 본능적으로 우리는 연인을 지키려 그(녀)와 연적의 행동과 말을 관찰하고 해석한다. 이런 질투의 속성을 정확하게 보여주는 남자가 있다.

화자인 그는 아내(A)와 함께 프랑스 식민지인 아프리카의 어느 지역에서 바나나 농장을 경영하고 있다. 이웃 농장주 프랑크와 크리스티안 부부와 왕래하며 지낸다. 그들은 가끔 그의 집에 와서 식사하거나 차를 마시는데, 때때로 아기를 봐야 하거나 풍토병으로 몸이 좋지 않은 아내를 두고 프랑크만 오기도 한다. 저녁을 먹고 나면 소설이나 일상에 관한 소소한 이야기를 나눈다. 아내는 커피나 식전주를 마실 때 그와 가까이 앉고, 그와 함께 있을 때는 램프 없이 어둡게 있는 것을 좋아한다. 그러던 어느 날 아내와 프랑크는 오후에 돌아오는 일정으로 함께 시내에 갔다가 다음 날 오후에 귀가한다. 차가 고장 나서 어쩔 수 없이 아침까지 기다려야 했고, 하룻밤을 호텔에서 자고 왔다고 간략히 설명한다.

"사랑 속에는 항상 어떠한 광기가 있다. 그러나 광기 속에는 항상 어떠한 이성이 있다."[1]

독일 철학가 프리드리히 니체Friedrich Nietzsche의 말처럼 사랑을 하면 누구나 약간은 미친 사람처럼 보인다. 하지만 화자인 남편은 도가 지나친 듯하다. 그는 부인과 프랑크의 말과 몸짓 등을 집요하게 관찰하고, 아주 사소한 것도 세세하게 기억해 낸다. 확실히 보거나 듣지 못한 부분은 짐작과 상상을 덧입혀서 빈틈을 채운다. 그의 시선을 따라가면 부인과 프랑크의 행동은 몹시 의심스럽다. 왜 그는 그들을 끈질기게 지켜볼까?

질투는 열중과 엿봄이다

질투 때문이다. 프랑스어 질투jalousie는 집중과 열중[2]에서 비롯됐다.

"A는 프랑크 쪽으로 몸을 숙이며 잔을 건넨다. (……) 어둠 속에서 잔을 엎지를까 봐 그녀는 프랑크가 앉아 있는 의자에

---

1 프리드리히 니체, 『차라투스트라는 이렇게 말했다』, 김정진 옮김, 올재, p. 60
2 프랑스어 열중zèle은 라틴어 'zelosus'와 그리스어 'zêlos'에 어원을 두고 있다. 영어의 열중 'zeal'도 여기서 파생됐다.

최대한 가깝게 다가섰다. (……) 그녀는 프랑크 위로 몸을 숙인다. 너무나 가깝게. 그들의 머리가 서로 맞닿을 만큼. 프랑크는 몇 마디 말을 속삭인다. 틀림없이 고맙다는 말일 것이다. (……) 그러고는 프랑크의 옆자리에 가서 앉는다."[3]

의미 없는 평범한 행동이 치밀하게 묘사하니 어쩐지 의미 있는 몸짓 같다. 비디오로 촬영한 영상을 느리게 돌려 보듯이 둘을 관찰하지만 그들이 속삭이는 말의 내용은 파악하지 못한다. 남편은 그들 가까이 있으나 그들로부터 배제되었기 때문이다. 그들을 훔쳐볼 수는 있으나, 대화를 공유하지는 못한다. 질투jalousie가 창문에 치는 발blind을 뜻하는 이유다. 틈 사이로 엿보니 전부를 볼 수는 없다.

"(어느 소설에서 의미가 모호한 구절의 뜻을 두고 이야기하다가) 프랑크는 A를 본다. A는 이미 프랑크를 쳐다보고 있다. 그녀는 그에게 재빨리 미소를 던진다. 너무나 순식간의 일이어서 미소는 바로 어둠 속으로 묻혀버린다. 그녀는 이해한 것이다. 왜냐하면 그녀는 소설의 이야기를 알고 있으니까."

3   알랭 로브그리예, 『질투』, 박이문–박희문 옮김, 민음사

아내가 읽고 있는 소설에 대해 이야기 나누다가 그들은 미소와 시선을 교환한다. 그에 담긴 의미는 그들만 안다. 그 순간은 포착했으나 그 뜻은 짐작해야만 한다. 장면은 확실하나 동작의 뜻은 불확실하다.

"아니, 그녀의 표정은 변하지 않았다. 꽤 오랫동안 미동도 하지 않았다. 입술은 마지막 말을 끝낸 이후 줄곧 굳게 다물고 있었다. 스치는 듯한 미소는 램프의 흔들리는 빛이거나 나방의 그림자였을 것이다. 더욱이 그녀는 그 순간 더 이상 프랑크 쪽을 향하고 있지 않았다."

이렇듯 질투하는 사람은 진실에서 배제되어 있으므로 항상 긴장감과 답답함에 시달린다. 그것을 해소하기 위해서는 어쩔 수 없이 다시 그들에게 돌아가야만 한다. 그래서 '집중-해석-답답-집중'의 되돌이표 안에 갇히고, 직접 보고 들은 것의 의미도 언제나 불분명하다. 이럴 수도 저럴 수도 있으니, 결국 남편은 관찰을 모호하게 뭉개면서("스치는 -였을 것이다.") 상황 전체의 정확성을 스스로 허문다. 그들이 특별한 무엇을 하지 않았다고 믿고 싶은 것이다. 그래도 한 조각의 의심이 고개 들면 기억력을 문제 삼는다.

"그녀는 막 고개를 식탁 쪽으로 바로 하고 시선은 정면의 아무 장식도 없는 벽을 향했다. 벽에는 거무스름한 자국이 지네가 짓이겨졌던 자리를 표시하고 있다. 지네가 짓이겨진 것은 지난주, 이번 달 초, 아니 그 전달이거나 그보다 더 전일 수도 있겠다."

남편은 과거의 장면을 되새기며, 부인을 의심하고 있음은 분명하다. 하지만 불륜의 결정적 증거가 없는지, 꼬투리를 잡지 못했는지 판단은 흔들린다. 그러다 아내의 외도 쪽으로 기울면 자신의 기억을 부정한다. "과거 속으로 멀어짐에 따라 진실성도 줄어든다. 그래서 지금은 아무 일도 없었던 것 같다." 외도(예비) 현장을 목격하는 심정은 차갑고 건조한 묘사에서는 체감되지 않으나, 이렇듯 같은 상황을 두고 정반대로 다급하게 오가는 해석에서 남편의 고통이 만져진다. 아내의 행동은 하나이나, 질투에 빠진 남편은 천국과 지옥을 오간다. 그 정점에 아내와 프랑크가 함께 시내에 나갔다가 외박한 사건이 있다.

"문이 열리자 두 사람은 동시에 똑같이 미소 짓는다. 그렇다. 그들은 조금도 불편한 데가 없다. 아니다. 사고가 난 것이 아니다. 그저 모터에 작은 고장이 생겨서, 어쩔 수 없이 호텔에서 하룻밤을 보내고 다음 날 정비소가 문을 열기를 기다린 것이다.”

‘아니다’와 ‘어쩔 수 없이’에서 희망, ‘호텔에서 하룻밤’에서 절망이 팽팽하게 부딪힌다. 남편의 마음은 그 사이에서 흔들리고, ‘정비소’와 ‘기다린’으로 그것이 대수롭지 않은 일인 듯 매듭짓는다. 호텔에서 하룻밤을 보냈다는 사실 외에는 부인은 아무 말도 없다. 남편이 알고자 하는 진실의 정체는 흐릿하다. 그렇기 때문에 남편은 희망을 품은 채 더 이상 아내를 추궁하지 않는다. 이런 식으로 화자의 관찰기는 소설의 마지막까지 이어진다. 남편은 시종일관 질투하되 분노하지 않는다. 어째서?

여자의 질투와 남자의 질투는 다르다

질투에 대한 남녀의 행동 방식은 다르다. 질투하는 여자는 연인에게 버려질까 두려워 모든 여자가 잠재적 경쟁자이고, 연적이 명확해지면 그녀를 평가절하(나보다 나이도 많고 못생겼어 등)하고, 외도를 입증할 물질적 증거(스마트폰, 향수, 문자 등) 찾기에 몰두한다. 남자의 질투는 권력(남성성)의 상실, 즉 타인이 내 연인을 만질까 두려워한다. 그래서 질투에 빠진 남자는 부인의 외모를 감시하고 시간표를 통제하며 '넌 나의 소유물'이라는 인식을 상대에게 강화시키려 든다. 이로 인해 여자는 질투하는 연인에게 사랑을 느끼면서도 질투의 방식은 증오하게 된다. 반면에 남자는 연인이 다른 남자와 성관계를 가지면 자신의 성적 권력을 뺏겼다고 분노한다.[4]

이런 측면에서 화자의 행동은 쉽게 이해된다. 그는 아내를 여전히 자신의 소유물로 믿어서(저들은 아직 성관계는 하지 않았을 것이다.) 외도의 증거를 원하면서도, 원하지 않는다. 진실은 궁금하나 대가가 두렵기 때문이다. 프랑크를 연적으로 인정하면, 제 권력이 상실됐음을 인정하는 꼴이니 최종 판단을 미룬다. 즉 한 발은 질투에 빠진 채 다른 발은 빠지지 않으려 애쓰는 절름발이와 같다. 따라서 상황에 대한 시선이 건조하고 냉정할수록, 장면의 묘사가 치밀해질수록, 특정 상황에 대한 곱씹음이 반복될수록 우리는 남편의 한 발도 질투에 잠식되어감을 느낀다.

"A의 왼손과 프랑크의 오른손 사이의 공간은 대략 10센티

---

4 대체로 남자는 성욕, 여자는 감정의 이유로 외도하는 경향이 강하다고들 한다. 그래서 남자는 연인의 외도를 거의 용서하지 못한다. 이런 면에서 남자의 질투는 소유욕의 과잉으로 볼 수도 있다. 소유욕을 사랑으로 착각해서는 안 된다. 남자는 여자를 사랑하고 나서 그녀를 사람으로서도 사랑해야 한다. 그래야 연인을 자신의 것으로 한정시키는 소유욕을 밀어낼 수 있다. 그(녀)도 사람이다. 사람인 그를 사랑해야, 사랑은 건강하게 지속된다.

미터 정도다. 야행성 육식 동물의 갸날픈 울음소리가 거리를 알 수 없는 골짜기 깊은 곳에서 다시 한번 짧고 날카롭게 울려 퍼진다."

둘의 육체적 거리가 닿을 듯 말 듯 한 장면과 육식 동물의 날카로운 울음은 상관없으나, 우리는 두 사건을 연결시켜서 '아내와 그의 신체 접촉으로 인한 남편의 고통스런 신음'으로 받아들인다. 질투는 동물의 울음처럼 처절한 고통이다.

질투의 이유

"사랑할 때 나는 아주 배타적인 사람이 된다." [5]

정신분석학자 지그문트 프로이트Zigmund Freud에게 사랑은 질투와 짝을 이룰 수밖에 없다. 그에 따르면 질투의 원인은 크게 셋이다. 6개월 이상 된 아이는 부모가 둘째 아기를 안고 있으면 질투로 괴로워하는데, 동생에게 모유를 빼앗길까 두렵기 때문이다. 이와 마찬가지로 우리는 연인을 잃을까 불안하고 두렵다. 이것이 인간이 질

5 롤랑 바르트, 『사랑의 단상』, 김희영 옮김, 문학과지성사, p. 196, 프로이트 재인용

투하는 원초적이고 보편적인 원인이다. '나는 질투한다. 고로 존재한다.' 두 번째 요인은 잠시 후에 설명하고, 세 번째는 일종의 착란 증세로서 자신의 동성애 성향을 부정하기 위해 질투한다. '나는 그를 사랑하지 않는다. 왜냐하면 그는 남자이기 때문이다. 그러나 내 부인이 그를 사랑한다.' 동성애는 강력한 금기와 금지로 학습되었던 탓에 동성을 향한 애정을 부정하기 위해 무고한 사람을 연적으로 삼고 질투하게 된다는 설명이다. 프로이트가 언급하지 않는 원인을 더하자면, 우리의 정체성을 지키기 위해서다. 즉 사랑이 깊어지면서 연인은 하나로 단단히 결속되는데, 이때 우리는 우리 자신을 잃을까 두렵다. 그래서 우리의 정체성을 보존하기 위해 자아가 제삼자에게 눈을 돌려 결속에 브레이크를 건다. 이런 요인들로는 남편이 질투하되 분노하지 않는 이유가 충분히 설명되지 않는다. 프로이트가 꼽은 두 번째 원인이 필요한데, 힌트는 '과연 아내는 프랑크와 외도 중일까?'이다.

말하지 않는 것에 진실이 있다

"지금 집은 비어 있다. A는 프랑크와 함께 시내에 내려갔다. 급한 장을 보기 위해서다. 그게 무엇인지는 자세하게 말하지 않았다. (……) 오전 6시 30분에 집을 떠난 그들은 자정이 좀 지나서 돌아올 계획이다. (……) 그러나 길이 험하기 때문에 더 지체할 염려는 항상 있다. 서둘러 저녁을 먹고 예정된 시간에 바로 길에 오른다고 해도 여행자들은 오전 1시경이나 혹은 훨씬 더 늦게야 돌아올 수 있을 것이다. 그동안 집은 비어 있다."

아내가 그와 시내로 갔다는 서술은 여러 차례 반복된다. 단어는 달라지나 내용은 같다. 그는 같은 내용을 자주 말한다. 그러면서 풍경과 아내의 책상과 아내가 찍힌 사진, 편지, 벽의 지네 흔적 등에 대한 설명이 더해진다. 이런 구성은 관심을 다른 곳으로 돌리려 애쓰다가 자기도 모르게 그들이 시내에 가서 아직 돌아오지 않았다는, 현실로 돌아오는 효과를 낸다. 아내가 없으면 그는 집중할 무엇을 잃고, 놀잇거리를 잃은 아이처럼 무료하게 눈에 보이는 것들을 보다가 그와 관련된 사건이나 아내의 물건들을 연상한다. 관찰과 회상을 엉키게 만들며 아내를 기다린다. 관찰이 치밀해수록 통찰에 이르기 마련인데, 남편은 관찰을 나열하며 현재를 빙빙 돌 뿐이다. '그래서 뭐다'로 깊어지지 않는다. 이런 점들은 아내의 외도를 의심하는 남편의 의심을 의심하게 만든다.

내가 외도 중이다. 그래서 널 의심한다

남편은 그들 주변의 이야기만 잔뜩 늘어놓고, 그들이 자신에게 했을 말과 행동에 대해서는 생략한다.

> "이번에는 크리스티안이 함께 오지 않았다. 그 부부는 전날 드레스의 모양 때문에 거의 싸우다시피 했다."

프랑크 부부가 드레스 모양을 두고 싸웠다고 스치듯 말한다. 여기서 남편이 자신의 행적을 생략한 이유에 대한 의심은 짙어진다. 프랑크나 아내 혹은 하인들이 말해 줬다면 '싸우다시피 했다고 한다.'며 간접 화법으로 서술했을 것이다. 따라서 그가 직접 프랑크의 집에 가서 부부 싸움을 목격했거나 사건의 당사자인 크리스티안이 직접 알려줬을 가능성만 남는다. 아마도 크리스티안이 문제의 드레스를 입고 외출하려 하니 프랑크가 한 마디 하면서(노출이 심하다 등) 싸움이 시작됐을 것이다. 어디로 누구를 만나러 외출하려 했을까? 아마도 화자인 자신일 것이다.

여기서 프로이트가 꼽은 질투의 두 번째 원인과 만난다. 남편이 연적(프랑크)에게 질투를 느끼는 원인은, 사실은 자신이 외도하기 때문이다. 즉 외도하는 나의 죄책감을 덜고자 연인도 나처럼 외도

하는 중이 아닐까 의심하는 것이다(투사). '나는 외도한다. 고로 너를 의심한다.' 이런 이유로, 화자는 크리스티안과 불륜 중일 가능성이 크다.[6] 그 사실을 들키지 않으려고 그들을 면밀히 관찰하다가 어느 날 그들이 함께 있을 때 아내 혹은 프랑크가 던진 말 한 마디와 몸짓 하나에서 의심이 생겨나고, 살이 보태지면서 '나처럼 아내도 외도 중이 아닐까?' 하는 상상으로 나아갔을 것이다.

그들이 시내에서 하룻밤을 보내고 온 날, 화자는 문제의 드레스를 입은 크리스티안과 밀회를 즐기지 않았을까? 그래서 그는 질투의 구조에 빠졌으나 프랑크에게 아내를 뺏길까 두려워하지 않고, 아내에게 자신을 배신한 죄를 물어 분노하지 않는다. 왜냐하면 그들은 그런 일을 저지르지 않았기 때문이다. 이런 의심은 질투의 해결책을 고려하면 더욱 짙어진다. 질투를 해결하는 가장 좋은 방법은 연인들끼리만 시간을 보내는 것이다. 연적이 연인 사이에 개입할 여지를 없애서 그의 영향력을 제거하는 것이다. 따라서 화자와 아내는 거의 붙어 있으니 질투가 상념처럼 스칠 수는 있어도 이처럼 집요하게 지속되긴 어렵다. 그렇다면 왜 그는 크리스티안의 드레스처럼 자신의 불륜을 들킬 위험이 있는 단서들을 배치했을까? 어쩌

---

6 왕가위 감독의 영화 〈화양연화〉에서 그(양조위 분)와 그녀(장만옥 분)는 이웃에 산다. 어느 날 그의 부인과 그녀의 남편이 외도 중이란 사실을 확인하려고 만난다. 그렇게 그들은 동지애와 동정심을 공유하며 애정을 키워나간다. 그런데 과연 상대 배우자들끼리 불륜을 저질렀는지 단정짓기 어렵다. 오히려 자신들의 불륜에 죄책감을 느껴 그렇게 스스로를 속이는 듯도 하다.

면 그는 외도를 부인과 프랑크에게 들켜서 가해자의 고통을 털어내고 싶지 않을까? 스스로 밝힐 용기는 없으니, 아내 혹은 프랑크가 자신처럼 자신과 크리스티안을 치밀하게 관찰해서 진실을 폭로해 주길 원한 것일지도 모른다.

혹은 이것은 일종의 자극적인 몽상기다. 바나나 농장주인 화자의 일상은 권태롭다. 아프리카의 햇빛과 습도는 몸과 마음을 늘어지게 만든다. 매일이 지루한 그에게 아프리카의 식민지를 배경으로 한 소설이 최근에는 대화의 소재를 제공해 주는데, 때마침 소설 속 백인 부인과 흑인 하인 간의 육체관계를 두고 아내와 프랑크가 이야기를 나눈다. 이것을 들으면서 남편은 그들을 주인공으로 나름의 상상을 시작한다. 지루한 시간을 보내기 위해 가장 자극적인 상상, 하지만 가장 안전한 대상을 주인공으로. 그는 부인이 절대로 외도하지 않으리라 확신했기에 그런 상상을 시작했다. 일단 구조가 잡힌 이야기는 스스로의 힘으로 발전했고, 그는 사실과 상상을 혼돈하며 가상의 질투에 빠진 것이다.

"6시 30분이다. 칠흑 같은 어둠과 귀가 따갑게 울어대는 귀뚜라미 소리가 지금 정원과 테라스와 집 주위 사방으로 다시 한번 퍼진다."

소설은 시작과 비슷한 묘사로 끝나고, 이야기는 처음으로 되돌아가는 듯하다. 진실은 여전히 블라인드에 가려졌다. 질투는 끝나지 않았다.

질투는 독이자 약이다

질투는 독약pharmakon이다. 독이자 약이다. 질투는 적절한 시점에 해소돼야 한다. 그렇지 않으면 서로에 대한 불신이 진실로 굳어져 관계를 파탄내는 독이다. 하지만 질투는 권태를 깨고 연인을 향한 애정을 되살리는 약이 되기도 한다. 다만 모든 약에는 부작용이 있듯이, 연적은 우리의 열등감을 자극하여 관계를 파탄내기도 한다. 외모 콤플렉스가 있는 사람에게 빛나는 외모의 연적이 나타나면 '내 외모가 이러니 애인이 그(녀)에게 눈길을 주는 건 당연해. 이전의 다른 애인들처럼'으로 마음이 어두운 곳으로 쏠려 간다. 그래서 질투에 콤플렉스가 더해지면 큰 불행이 벌어진다. 마치 데스데모나의 하얀 목을 거친 두 손으로 졸랐던 윌리엄 셰익스피어의 『오셀로』의 주인공 오셀로처럼 말이다.

P

알랭 로브그리예 Alain Robbe-Grillet (1922-2008, 프랑스)
국립 고등 농업기술학교를 졸업하고, 2년간 아프리카의 연구소에서 농업 기사로 일했다.
첫 소설 『고무 지우개』로 당대의 평론가 롤랑 바르트의 주목을 받으며 화려하게 등장했다.
『엿보는 사람』『미궁 속에서』『반복』 등의 소설, 『지난해 마리앙바드에서』 같은 '시네 로
망(영화 소설)'을 쓰고 〈불멸의 여인〉 등 영화도 찍었다. 2004년에 프랑스 예술계의 최고
의 명예로 꼽히는 아카데미 프랑세즈에 뽑혔다. 수상식에는 불참했다. 2008년에 심장마
비로 숨졌다.

『롤리타』의 블라디미르 나보코프(1899-1977)는 『질투』를 '이 세기의 가장 위대한 작품
중 하나'로 꼽는다. 로브그리예는 줄거리나 사건 중심의 전통적인 소설 기법을 포기하고
객관적인 묘사에 집중하는 문학적 실험을 시도했다. 그래서 이 소설은 1960년대 전성기
를 누린 '누보 로망(새로운 소설)'의 대표작으로 꼽힌다. 사실을 치밀하게 묘사하여 감정을
느끼게 만드는, 새로운 차원의 사실주의 소설로 평가받는다.

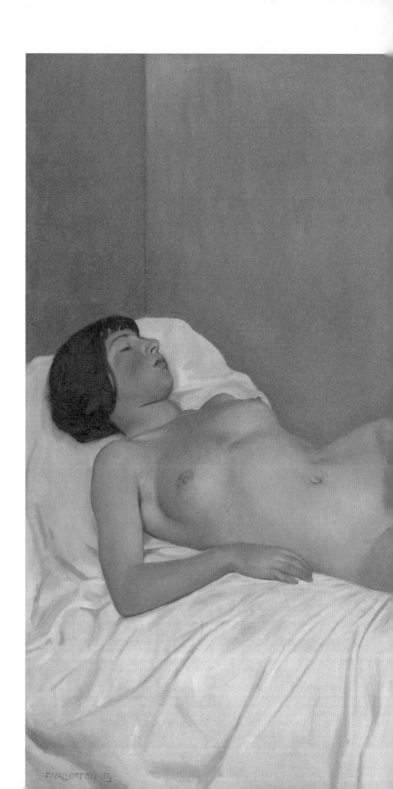

내가 갖지 못하면
누구도 가져서는 안 된다

『오셀로』
윌리엄 셰익스피어

사랑은 감정을 증폭시킨다. 기쁘면 우주 끝까지 기쁘고, 슬프면 하늘이 무너지게 슬프다. 특히 질투는 감정을 극단적으로 증폭시키는데, 이를 보여주는 가장 대표적인 인물이 오셀로다. 그는 귀족 가문의 아름다운 여인을 부인으로 맞이하며 절정의 행복을 맛보았으나, 불과 며칠 후 부인을 죽이고 자살한다. 도대체 그에게 무슨 일이 있었던 것일까?

명성 높은 장군 오셀로는 베네치아 유력 가문의 데스데모나와 사랑에 빠진다. 주변의 반대를 극복하고 결혼하자마자 오셀로는 임무 수행차 키프로스로 떠나야 한다. 한편 오셀로의 부하 이야고는 상관인 카시오와 오셀로에게 복수를 결심한다. 카시오는 자기보다 높은 자리를 차지해서, 오셀로는 아내(에밀리아)를 탐했다고 믿기 때문이다. 우선 이야고는 카시오부터 목표물로 삼는다. 그의 이간질과 거짓말로 카시오는 오셀로의 신임을 잃게 된다. 그 점을 이용해 곧바로 오셀로에 대한 복수에 착수한다. 이야고의 간교한 속임수에 속아 넘어간 오셀로는 카시오와 데스데모나의 관계를 의심한다. 그때 데스데모나에게 선물로 준 손수건을 카시오가 갖고 있자,

아내의 불륜을 확신한다. 질투에 휩싸인 오셀로는 결백을 주장하는 부인을 목 졸라 죽인다. 그러자 데스데모나의 종이자 이야고의 아내인 에밀리아는 문제의 손수건은 자신이 주워서 남편 이야고에게 줬고, 그것을 이야고가 카시오 방에 떨어트려서 줍게 만들었다고 알려준다.[1]

"오, 이 살인한 멍충아, 당신 같은 바보에게 그 좋은 아내가 가당키나 해?"[2]

오셀로가 아내를 죽이자 에밀리아는 비난을 퍼붓는다. 통쾌하면서도 씁쓸하다. 사건의 세세한 전말을 알고 나면 우리는 오셀로에게 동정심과 동질감을 갖기 때문이다. 셰익스피어가 창조한 인물들 가운데에서 가장 문제적인 인간으로 꼽히는 이야고에게서 오셀로의 비극은 시작된다.

---

1 아내로 인해 계략이 들통나자 이야고는 도주한다. 군인들이 잡아와 그를 재판에 넘긴다. 절망한 오셀로는 스스로 목숨을 끊는다.
2 윌리엄 셰익스피어, 『오셀로』, 최종철 옮김, 민음사

사랑이 나눠진다는 공포

"순전히 욕정 때문이 아니라 얼마간은 내 복수심을 채우기 위해서다. 왜냐하면 이 음탕한 무어인(오셀로)이 내 안장에 올라탔단 의심이 부쩍 들고 그로 인한 생각이 내 속을 독약처럼 파먹어 마누라엔 마누라로 되갚기 전까지는 그 무엇으로도 내 영혼의 만족이 불가능할뿐더러 없을 것이기 때문이다."

이야고에게 오셀로는 에밀리아와 불륜을 저지른 파렴치범이다. 이를 의심할 근거는 없다. 망상의 원인은 데스데모나를 향한 강한 욕정 탓이다. '그녀의 남편(오셀로)이 내 아내와 외도했으니, 나도 그녀와 불륜을 저질러도 된다. 그래야만 복수가 된다.' 심지어 그는 카시오도 아내와 놀아났다고 여긴다. 자기보다 높은 자리를 차지한 카시오에 대한 열등감을 은폐하기 위함이다. '나보다 잘났으니 너를 파멸시키겠다.'고 하면 열등함을 인정하는 꼴이니, 그의 부도덕한 짓에 대한 복수라고 스스로를 속인다. 따라서 오셀로에 대한 성적 질투와 카시오에 대한 열등감이 이야고가 악행을 저지르는 진짜 이유다. 그는 이들을 손쉽게 조정하는데, 사람에 대한 타고난 관찰력과 경험에서 길어올린 통찰 덕분이다. 그가 그들의 부하인 점도 중요하다. 그들은 그의 상관으로서 그에게 명령을 내리고 행동을 처분할 권력을 가지나, 부하인 이야고는 그들의 성격과 특징 등을 세세하게 안다. 오셀로와 카시오는 이야고의 몸(사회적 신분)을 처리할 힘이 있지만, 이야고는 그들의 마음을 조정할 수 있다. 그렇다면 이야고는 무엇으로 오셀로의 눈을 흐리게 만들었을까?

질투였다. 그는 질투로 오셀로의 눈을 가렸다. 데스데모나와 카시오의 불륜을 확신한 오셀로의 독백에, 질투의 본질이 담겨 있다.

"내가 사랑하는 물건의 한구석만 차지하고 남들이 나머지를 쓰게 하진 않으리라."

프랑스 리트레Littré 사전에 따르면, 사랑의 영역에서 질투는 나를 향한 상대의 사랑이 나눠질 수도 있다는 공포와 불안이다. 불교와 기독교를 동시에 믿지 못하듯, 사랑도 사랑한다와 사랑하지 않는다로 구분되는 질적 가치다. 따라서 우리가 자주 쓰는 '내가 너를 더 많이 사랑해.'는 '나는 하나님보다 부처님을 더 많이 믿어.'처럼 성립되지 않는다. 왜냐하면 '더 많이'는 양적 가치로 사랑을 변질시키기 때문이다. 비유하자면 사랑은 케이크 한 판으로 믿었는데, 지금 보니 내 연인은 조각 케이크로 나눠서 분배하고 있는 셈이다. 나는 연인(한 판의 케이크)에서 연인들 가운데 하나(조각 케이크)로 지위가 추락하고, 나의 연인은 내 자리를 다른 사람으로 대체할 수도 있다. 나는 내 자리(연인)를 언제 잃을지 불안해진다. 따라서 나와 그(녀) 사이에 외부의 연적이 등장하면 질투를 피할 수 없으니, 질투는 구조의 문제다. 질투에 빠지면 누구나 비슷한 감정을 겪게 되는 이유다.[3]

"오, 질투심을 조심해요. 그것은 희생물을 비웃으며 잡아먹는 푸른 눈의 괴물이랍니다."

이야고가 카시오를 미끼로 오셀로를 낚는 이유는 두 가지다. 우선 카시오는 데스데모나와 신분과 외모 등이 잘 어울리고, 오셀로보다 먼저 알았던 사이였다. 그래서 이야고는 둘이 서로 사랑한다고 확신한다. 두 번째 이유가 오셀로를 살인자로 만든 결정적 원인이다. 카시오는 가졌으나 오셀로는 갖지 못한 것, 그것이 오셀로의 이성을 잃게 만들었기 때문이다. 그것은 무엇일까?

질투하는 이는 스스로를 파괴한다

오셀로는 흑인 이교도에 나이가 많다. 자신에게 덧씌워진 인종과

---

3   질투의 정도(양)와 양상은 사람마다 다르다. 내게도 선택권은 있다. 더 많은 케이크 조각을 차지하려고 연적들과 경쟁할지, 연인을 포기할지, 제3의 선택을 할지 등의 갈림길에 선다.

종교의 편견을 실력으로 극복해 낸 군인이다. 데스데모나는 베니스 인이 원하는 모든 것(인종, 종교, 신분, 미모, 나이)을 가진 여자다. 그녀에게 오셀로는 용감한 탐험가였다. 드넓은 세상을 탐험한 그에게 반한 것이다. 그녀는 오셀로가 갖고 싶은 모든 것을 가진 존재였다. 그래서 오셀로는 그녀와 결혼했고, 그것들을 상징적으로 소유하게 됐다.

> "오, 내 영혼의 기쁨이여. (……) 내 지금 죽더라도 지금이 가장 행복하리. 왜냐하면 내 영혼은 절대 만족을 맛보았으므로." - 오셀로

데스데모나는 오셀로의 콤플렉스를 가리는 왕관이다. 콤플렉스 complex는 사람의 마음속에 서로 다른 구조를 가진 힘의 존재를 가리킨다. 콤플렉스는 무의식처럼 자아와 공존하는 또 하나의 자아로서, 어떤 사실 자체로 만들어지는 것이 아니다. 못생겼다고 반드시 외모 콤플렉스가 있는 것은 아니다. 못생긴 외모를 주위에서 아무렇지도 않게 대하면 콤플렉스는 형성되지 않는다. 콤플렉스는 대체로 그것을 받아들이는 과정에서 만들어진다. 따라서 오셀로가 흑인 이교도여서가 아니라, 베니스 주류 사회의 편견과 선입견에 눌려 외모와 인종 콤플렉스를 갖게 된 것이다. 왕족의 후예인 그가 조국에

살았더라면 그런 콤플렉스는 없었을 터다. 데스데모나와 결혼해도 콤플렉스는 없어지지 않았고, 다만 공개적으로 드러날 일이 없어졌다. 베니스 원로원 의원인 브라반시오의 사위가 됐으니, 그를 무어인(흑인)으로 무시하지 못하기 때문이다.

자신의 콤플렉스를 알더라도 쉽게 극복되지 않는다. '나의 열등한 외모와 늙음을 언젠가 데스데모나도 싫어할 거야. 다들 그래 왔던 것처럼.' 혹은 '나는 그녀의 매력에 미치지 못하니까 지금의 내 자리를 언젠가 누군가 차지할 거야.' 같은 불안이 오셀로의 마음 밑바닥에 자리 잡고 있다. 그 누군가가 될 만한 자는 '백인이며 젊고 잘생긴 기품 있는 기독교도 베니스인'인데, 딱 카시오가 그랬다. 오셀로의 실력을 가진 카시오, 이것이 오셀로가 되고 싶은 모습이자 오셀로의 가장 아픈 곳을 타격할 무기다.[4] 이야고는 그 지점을 정확하게 파고들었고, 오셀로는 꼼짝없이 질투의 끈적한 그물에 걸려들었다. 능숙한 거미는 먹잇감이 원하는 모양으로 거미줄을 친다.

4 이 작품에서 데스데모나와 카시오는 젊고, 아름답고, 고귀한 신분으로 콤플렉스가 없다. 사람들의 말도 그대로 믿을 만큼 순진하다. 카시오가 이야고의 속임수와 거짓에 걸려 꼼짝없이 불명예스러운 사람이 되지만, 이것은 그의 약점이지 콤플렉스는 아니다.

질투로 콤플렉스가 폭발한다

"아무것도 몰랐으면 행복했을 것이다. 오 고요한 마음이여,
이제는 영원히 안녕."

카시오와 데스데모나가 함께 있는 장면을 보고, 오셀로의 머릿
속은 그들의 불륜에 집중된다. 그는 불륜의 증거를 가져오라고 이
야고를 다그치는데 부인에 대한 믿음보다 카시오에 대한 열등감에
쩔쩔 매고 있는 것이다. "아마도 내가 검고 안방 출입 한량들의 능
숙한 사교술이 없기 때문이거나 내 나이가 황혼에 접어들었기 때
문"이라며 자책한다. 그는 더 이상 위대한 장군이 아니라 아름다운
아내를 잃을 줄 몰라 전전긍긍하는 흑인의 이교도 노인일 뿐이다.[5]
열등감을 폭발시킨 결정타는 그는 데스데모나와 첫날밤을 치르지
못했지만, 카시오가 앞서 그것을 했다는 착각이다. '내가 갖지 못한
아내의 몸을 그는 가졌다.' 혹은 '내게는 주지 않은 그녀의 몸을 그
에게는 주었다.'며 의심은 확신으로, 질투심은 살인 충동으로 증폭
된다. 줄곧 이야고의 꼭두각시처럼 움직이던 오셀로가 처음으로 한
주체적인 행동은, 바로 살인이다. 하지만 살의로 가득 찬 그도 아내

---

5 질투하는 이들은 말라간다는 코테디부아르의 속담처럼, 오셀로의 정신은 황폐해져 갔고, 오로지
그 문제로 쪼그라들었다.

를 보자 흔들린다. 정숙하지 못한 부인을 처벌하려는 복수심과 부인의 매끄러운 살결에 상처를 내고 싶지 않은 아쉬움이 충돌한 것이다. 콤플렉스와 욕망이 마지막 전투를 치르는 중에 내뱉는 혼잣말에 진실의 그림자가 서려 있다.

"그래도 그녀는 죽어야 해. 안 그러면 더 많은 남자를 배신할 테니까."

오셀로의 속마음은 이와 다르게 속삭인다. '데스데모나는 나의 소유인데, 데스데모나의 몸은 카시오의 소유(이기도 하)다. 그녀를 살려두면 카시오에게 뺏길 것이다. 따라서 그녀를 뺏기지 않으려면 죽일 수밖에 없다.' 하고 있는 말(입)과 하고자 하는 말(마음)이 어긋난다. 마음을 왜곡해서 말하는 것은 콤플렉스의 대표적인 특징이다. 기도할 시간도 주지 않고 다급하게 부인을 죽여야 했던 이유도, 카시오가 곧장 들이닥쳐 부인을 뺏아갈지도 모른다는 초조함 때문이다.

"난 의심하기 전에 알아볼 것이고 의심되면 검증할 것이며……."

오셀로는 카시오와 아내의 삼자대면으로 의심을 해소하려는 최선을 추구하지 않고,[6] 아내를 카시오에게 뺏기지 않는 쪽을 선택한다. 콤플렉스에 먹혀서 아내의 명예를 부정했고, 진실을 찾을 용기도 사라졌다. 왜냐하면 콤플렉스는 항상 최선의 결과(둘은 아무 사이도 아니다)보다 최악의 결과(그녀를 그에게 뺏긴다)를 피하는 쪽으로 의사 결정을 하기 때문이다. 이런 면에서 오셀로의 자살은 진실을 보지 못한 자신을 처벌하는 행위이자 사랑의 전투에서 완패한 자의 비극적인 퇴장이다.[7] 그렇다면 질투의 해독제는 무엇일까?

나는, 너를 향한 내 마음을 믿을 뿐이다

믿음이다. 중요한 것은, 믿음의 방향이다. 우리가 자주 말하는 '나는 널 믿어.'는 '어떤 상황에서 네가 어떻게 행동할지 내가 안다.'는

---

6 사랑과 권력의 측면에서 오셀로의 행동을 해석할 수도 있다. 현실에서 카시오는 오셀로의 부관이나, 사랑에선 '오셀로 〈 데스데모나 〈 카시오'의 구도다. 카시오를 자신보다 위에 있는 강자로 인식해서 그에게 손수건의 진실에 대해 감히 묻지 못한다. 군인인 그에게 질문과 명령은 강자가 약자에게 하는 것이다. 역방향은 성립되지 않는다.

7 아내의 죽임과 자신의 죽음의 방식이 다른 것도 이유가 있다. 질투로 피가 바짝바짝 말라가는 고통을 당했던 자신처럼, 그는 아내의 목을 졸라서 고통을 오랫동안 느끼게 만든다(육체를 훼손시키지 않고 죽이는 방법이기도 하다). 고통의 되갚음으로 복수한 것이다. 자신은 통증은 예리하나 짧고 확실하게 숨통을 끊어놓는 칼로 찌른다. 고통을 짧게 치르는 동시에 혹시라도 살아날 가능성을 없애기 위함이다.

뜻에 가깝다. 이것은 내가 예상하는 대로 네가 행동하거나 행동해 주길 바라는 마음이다. 만약 상대가 내 예상과 다르게 행동하면 '나는 너를 믿었는데, 알고 보니 못 믿을 사람이야.'라며 배신감을 느낀다. 이런 믿음은 반쪽짜리 믿음이다. 진정한 믿음은 상대를 향한 내 마음을 믿는 것에 더 가깝다. 그래서 '나는 너를 믿는다 = 나는 너를 사랑한다'로 읽히는 것이다. 내 마음을 믿는 한, 찝찝하고 불안한 소문이 사실로 밝혀지기 전까지는 연인의 결백을 믿을 수 있다. 그러니 상대의 의심스런 행동에 대한 판단은 곧 내 사랑의 시험대다. 첫눈에 반할 수는 있어도 첫눈에 믿을 수는 없다. 평범한 날들을 공유하며 서로를 알아가고 상대를 향한 내 믿음을 차곡차곡 쌓아가는 시간이 반드시 필요하다. 사랑은 한순간에 시작되나 유지하려면 평생 노력해야 하는 이유다.

오셀로: 당신은 내가 겪은 위험 때문에 나를 사랑했소. 나는 당신이 그런 것들을 긍휼히 여겼기에 당신을 사랑했소.

데스데모나: 나는 당신이 겪은 위험들 때문에 당신을 사랑했어요. 당신은 내가 그런 것들을 긍휼히 여겼기 때문에 나를 사랑했지요.

베르디의 오페라 〈오텔로〉[8] 1막에서 부르는 사랑의 이중창 '어둠은 깊어가는데(Già nella notte densa)'의 가사처럼, 데스데모나는 오셀로가 살아온 이야기를 듣고 사랑에 빠진다. 그녀는 이야기를 들으며 자신이 상상한 오셀로를 사랑한 것이다. 영화 속 캐릭터와 배우를 동일시하여 배우를 사랑하는 경우와 같다. 그녀는 드넓은 세상을 직접 경험하고 싶지만 그럴 수 없었기에 그를 통해 대리만족한다. 모험담에 의해 구축된 영웅 이미지는 콤플렉스에 시달리는 오셀로를 가렸고, 그녀는 '영웅 오셀로는 잘못된 판단을 내리지 않는다.'는 믿음으로 죽음을 비참한 운명 탓으로 받아들인다. 따라서 그녀가 사랑에 빠진 이유가 죽음의 원인이기도 하다. 오셀로가 결혼 직후에 외지로 떠나야 했으니, 부부가 서로를 알아갈 시간 자체가 없었다는 점도 중요한 원인이다. 상대를 잘 모른 채 시작된 사랑은 오해로 곰팡이가 피기 쉽다. 이렇듯 이야고의 간교한 거짓말과 오셀로의 콤플렉스로 인해, 인종과 종교 등의 차이를 극복하고 성취한 오셀로와 데스데모나의 고귀한 사랑은 허망하게 끝났다.

8   셰익스피어의 『오셀로』는 1566년 발표된 이탈리아 작가 지랄디 친티오의 『오셀로』를 각색한 작품인데, 베르디는 셰익스피어의 버전을 1887년 4막의 오페라로 완성했다. 한편 로시니의 오페라 〈오셀로〉는 친티오의 원작에 기반한 작품이다.

부러움을 나쁘게 쓰는 마음이 질투다.

사랑은 변수에 대한 적응이다

『오셀로』는 '콤플렉스와 질투 vs 믿음과 사랑'의 대결투극이다. 멀리서 보면 오셀로가 참 어리석어 보이지만, 가까이서 보면 보통의 우리와 참 비슷하다. 나보다 더 나은 상대가 연적으로 등장하면 대체로 우리는 오셀로와 비슷하게 행동한다. 그래서 오셀로의 행동이 답답하면서도 공감되고, 바보 같으면서 뜨끔해지고, 아내를 지키지 못한 남편으로 비난하면서도 슬그머니 지난 사랑들을 되돌아보게 만든다. 한편 남편이 오셀로의 반의 반이라도 주변 남자를 질투했다면 인생이 완전히 달라졌을 여자가 있다. 그녀의 남편은 누구도 질투하지 않고 아내의 말을 곧이 곧대로 믿었고, 마침내 아내는 비극적인 결말에 빠져들었다. 시골 처녀 엠마 루오를 주인공으로 한 『마담 보바리』다.

P

윌리엄 셰익스피어 William Shakespeare (1564-1616, 영국)

부유한 상인의 아들로 태어나 시인과 극작가로 명성을 날렸다. '4대 비극' 『햄릿』 『오셀로』
『리어 왕』 『맥베스』와 '5대 희극' 『베니스의 상인』 『말괄량이 길들이기』 『한여름 밤의 꿈』
『뜻대로 하세요』 『십이야』를 비롯해 37편의 작품을 남겼다. 인간 심리에 대한 탁월한 통
찰과 대중적인 재미를 잘 버무려낸 점이 특징이다. '침실bedroom' '비평critic' '연애편지
love letter'처럼 지금은 흔히 쓰는 영어 단어와 관용구도 많이 만들었다. 귀족 출신이 아니
면서 명작을 써서 당대의 철학가 프란시스 베이컨이 가명으로 소설을 쓴다는 등의 헛소문
이 종종 따라붙었다. BBC 선정 '20세기 가장 위대한 작가' 1위에 올랐다.

40세 무렵에 발표한 『오셀로』는 아내의 외도를 의심하는 의처증을 '오셀로 증후군'으로
부를 정도로 '질투의 교과서'로 꼽힌다. 셰익스피어는 인종의 개념이 희박하던 시대에 그
것을 차별의 요소로 사용했으며, 흑인 오셀로에 대한 묘사로 인해 셰익스피어를 인종차별
주의자로 보는 의견도 있다. 악의만 가득 찬 이야고의 캐릭터는 악인의 전형 중 하나로 자
리 잡았다.

간통은 사랑일까?

『마담 보바리』

귀스타브 플로베르

너의 무엇에 나는 끌리는가? 사랑에 이유 따위는 없다는 이들은 풀지 않(으려)는 물음이지만, 물음의 답을 외면한 사랑은 울음으로 끝나기 마련이다. 엠마는 사랑하는 남자와 결혼했으나 더 이상 사랑하지 않는다고 깨달았고, 새로운 남자와 간통을 저질렀다. 그들에게 속수무책으로 끌렸던 이유를 고민했더라면 그녀의 인생은 사뭇 달라졌을 것이다.

프랑스 루앙 근교, 시골 농부의 딸 엠마는 부인과 사별한 샤를 보바리와 결혼한다. 그를 사랑한다고 믿었는데, 막상 결혼하니 엠마는 전혀 행복하지 않았다. "맙소사, 내가 어쩌자고 결혼을 했던가?"[1] 결혼 생활은 편안해서 권태롭고, 권태로워서 열정적인 사랑을 갈구했다. 하지만 그녀에게는 아무 일도 일어나지 않았고 무슨 일이 일어날 가능성도 없었다. 미래는 캄캄한 복도였고, 사방이 가로막힌 기분이었다. 후회와 갈망 사이에 끼어서 변덕과 신경질만 심해졌다. 순진하고 둔감한 남편은 아내의 속내를 전혀 눈치채지 못했다. 분위기를 바꿔주기 위해 이웃 마을로 이사했다. 금발의 청년

[1] 귀스타브 플로베르, 『마담 보바리』, 김화영 옮김, 민음사

레옹의 뜨거운 시선을 받게 되자 엠마의 증상은 호전됐다. 연애의 첫발은 남자의 몫이던 시절에 숫총각 레옹은 샤를에 대한 두려움, 간통에 대한 공포와 죄책감으로 엠마 주위를 답답하게 맴돌 뿐이었다. 연애 소설에서 읽은 대로 "연애란 요란한 천둥과 더불어 갑자기 찾아오는 것"이라 믿던 엠마도 연애 초보긴 마찬가지여서 어슬렁거리는 청년의 속내를 알아차리지 못했다. 모성애가 있는 여자를 사랑하는가 싶어 엠마가 아이와 함께 있는 장면을 연출하면 레옹은 정숙하고 근접하기 어려운 여자로 받아들이는 식으로, 그들은 서로의 마음을 전달할 방법을 몰랐다. 섣부른 말과 애매한 행동으로 오해만 쌓았다. 그러다 엠마는 청년의 사랑을 알아차렸으나 그의 품으로 달려가지 못했고, 청년은 보답 없는 사랑에 지쳐 떨어졌다. 발화점을 놓친 연정은 매캐한 연기만 남긴 채 사그라졌다. 레옹은 도시로 떠났다.

"보잘것없는 가정생활이 그녀를 사치스러운 공상 쪽으로 몰아갔고 모정이 간통의 욕정을 구하게 만들었다." 후회와 갈망의 연기 속에서 허덕이던 엠마를 보고 독신 귀족 로돌프 블랑제가 첫눈에 반한다. 연애 고수인 그는 정열적인 사랑에 대한 엠마의 욕망을 포착하고, 달콤한 말과 현란한 기술로 그녀의 치마를 살살 걷어 올린다. 마침내 보바리 부인은 간통에 빠지게 될까?

시골의 마리 앙투아네트

"남자란 모름지기 모르는 것이 없고, 여러 가지 재주에 능하고 정열의 위력, 세련된 생활, 온갖 신비들로 인도해 주는 능력을 가져야 하지 않을까?"

엠마에게 결혼은 온갖 어려움을 극복하고 도달하는 사랑의 결승점이었다. 농부의 딸로 태어났으니 사랑에 전부를 거는 귀족 남자와 불꽃 튀는 연애와 결혼만이 그에 부합했다. 그러나 그녀는 모든 면에서 정반대인 샤를과 결혼했다. 그녀는 결혼 후에도 정열로 연결되는 '사랑-결혼'의 이상을 단념하지 않았다. 현실과 이상은 종이 한 겹처럼 맞닿아 있는 듯했지만, 엠마는 그 한 겹을 넘길 수 없어서 발을 동동 굴렀다.[2] 위로하는 남편과 칭얼대는 딸에게는 한숨과 짜증만 났다.

"순결을 지키기 어려운 자는 순결을 버려라. 순결이 지옥으로의 길이 되지 않기 위해서, 즉 영혼의 진흙탕과 음탕으로의

---

2 때마침 마을 근처 후작의 저택에서 열린 무도회에 참석했고, 그토록 원하던 생활을 하던 사람들을 목격한다. 엠마는 그들에 대해 알고 싶고 그들과 어울려 매일을 그들처럼 살고 싶었다. 현실은 눅눅하게 젖은 빵처럼 식상하고 무료했고, 무도회를 떠올리는 일이 일상이 되었다. 죽을 만큼 파리에서 살고 싶었다. 나중에 알고 보니, 여기서 로돌프를 처음 만나 춤을 함께 췄다.

길이 되지 않기 위해서."³

독일 철학가 프리드리히 니체는 순결을 어리석음이라 일갈한다.
유혹을 없애는 가장 확실한 길은 유혹에 넘어가는 것이다. 유혹에
완강히 버티면 다른 곳이 썩어 들어갈 가능성이 크다. 순결만 지키
고 삶은 망치는 경우가 많기 때문이다. 엠마는 열애를 바랐다.

"연애에도 그것을 위해 준비된 땅과 특수한 기온이 필요한
것이 아니겠는가?"

유부녀에게 연애는 곧 간통이다. 엠마는 간통의 준비가 끝났으
나, 레옹은 미숙했다. 연정은 후회로 남았고, 후회는 분노로 욕망을
더욱 들끓게 만들었다. 엠마는 점차 욕망에 능동적인 여자로 변해
갔다('내가 좋아하는 남자에게 적극적으로 다가가겠다'). 따라서 샤
를의 만남과 레옹의 이별까지는 엠마가 자신의 과녁을 찾아가는 과
정이며, 과녁에 대한 간절함을 응축시키는 시간이었다. 그러다 어느
날 힘차게 활시위를 당겼고, 오차 범위를 조절했고, 과녁의 가운데
점을 향해 화살을 쏘았다. 명중! 목표물인 로돌프도 이미 그녀의 미
모에 반했던 터라 그들에게는 상대를 향한 자연스런 첫발만 남았다.

3   프리드리히 니체, 『차라투스트라는 이렇게 말했다』, 김정진 옮김, 올재, pp. 78-79

"당신은 사랑을 하고 계신가요? 그녀는 가볍게 기침을 하면서 말했다."

엠마의 기침은 털어놓은 속내를 다급하게 쓸어 담으려는 의도이다. 여기서 로돌프는 간통의 가능성을 확신했다. 여자 경험이 많았던 그는 둘만 있는 곳으로 자연스레 그녀를 몰고 간다. 나란히 걸으며 대화로 공통점을 찾아나갔고, 없으면 만들어냈고('사람들 속에 있으나 언제나 혼자였지요.'), 관심사와 취향을 나누며 연결감을 쌓았다('나는 너와 같다. 우리는 서로 통한다. 그러니 너의 모든 것을 내게 털어놓아도 된다.'). 마지막으로 그는 간통의 죄책감 따위는 바보 같은 속된 도덕이라며 마음의 걸림돌을 없앤 후(엠마는 이미 그것이 없지만), 갑작스레 사랑을 고백한다. 그러자 두려움과 기쁨으로 마른 입술은 타들어 갔고, 숨은 거칠게 오르내렸고, 로돌프의 육체에서 뿜어져 나오는 향기에 취해 어지러웠는데, 우연인 척 거듭 스치듯 어루만지는 손길에 엠마의 육체는 부풀 대로 부풀어 올랐다. 치마 주름을 꽉 움켜쥐고 몸을 부르르 떨며 간신히 견뎠다. 엠마의 반응으로 속마음을 훤히 들여다본 그는 "아아, 고맙습니다. (······) 제가 당신 것임을 알아주시는군요!" 하더니 뒤로 물러선다. 몸을 바짝 밀착시켰던 로돌프는 일부러 6주간 그녀를 찾지 않았다. 영악한 밀당이 끝났을 때, 엠마의 간통은 시작됐다.

"오랫동안 억눌려 있던 사랑이 환희로 끓어올라 한 방울 남김없이 분출된 것이다. 그녀는 뉘우침도 불안도 고민도 없이 그 사랑을 음미하는 것이었다."

엠마에게 로돌프는 첫사랑이었다. 그의 남성적인 활기를 흡입하면서 엠마는 몰라보게 아름다워졌다. 남편과 이웃의 눈을 피해 맛본 쾌락은 낭만적 사랑의 도취와 환희로 여겨졌다. 그녀는 정열의 사랑으로 이어지는 결혼의 환상에 젖어들었다. 하지만 달콤했던 환상은 한여름 밤의 꿈으로 끝나가고 있었다.

끌림과 꼴림

그녀는 그에게 몸과 마음으로 끌렸다. 그러나 그는 그녀의 육체에만 꼴렸다.[4] 로돌프의 목적은 엠마의 살결을 쓰다듬고, 가슴을 움켜쥐고, 육체를 샅샅이 탐하는 것이었다. 그에게 사랑은 사냥이다. 탐스런 먹잇감을 발견하면 덫으로 살살 몰아서 걸려들면 홱 낚아채, 입맛대로 요리해 탐욕스레 먹었다. 실컷 먹으면 지겨워진 포획물을

---

4 속된 표현이나, 이것이 로돌프의 정확한 상태다.

테이블에서 치워버리고 새로운 사냥에 나섰다. 그러나 달콤한 말과 능숙한 애무에 중독된 엠마는 이 년에 걸친 간통의 기간 동안 로돌프가 자신을 사랑하는 이유에 대해 전혀 고민하지 않았다. 행복한 사람은 의심을 두려워하고, 지금의 행복이 영원하리라 믿는다.

"내겐 당신이 전부예요. 그러니까 당신한테는 내가 전부일 테죠. 난 당신의 가정이 되고 고향이 되겠어요. 당신을 잘 보살피고 사랑하겠어요." - 엠마

로돌프는 이기적이고, 엠마는 자기중심적이다. 이기적인 인간은 자신을 상대적인 관점에서 바라볼 줄 안다. 여러 면을 고려하여 총체적인 판단하에 자기 이익을 추구한다. 그가 엠마를 사랑하는 이유는 유부녀인 점도 크다. 결혼하자고 조르지 않을 것이고, 간통의 소문을 먼저 낼 리도 없고, 원할 때 몸을 품을 수있고, 혼자 있고 싶을 땐 얼마든지 그렇게 할 수 있기 때문이다. 독신의 장점을 놓치고 싶지 않은 그에게 젊고 아름다운 엠마는 좋은 정부였다. 자기중심적인 사람은 관점이 하나뿐이라, 상대 입장에서 자신을 재구성하지 못한다. 엠마는 로돌프 입장에서 그들의 관계를 바라보지 못했다. '내게 그가 전부이니까, 그에게도 내가 전부야.' 그러니까 '내가 결혼하자고 하는데 싫어할 리가 없다.'고 생각한다. 엠마에겐 로돌프

가 전부였으나, 로돌프에겐 그렇지 않았던 이유다.

그래서 엠마의 결혼 계획에 그는 슬그머니 발을 뺀다. 로돌프는 비겁했다. '나는 너를 더 이상 사랑하지 않는다.'고 말하지 않고 진실을 숨긴다.[5] 비겁했으므로, 그는 더욱 비열해져만 갔다. 애초에 함께 도망칠 마음이 없으면서도 도주 계획에 장단을 맞춰주다가 실행 직전에 달랑 편지 한 장만 전하고 잠적한다. 엠마는 화살을 로돌프의 가슴에 쏘았으나, 그는 성욕을 느낄 때만 가슴이 뛰는 사내였다. 그에게 엠마는 n번째 정부일 뿐이나, 그녀는 그를 '첫 번째 연인이자 제대로 된 첫 결혼 상대'로 여겼다. 그는 그녀의 부드러운 육체만 필요했으나, 그녀는 그와 미래를 함께하길 원했다.[6] 5월의 복숭아처럼 몸을 달콤하게 어루만지며 그들이 누리고자 했던 바는 확연히 달랐다. 복숭아의 계절이 끝났고, 그녀는 무참히 버려졌다. 엠마가 새로운 삶을 향해 쏜 희망의 축포는 불발탄으로 떨어졌다.

첫 번째 간통은 신경질적 발작과 짜증을 남기며 중단됐고, 엠마는 인간의 3대 도피처(환상)로 꼽히는 사랑, 종교, 예술 가운데 종교로 돌진했다. 간통의 욕망은 그대로이나 대상이 사라져 헛헛해

---

5 자기중심적인 인물도 사랑에 빠지면 연인의 마음을 점검하려 드는데, 쾌락이 이성을 마비시켰는지 엠마는 로돌프를 전혀 의심하지 않는다. 샤를이 엠마의 부정을 의심하지 않듯이, 그녀도 정부를 의심하지 않았다.
6 정부가 부인이 되려 하자 그는 뒷걸음쳤고, 그걸 모른 채 그녀는 빚을 내서 마련한 값비싼 선물을 바쳤다. 그는 선물에 담긴 마음은 무시했고, 물건만 받아 챙기는 작자였다.

진 가슴을 부여잡고 교회로 달려간 그녀는 "간통의 황홀경 속에서 연인에게 속삭이던 바로 그 달콤한 말들을 주님께 건넸"고 극단적인 자선 활동에 빠졌다. 사랑의 강렬함을 종교의 강렬함으로 지우려 했으나 빈약한 신앙심으로는 역부족이었다. 무엇보다 성경 구절은 귀를 만족시킬지언정 저 아래에서 솟구쳐 오르는 육체의 갈증과 '사랑-결혼'의 환상은 해결하지 못한다. 그러니 그녀가 돌아갈 곳은 떠나온 곳밖에 없었다.

간통은 끝나지 않는다. 멈춰질 뿐이다

기다림의 보상은 남편이 물어다 주었다. 샤를은 부인의 우울한 기분을 풀어주고 싶었고, 엠마를 오페라 극장으로 데려갔다. 그곳에서 그녀는 레옹과 우연히 재회한다. 미련을 남긴 채 끝났던 그를 보자마자 둘의 몸에는 불꽃이 반짝거렸다. 대도시의 문화를 익힌 레옹은 대담하게 엠마의 치마 아래로 발을 들이밀었다. 로돌프에게 조련된 엠마는 화들짝 놀란 척 한 발 물러선 후 두 발을 앞으로 내디뎠다.

"아, 안 돼요, 레옹 씨! 난 벌써 나이를 너무 먹었어요……. 당신은 너무 젊고요.”

레옹이 그녀의 하얀 허리띠를 건드리며 사랑을 고백하자 ‘난 유부녀니까 안 돼요.’가 아니라 ‘내가 너보다 나이가 많아서 안 된다.’로 대꾸했다. 더 이상 쑥맥이 아닌 레옹도 수많은 어린 여자들보다 엠마가 낫다며 그녀의 마음속으로 손을 쑥 밀어넣었다. 싱싱한 청년의 열정에 엠마의 다리는 부드럽게 열렸고, 두 번째 간통이 시작됐다. 다시 맛본 육체의 쾌락은 더욱 달콤했다. 그동안 누리지 못한 쾌락까지 되찾으려는 듯 엠마는 몸과 말의 퇴폐적 기교로 어린 정부의 혼을 쏙 빼놓았다.[7]

“아! 언젠간 날 버리겠지, 당신도! …… 그리고 결혼할 테지! …… 딴 남자들과 마찬가지로.”

‘결혼’에 방점을 찍으려는 엠마의 의도와 달리 레옹은 ‘딴 남자들’에 꽂혀 반문한다. 문란한 여자로 보일까 당황한 엠마는 해군 대령을 만난 적 있다는 거짓말로 얼버무리면서 결혼으로 몰아가려던 대화는 완전히 틀어진다. 그러나 엠마는 ‘사랑-결혼’의 환상은 포

---

7 “우리 아기, 나를 사랑해?” 보바리 부인은 레옹을 ‘우리 아기’라고 부른다. 첫 번째 외도의 실패로 두 번째 정부에게 더욱 집착하는 것이다. 과속 방지 턱은 과속을 일시적으로 막는 효과가 있지만 그 후에 과속을 촉발시키기도 한다.

기하지 않는다.

"아! 거기서(파리) 같이 산다면 얼마나 좋을까!

"지금은 행복하지 않아?"

"응, 행복하고 말고. (……) 바보 같은 소릴했네. 키스해 줘!"

'파리'를 의도한 엠마와 달리 레옹은 '행복'을 되물었고, 도주 계획은 애정 확인의 '키스'로 끝난다. 레옹도 그녀를 요염한 정부로 소진했고, 정부를 남편으로 만들고자 하는 바람은 저 멀리로 날아갔다. 로돌프의 회피가 트라우마가 되었는지, 두 번째 정부에게 도피의 소망을 적극적으로 피력하지 못한 채 중얼거리듯 흘린다.[8] 그 대신 어린 정부를 움켜쥐고 더 꼭 쥐려고 애쓴다.

"밖에 나다니지 말고 우리 일만 생각하세요. 나만 사랑해 줘요!"

엠마는 간통으로 쾌락과 죄책감, 행복과 굴욕이 뒤범벅되면서 정신은 피폐해져 갔다. 하지만 습관이 됐거나, 타락해 버려서, 혹은

---

8 "나를 데리고 달아나요! …… 오, 제발 부탁이에요." 라며, 로돌프에겐 도주의 의지를 여러 번 피력하나 레옹에겐 한 번에 그친다.

고통을 잊기 위해서라도 간통은 필요했다. 먼저 헤어지자고 말할 용기가 없어서 차라리 레옹이 그런 말을 해주길, 혹은 어떤 사건이 터져서 끝나길 바라면서도 오히려 정부에게 집착했다. 간통의 벽에 갇혀버린 것이다. 이런 와중에 법원의 판결 집행장이 그녀에게 날아 들었다. 그동안 엠마에게 사치스런 물건들을 외상으로 순순히 내주 고, 돈을 융통해 주며 구매를 교묘하게 강요하고, 그녀의 간통을 알 고 더욱 사치를 부채질한 상인 뢰르의 요구대로, 법원은 그녀에게 24시간 안에 빚을 모두 갚으라고 판결한 것이다.

그녀의 빚은 어린 정부와 밀회를 즐기느라 써댄 돈들까지 더해 져 상당히 큰 금액이었다. 남편 몰래 이웃에 돈을 빌리려 하지만 거 절당한다. 레옹도 유부녀와의 추문으로 직장 생활과 제 앞날을 망 칠까 겁내며 그녀를 피한다. 엠마는 자존심을 버리고 로돌프를 찾 아가 사정해 보지만, 돈이 없다는 뻔뻔한 거짓말만 듣고 돌아서 나 와야 했다. 이렇듯 자신을 부끄러워하며 부정하는 연인들의 민얼굴 을 보니 몹시 비참했다. 그들과 누렸던 즐거움과 기쁨 등은 고스란 히 경멸과 상실감으로 변했다. 그녀는 독약을 먹고 자살한다. 무엇이 엠마를 자살로 몰고 갔을까? 힌트는 엠마를 간통으로 몰고 간 세 번의 '그러나'에 있었다.

쾌락은 고통을 대가로 치러야 한다.

내 몸은 당신을 향해 열리고……

"그(샤를)에게 있어서 세상은 그녀가 입은 치마의 포근한 테 두리를 벗어나지 않았다."

첫눈에 반하여 모든 것이 통하는 남자와 결혼하길 원했던 엠마 루오가 엠마 보바리가 되는 순간, 간통의 잠금쇠는 풀렸다. 소심하 고 둔감한 샤를은 소시민으로 안주하며 소소한 일상의 테두리에 머 무르며 행복했으나, 엠마는 그 테두리를 벗어나야만 행복했다. 담 장 너머를 흘낏거리는 부인에 대해 남편은 의심조차 않았으니, 부인 이 치맛단을 움켜 올리고 선을 넘어도 알아차리지 못했다. 남편은 아내를 믿었고, 아내는 소녀 시절의 환상을 포기하지 않았다. 여기 서 믿음의 모순을 발견한다. 흔히 믿음을 사랑의 강력한 증거로 여 긴다. 의심과 질투를 연인의 부족한 사랑 탓으로 꼽지만, 진짜 문제 는 의심 없는 믿음이다. 연인을 향한 무한정의 믿음은, 내 마음 편하 자는 게으름의 결과물일 때가 많기 때문이다. 즉 의심은 피곤하고 그것을 증명하려면 노력이 필요하므로 믿는 것이 훨씬 편리하다. 그 래서 의심을 해소하면서 단단해진 믿음만이 사랑 없는 믿음의 덫을 비켜 간다.[9] 샤를은 부인의 외모에 반해서 남자들이 따라다녔을 것

9 사랑이 강하면 더불어 강해지는 믿음은, 상대를 향한 내 마음을 믿을 뿐이다. 여기서 상대의 의

이라며 자신이 편한 쪽으로 생각했고, 부인의 변명을 곧이곧대로 믿고 간통의 가능성을 무시했다. 그래서 아내에게 배신당한 그는 간통의 주된 피해자인 동시에 중요한 조력자였다.

"대체 누구를 위하여 정조를 지키고 있단 말인가? 샤를이야말로 모든 행복의 장애, 모든 비참의 원인, 그녀를 사방에서 옥죄고 있는 이 복잡한 가죽 벨트의 뾰족한 가시 바늘 같은 존재가 아닌가?"

외도의 이유를 남편에게 전가하는 것은 위험하다. 내가 좋아서 그를 만난다와 남편이 싫어서 그를 만난다의 차이는 주체성의 여부다. 전자의 경우는 남편에 대한 미안함과 부도덕한 자신을 향한 혐오로 외도를 끝낼 수 있지만, 후자의 경우는 오히려 이중 쾌락에 매몰된다. 일단 간통을 저지르면 이미 저질러버렸다는 해방감('이제는 고민해 봐야 소용없다.')과 새로운 상대의 신선한 쾌감이 한 몸을 이루는 '죄책감의 쾌감guilty pleaseur'에 중독되기 때문이다. 그래서 엠마는 '나는 바람피울 자격이 된다. 남편은 나의 로망을 실현시켜주지 못하기 때문이다. 게다가 정부에게 주려고 남편의 것을 뺏은

도와 내 믿음은 벌어질 가능성이 생겨난다. 그래서 사랑의 그림자가 질투라면, 질투의 속살은 믿음과 관련되어 있다.

것도 없다. 따라서 내가 그 정도는 해도 된다.'며 간통의 죄책감을
스스로에게 정당화한다.

"그녀는 지난날에 자신이 정절을 지켰던 것을 마치 죄악인
양 후회했다. 그나마 조금 남아 있는 정절마저 자존심의 성
난 매질에 무너져 버렸다. 그녀는 떳떳한 간통의 그 모든 사
악한 아이러니 속에서 쾌감을 느꼈다."

이런 '사악한 아이러니'로 엠마는 정부의 몸에 안길 때마다 죄책
감과 결혼에서 벗어나는 이중 해방의 쾌감에 젖는다. 남편은 내 쾌락
을 가로막는 방해자고, 남편에 대한 혐오가 커질수록 정부들과 나누
는 키스의 맛은 달콤했고, 달콤해야만 했으며, 달콤할 수밖에 없었
다. 그러니 엠마의 정부가 로돌프와 레옹일 필요는 없다. 단지 그들이
거기에 있었을 뿐이다. 그녀는 그들을 발견했고, 그들은 엠마와의 불
륜 가능성을 간파했다. 여기서 간통의 두 번째 이유와 만난다.

죄책감의 쾌감으로, 죄책감을 잊는다

엠마의 결정적 매력은 빛나는 미모가 아니다. 간통에 열려 있는 태

도다. 엠마는 유혹에 강한 게 아니라, 로돌프와 레옹을 제외하고는 몸을 내어줄 만큼의 유혹이 없었을 뿐이다. 야수의 시선으로 원피스를 한 겹 한 겹 천천히 발가벗기고, 도발적인 말과 몸짓으로 몸을 뜨겁게 부풀리고, 부채질로 가려지지 않는 욕정을 간파한 신사가 손목을 낚아채 어둠 속으로 데려가주길 그녀는 기다리고 기다렸다. 따라서 간통의 상대로서 엠마의 가장 큰 매력은 불륜에 열려 있는 태도와 기회가 생기면 추문을 감수하겠다는 의지다. 그것이 너무 강했기에 정열의 '사랑-결혼'의 환상은 번번이 실패했던 것이다. 하룻밤 사랑에 일생을 거는 엠마에게 정부들이 일생을 걸기엔 하룻밤이 너무나 쉬웠기 때문이다. 간통의 결말은 첫 번째 정사에서 결정된 셈이다.[10]

"흡족한 단 한 번의 밀회를 위해서라면 모든 것을 다 던져버려도 아깝지 않을 것 같았다."

레옹과도 결혼의 가능성이 사라지자, 엠마의 신체는 입술과 가슴, 허벅지와 성기 같은 성감대의 기관만 작동하는 기계로 변해 갔

10　엠마가 잘못된 정부(로돌프와 레옹)를 고른 점도 불행의 요인 가운데 하나다. 그들이 엠마의 뜨거운 사랑에 조응해 함께 도피했더라면 결말은 달라졌을 것이다. 『폭풍의 언덕』의 히스클리프, 『제인 에어』의 로체스터, 『안나 카레니나』의 블론스키 같은 사내였다면 엠마의 인생은 전혀 다른 방향으로 흘러갔을 것이다.

다. 당장 실현되지 못한 도주에 대한 갈망과 현실의 간극을 그녀는 음란한 섹스와 탐욕스런 사치로 채웠다.[11] 어제의 쾌감이 오늘의 욕망을 달래지 못하니, 예쁜 인형처럼 꾸미고 정부에게 달려갔다. 엠마는 아름다운 자신에 대한 만족과 연인에게 예뻐 보이고 싶은 마음으로 옷과 장신구들을 마구 사들이는데, 사치에 빠진 이유를 다른 측면에서도 접근할 수 있다. 사치의 죄책감으로 불륜의 죄책감과 발각될 위험에 대한 불안을 잊으려는 의도 혹은 눈앞에 닥친 작은 걱정이나 고통으로 감당하기 버거운 큰 걱정과 고통을 잠재우려는 의도다. 간질간질한 부위를 날이 선 손톱으로 피가 날 때까지 박박 긁어대는 것과 같다. 아프지만 시원하다. 가려움을 통증으로 대체한다. 원인은 그대로지만 기분은 한결 가벼워지기 마련이다.

"욕망은 우리에게 생명을 불어넣고 감정을 일깨우는 만큼이나 우리 성격을 결정짓기도 한다."[12]

---

11 라틴어에서 탐욕과 음란은 친족 관계다. 탐욕은 큰 성과물에도 욕구가 채워지지 않는 정신 상태로 항상 '더 많이'를 요구하는데, 넉넉하고 넘쳐나는 상태의 음란과 뜻이 닿는다. 음란은 난잡한 결합과 외설을 상기시키므로, 방탕하고 부도덕한 행위로 여겨진다. 그리스어의 사랑 '아가페'도 풍성함을 뜻하지만 경멸의 의미는 없다. 신약 성서에서 아가페는 그리스도가 최후의 만찬 때 제자들과 나누던 성체 의식과 식사 자체의 형제애, 연회의 넘쳐나는 풍성함을 지칭한다. 이렇듯 풍성함 자체는 경멸의 대상이 아니지만, 많이 가졌으면서 더 가지려는 탐욕은 부도덕하고, 배우자 이외에 정부들을 가지려는 음란은 방탕하다. 이런 이유로 사치와 음란, 음란과 성적인 감각(늘 더 자극적인 것을 요구)은 항상 짝을 이룬다. 엠마의 사치는 사랑 이외에는 무관심한 태도와 불안, 음란과 무절제 등의 복합적인 결과다.

12 장-미셸 우구클리앙, 『욕망의 탄생』, 김진석 옮김, 문학과지성사, p. 29

엠마는 욕망에 순수해서 집착했고 순진해서 완강했다. 그렇다면 엠마가 단지 나쁜 쾌락들에 중독됐던 것일까? 그것은 결과이지 원인은 아니다. 엠마가 간통을 끊지 못한 세 번째 이유는, 열정적인 사랑으로 맺어진 결혼으로 행복하길 원했기 때문이다. 그녀는 '사랑-결혼-행복'의 삼위일체를 포기하지 않았고, 그것이 그녀를 삶의 벼랑 끝으로 몰아세웠으며, 때마침 불거진 돈 문제가 결정타를 날렸다. 그러니 빚이 사랑과 행복의 관계를 깨닫게 만드는 빛이 된다. 이것이야말로 사악한 아이러니다.

사랑해도 사랑받지 못하면 행복하지 않다

"돈을 요구한다는 것은 사랑을 덮치는 모든 돌풍들 가운데서도 가장 싸늘한 바람이어서 사랑을 뿌리째 뽑아버리는 것이다."

감당하지 못할 빚, 돈을 빌리러 다니며 느낀 자괴감, 옛 정부들의 비열함에 대한 환멸 등은 자살의 결정적 원인이 아니다. 엠마는 돈에 대한 정부들의 태도에서 사랑에 대한 자신과 그들의 결정적인 차이를 깨닫는다. 엠마에게 사랑은 돈과 비교 대상조차 되지 못했지만 정부들은 사랑보다 돈(이익)이 먼저였음을, 그녀는 사랑이 모든 것에 앞서는 낭만적인 사랑을 원했으나 상대들은 현실이 사랑보다 중요했음을, 보바리 부인은 사랑을 위해 모든 것을 바치는 '사랑의 귀족'이라면, 정부들은 돈과 세속의 이익이 최우선인 '사랑의 속물'이었음을. 그녀는 사랑으로 행복하고 싶었고 그러려면 결혼으로 단단히 맺어져야 한다고 믿었던 탓에 '사랑-결혼-행복'에 집착했던 것이다.

"그녀는 행복하지 않았고 한 번도 행복했던 적도 없었다. (……) 미소마다 그 뒤에는 권태의 하품이, 환희마다 그 뒤에는 저주가, 쾌락마다 그 뒤에는 혐오가 숨어 있고 황홀한 키스가 끝나면 입술 위에는 오직 보다 큰 관능을 구하는 실현 불가능한 욕망이 남을 뿐이다."

그녀는 행복을 원했으나 쾌락만 얻었고, 그 간극으로 인한 공허함을 더 큰 쾌락으로 채우려 했다. 그토록 원했던 '사랑-결혼-행복'은 이룰 수 없는 이상이자 환상일 뿐임을, 그렇기 때문에 나 혼자 몸과 진심을 바쳐 사랑해도 행복에 이르지 못할 것임을 비로소 깨달았다. 자신을 지탱하던 영혼이 빠져나간다고 느꼈고, 독약을 먹었다.

"아무도 책망하지 말아주세요." - 엠마

사랑의 행복은 연인과 함께 만들고 유지하는 공동 작업의 결과물이다. 나 혼자 잘하면 짝사랑만 가능하다. 사랑은 언제나 더불어 함께다. 아무리 노래를 잘해도 혼자 듀엣곡을 부르지 못하듯, 사랑은 내가 사랑하는 네가 나를 사랑하는 것이다. 둘이 동시에 사랑을 주고받을 때에만 사랑으로 행복할 수 있다. 죽음이 삶을 완성하는 하나의 방식이라면, 독약 자살은 그녀의 환상인 '정열의 사랑-결혼-행복'의 삼위일체를 이루려 간통과 사치를 저질렀던 자신을 처벌하는 행위였다. 자신의 삶을 스스로 마무리한 결단이다. 그래서 슬프되 불쌍하지는 않은 결말로 읽힌다.

운명을 사랑하라

"아모르 파티Amor Fati, 이제부터 그것은 나의 사랑이 될 것이다! 나는 추한 것에 대한 그 어떤 전쟁도 하지 않을 것이다. 나는 비난하지 않을 것이며, 심지어 비난하는 자 역시 비난하지 않을 것이다. 시선을 돌리는 것, 그것만이 내가 하는 유일한 부정일 것이다!"[13]

프리드리히 니체의 '아모르 파티'는 자신의 운명을 사랑하라는
가르침이다. 아무리 삶이 불만족스럽고 감당하기 힘들더라도 체념
하거나 부정하지 말고 운명으로 받아들이고 적극적으로 살아내야
한다는 뜻이다. 누구도 대신 살아줄 수 없는 내 인생을 행복하게 살
기 위해서 필요한 마음가짐이다. 니체를 몰랐더라도 니체의 말처럼
엠마는 인생을 살았고, 죽음의 책임도 타인에게 전가하지 않았다.
욕망에 주체적으로 행동했고, 대가도 치렀다. 이런 깨달음이 필요
한 여자가 여기 있다. 엠마가 그토록 동경했던 파리에서 실내 장식
가로 살아가는 폴인데, 그녀는 불성실하나 익숙한 연인 로제와 신
비로운 미소년 시몽 사이를 오가며 사랑과 행복의 균형을 잡으려
한다. 두 남자 가운데, 서른아홉 살의 폴은 누구를 선택할까? 당시
독자들이 몹시 격렬하게 항의했을 정도로, 폴의 결말은 논쟁적이었
다. 그 과정을 프랑스 문단의 매력적인 작은 괴물로 불리는 프랑수
아즈 사강이 『브람스를 좋아하세요...』에서 탁월한 심리 묘사로 그
려낸다.

---

13 베르네 슈테마이어, 『니체 입문』, 홍사현 옮김, 책세상, pp. 305-306, 프리드리히 니체의 『즐거
운 학문』 276번 재인용

P

귀스타브 플로베르 Gustave Flaubert (1821-1880, 프랑스)

12세에 『돈키호테』를 읽고 감명받아 글을 쓰기 시작했다. 건강 문제로 파리 법대를 중퇴하고, 창작에 매진해 『감정교육』과 『세 가지 이야기』 등의 소설을 남겼다. 프랑스 최고의 명예 훈장인 레지옹 도뇌르 훈장을 받았다. 말년에는 건강과 재정의 어려움을 겪다가, 소설 『부바르와 페퀴셰』를 완성하지 못한 채 뇌일혈로 죽었다. 프란츠 카프카가 소설가의 모범으로 섬겼고, 후대의 소설가들에게 많은 영향을 줬다.

『마담 보바리』는 1856년 봄에 탈고하여 그해 말 『르뷔 드 파리』지에 연재됐다. 이듬해 1월에 이 작품으로 인해 출판사와 작가는 공중도덕 및 종교 모독죄로 기소당했고, 무죄 판결을 받았다. 그 후에 다시 출간해서 큰 성공을 거뒀다. 플로베르는 변호를 맡았던 쥘 세나르에게 초판을 헌사했다. 부부의 문제를 정면으로 파고든 『마담 보바리』는 결혼 제도가 존재하는 한 영원히 읽힐 수작으로 평가받는다. 서머싯 몸의 '최고의 작가 10명과 그 작품들'에 선정됐다.

옛 애인에게 집착하는 뜻밖의 이유

『브람스를 좋아하세요...』

프랑수아즈 사강

헤어지고 나서도 유난히 잊히지 않는 연인이 있다. 사랑을 통해 얻고 싶은 무엇을 경험하게 만들어서 우리 마음속에 단단히 뿌리내렸기 때문이다. 폴에게 로제가 그런 연인이라, 그녀는 시몽의 손을 선뜻 잡지 못한다. 폴의 마음에 로제가 뿌리내리도록 만든 것은 무엇일까?

파리의 실내 장식가 폴은 5년째 로제와 사귀고 있으나, 열네 살 연하의 미남 변호사 시몽의 고백에 흔들린다. 사십 대 초반의 로제는 바람을 피우며 독신의 자유도 잃지 않으려 애쓰는데, 자신을 너무 이기적이라고 생각하냐는 물음에 "아니야, 로제. 이따금 좀 외롭고, 늙은 것 같고, 당신 뜻을 따르기가 어렵다는 생각이 들 때가 있는 건 사실이야. 하지만 나는 행복해." [1] 하고 답한다. 망설임 끝에 내뱉은 '행복해'는 '힘들지만, 견딜 수 있어.'로 들린다. 폴은 진심을 숨기고 오히려 그를 위로한다. 이처럼 둘의 관계는 그녀의 양보와 희생으로 유지되는데, 시몽은 처음부터 그녀에게 적극적으로 호감을 표현한다. 줄곧 시몽의 마음을 완곡하게 거절하고 회피하던 그

1 프랑수아즈 사강, 『브람스를 좋아하세요...』, 김남주 옮김, 민음사

녀는 브람스 음악회에 함께 가자는 초대를 충동적으로 받아들인다. 원래 주말 여행이 예정되었으나, 로제는 배우 지망생인 메지와 비밀 여행을 즐기기 위해 출장을 핑계로 취소했고, 폴은 혼자 주말을 보내기 싫었기 때문이다. 음악회 이후로 폴은 주변을 맴도는 시몽에게 자꾸 마음이 쓰인다. 이런 상황에서 로제는 시몽을 질투하면서도 폴이 자신을 떠나지 못하리라 믿지만, 폴은 자신을 돌봐주고 함께 시간을 보내는 시몽에게 사랑을 느낀다. 갈등 끝에 그녀는 시몽을 선택한다. 사랑받는 여자의 행복을 누리면서도 폴은 어딘가 모르게 허전하다. 어느 날 우연히 식당에서 로제와 마주치고, 그의 슬픈 표정에 마음이 흔들리는데…….

폴은 시몽을 떠나 로제에게 돌아갈까? 답은 폴과 로제의 사랑의 모양에 달려 있다.

내가 맞추는 사람과 내게 맞춰주는 사람

"탄력 없는 살갗이 마치 누군가 다른 사람, 아가씨의 대열에서 아줌마의 대열로 마지못해 넘어가고 있는, 외모에 몹시 신경을 쓰는 또 다른 폴의 것이기라도 한 것처럼, 그녀로서는 그런 모습이 낯설었다."

서른아홉의 폴은 거울에 비친 외모를 면밀히 확인한다. 신경 안 쓰려 해도 늙어가는 모습에 신경이 곤두선다. 중년에 접어든 그녀에게 로제는 어려운 문제다. 그는 폴과 구속하지 않되 깊은 관계를 원한다. 그가 편할 때 전화 걸고, 그녀의 집에 드나들며, 약속을 변경하며 독신의 자유를 마음껏 누린다. 그녀만 사랑한다고 확신하면서도,[2] 그녀가 자신에게 무엇인가 요구함을 느끼면서도, 자기가 그녀를 외롭게 만든다는 것을 알면서도 모른 척하고 있다. '나는 그녀만 사랑하지만, 나의 자유도 필요하다.' 폴은 그의 외도를 모르는 척 넘겨준 후로, 다루기 쉬운 애인이 되었다. 다른 여자들에게 우선순위가 밀렸고, 크리스마스 다음 날 거리에 버려진 트리처럼 자주 텅 빈 아파트에서 울며 혼자 잠드는 밤이 늘었다. '그래도 그는 나를 사랑하니 내일이면 괜찮아질거야.' 애정의 대가는 헛헛한 외로움이었다.

외로움과 고독은 다르다. 신학자 폴 틸리히Paul Tillich에 따르면, 외로움loneliness은 혼자 있는 고통이고 고독solitude은 혼자 있는 즐거움이다. 외로움은 다른 존재들과의 관계가 단절되며 생기는 비자발적 감정이나, 고독은 스스로 선택하는 감정이다.[3] 따라서 폴은 연

2　"로제는 아무것도 확신할 수 없었고 자기 자신조차 신뢰할 수 없었다. 그가 확신하는 유일한 것은 그 무엇으로도 부술 수 없는 폴의 사랑이었고 몇 년 전부터 그녀에게 집착해 온 자기 자신의 마음뿐이었다."

3　번역가 김남주는 '고독'으로 옮겼으나, 설명한 이유로 폴의 상태를 외로움으로 해석했다.

인 있는 외로움의 괴로운 날들을 견뎌야 했다.

"언제 저와 점심 식사를 하지 않으시겠어요?"

스물다섯 살의 시몽은 질문으로 애정을 표한다.[4] 그가 뜨겁게 성큼 다가서자 폴은 일을 핑계로 부드럽게 물러선다. 폴은 선을 분명히 그었으나, 시몽은 선 너머를 탐하며 밀고 들어온다. 폴은 선을 새로 긋고 시몽은 그 선을 넘는 과정이 반복되면서, 마침내 그녀가 바라는 것들을 채워주려 애쓰는 시몽에게 끌린다. 매력은 상대의 방어막을 해제하는 힘이다.

"사람은 혼자가 아니라 둘이 같이 있어야 합니다. 자, 나가서 좀 걸을까요. 지금은 날씨가 무척 좋네요."

언제나 그녀 곁에 있으려는 시몽을 향한 애정과 나이 어린 그를 향한 모성애가 폴에게 들어서면서 둘 사이의 경계선은 옅어진다. 폴 안에 시몽의 자리가 만들어지면서 '폴-로제'는 '로제-폴-시몽'의 삼각관계로 변한다. 사랑의 설렘에 잠시 젖어든 일탈일까?

---

4 '언제 밥 먹자'가 거의 모든 상황에서 쓰이는 관용어인 한국과 달리, 프랑스에서는 호감과 호의 등을 포함하며 밥 먹은 다음의 무엇을 탐색하려는 뉘앙스까지 품기도 한다.

나이 들어도 사랑은 설렌다

"그리고 당신, 저는 당신을 인간으로서의 의무를 다하지 않
았다는 이유로 고발합니다. 이 죽음의 이름으로, 사랑을 스
쳐 지나가게 한 죄, 행복해야 할 의무를 소홀히 한 죄, 핑계와
편법과 체념으로 살아온 죄로 당신을 고발합니다. 당신에게
는 사형을 선고해야 마땅하지만, 고독 형을 선고합니다."

'내 사랑을 받아들이지 않으면 당신은 앞으로도 외롭게 살아야
만 한다.' 폴은 자신을 간파당해 아프면서도, 행복이 간절하다. 그
녀의 행복은 로제에게 달려 있고, 그와 더 단단하게 연결되길 바랐
다. 하지만 한 번 참았더니 또 참아야만 할 일들만 이어졌다. 미지의
여자들과 경쟁해야 하는 상황에 자존심 상하고, 그녀들을 안았던
그를 침대에 받아들이며 그 더러움에 전염된 듯 상처입었다. 그렇게
황폐해진 폴의 처량한 내면이 시몽의 구애로 밝고 화사해졌다. '더
나이 들면, 한 번 이혼한 내 인생에서 이런 떨림과 설렘이 또 있으려
나?' 동시에 탄력 잃은 중년의 몸으로 어린 남자와 연애하기도 두렵
다. '조카뻘 되는 청년과 사귈 수는 없는데……' 그녀는 설렘과 두
려움, 기대와 회의로 로제와 시몽 사이를 한동안 오간다.

"제겐 당신을 사랑할 권리가 있고, 할 수만 있다면 그에게서 당신을 빼앗아 올 권리가 있습니다."

나이 들어도 사랑은 설렌다. 설렘은 행복해지고 싶은 마음이다. '언젠가는 어린 연인의 열기도 식어갈 테고, 예상되는 고난과 예상하지 못할 다툼을 겪으며, 냉전과 화해의 과정을 거쳐 결국엔 이별할 텐데…….' 이런 이유로 나이 든 자의 설렘은 사랑으로 나아가지 못한 채 사그라지기 마련이다. 시몽은 갈등하는 폴을 확 끌어당겼다. 더 이상 사랑에 기대를 걸지 않(으려)는 여자와 사랑에 자신만만한 청년, 사랑의 뜨거움이 좋으면서도 겁나는 여자와 사랑으로 현실의 문제를 감당할 수 있다고 믿는 남자의 연애가 시작된다. 폴은 자기가 맞춰주며 유지하던 사랑과 이별하고, 자기에게 맞춰주는 사랑으로 나아간다. 외로움에 울며 차갑게 식은 침대에 혼자 잠들던 그녀는 시몽과 온기를 나누며 아침을 맞는다.[5] 그녀의 매일은 사랑받는 여자로 행복하다. 그러나 전혀 의외의 곳에서 둘의 연애의 불길한 싹이 자라고 있었다.

---

5 시몽에게 처음 알몸을 내보인 폴은 자신이 늙고 추하게 느껴졌으나, 시몽은 "당신 꿈을 꿨어. 이제는 당신 꿈만 꿀 거야."와 "당신 주위에 사람들이 너무 많아. 나는 경비견이 될 생각이고 그에 걸맞은 복장을 갖출 거야.", "(로제와 이별하고 눈물 흘린 폴을 껴안으며) 그 자식을 죽여버리겠어."처럼 꿈결 같은 말과 행동으로 애정을 표한다.

사랑에서 압도적인 장점 하나는 소소한 단점들을 없앤다.

브람스와 정체성

"오늘 오후 6시에 플레옐 홀에서 아주 좋은 연주회가 있습니다. 브람스를 좋아하세요?" - 시몽

유치한 질문이 때로는 인생의 물음이 되기도 한다. 시몽이 보낸 브람스 음악회 초대 편지에서 그녀는 '브람스? → 내가 좋아하는 음악가였나? → 그의 음악을 끝까지 들었던 적이 언제였지…… → 그러고 보니 음악도 책도 다 중도 포기였네!' 등으로 이어지며 예전과 달라진 자신의 모습에 놀랐다. 놀람은 질문으로, 질문은 또 다른 의문으로 뻗어 나갔고, 의도적으로 피했던 모든 질문이 하나의 덩어리로 뭉쳐졌다. 그것이 폴을 아프게 내리친다.

"그녀는 자아를 잃어버렸다. 자기 자신의 흔적을 잃어버렸고 결코 그것을 다시 찾을 수가 없었다."

음악회를 빌미로 옆자리에 나란히 앉고 싶었던 시몽의 '브람스를 좋아하세요?'는 폴의 '나는 누구지?'의 질문으로 변주됐다. 그녀는 '브람스를 좋아하세요?'를 손으로 매만지며 입술로 되뇌며 잃어버린 자아에 대해 생각하게 됐다. '좋아한다, 싫어한다'로 답해야

할 물음은 날아가고 정체성의 상실로 인한 감정들이 밀어닥쳤다. 이름 붙일 수 없는 감정들이 마구 들끓자, 다급히 세 개의 연이은 마침표로 응축시켰을 것이다.[6] 이런 허무로 폴은 "로제를 진정으로 사랑하는 것이 아니라 사랑한다고 여기는 것뿐인지도 몰랐다."는 의심에 빠진다. 이런 의심과 허무 등을 털어놓고 싶은 마음, 혹은 지금의 어지러운 마음에서 벗어나고자 폴은 충동적으로 음악회 초대에 응한다.

이렇듯 브람스 음악회는 둘의 관계가 단단해지는 시작점이자, 폴이 자아와 정체성에 대해 고민하는 계기였고, 로제를 향한 사랑이 흔들리는 촉발점이었다. 왜냐하면 '나는 누구인가?'의 주제는 '나는 어떤 사람인가?' '언제 나는 행복한가?' '내게 소중한 사람들은 누구인가?' 등의 물음으로 발전하기 때문이다. 이런 순간들에 그녀는 로제의 생각과 판단이 중요했으나, 물을 수는 없었다. 그녀와 로제의 관계의 본질을 시몽은 예민하게 감지한다.

"난 당신도 나와 함께 있어서 행복했으면 좋겠어. 지금 당신

---

6 본문에서는 '브람스를 좋아하세요?' 물음표로 끝난 문장이나 책 제목은 '브람스를 좋아하세요...'이다. 이런 이유로 프랑수아즈 사강은 제목에 마침표 세 개를 말줄임표처럼 썼을 것이다. 다른 해석도 가능하다. 프랑스에서 브람스의 인기는 높지 않은 편이다. 시몽은 그녀가 브람스를 싫어해서 초대를 거절할까 염려했을 가능성이 크다. 그래서 편지를 보낼까 말까 갈등하며 혼잣말을 여러 번 했을 수도 있다. 마침표는 문장을 완결시킨다. 하지만 마침표 세 개로 문장을 끝내면, 말줄임표가 되면서 문장의 해석은 독자의 몫이 된다. 글로는 쓰지 못할 심정을 상상하게 만든다.

은 행복해지기에는 지나치게 로제에게 집착하고 있어. 당신
은 우리의 사랑을 우연한 것이 아니라 확실한 그 무엇으로
받아들여야 해."

시몽이 폴을 사랑하고, 폴이 시몽을 사랑해도 둘은 로제의 존
재를 떨쳐버리지 못한다. 시몽이 아무리 애써도 채우지 못하는 폴
의 빈 구석에는 로제가 유령처럼 떠돌고 있었다. 행복과 불안, 절망
과 희망이 뒤범벅된 시몽의 심정을 작곡가 요하네스 브람스Johannes
Brahms는 아마 알았을 듯하다. 그를 연결 고리로 폴과 로제, 시몽의
관계는 클라라와 슈만, 브람스의 실제 이야기와 포개진다.[7]

삼각관계의 이중주

슈만과 클라라, 브람스의 사랑은 애절하다. 로베르트 슈만Robert
Schumann은 위대한 작곡가이자 음악 평론가였고, 역시 작곡가이자

7　프랑수아즈 사강이 세 음악가의 관계를 참고했는지 소설에서는 명확하지 않다. 그리고 둘이 갔
던 음악회의 곡목을 특정하지 않고 '콘체르토'라고만 썼다. 브람스는 두 곡의 피아노 콘체르토, 한
곡의 바이올린 콘체르토와 바이올린과 첼로의 더블 콘체르토를 작곡했다. 바이올린에 대한 묘사 ─
"바이올린 한 대가 오케스트라의 소리를 누르고 솟아올라 찢어질 듯한 고음으로 필사적으로 떨더니
이윽고 저음으로 내려와서는 즉각 멜로디의 흐름 속으로 빠져들며 다른 소리들과 뒤섞였다." ─ 로
추측건대 피아노 콘체르토는 아닌 듯하다.

피아니스트였던 아내 클라라Clara Schumann는 남편을 사랑하고 존경했다. 1853년 여름 첫 만남에서 브람스의 재능을 알아챈 슈만은 호의와 애정으로 그를 가족처럼 집 안에 받아들였다. 스무 살의 브람스는 슈만을 스승 삼았고, 클라라도 재능 있는 젊은 음악가를 아꼈다. 정신 착란으로 고통받던 슈만이 1854년 2월의 차가운 라인강에 몸을 던졌다. 소식을 듣고 한걸음에 달려간 브람스는 슬퍼하는 클라라를 위해 '피아노 삼중주 1번 (Piano Trio No. 1 in B major, Op. 8)'을 들려준다. 그가 슈만과 클라라를 처음 만난 여름에 작곡을 시작해서 슈만이 투신하기 직전인 이듬해 1월에 완성한 이 곡에는 불행이 덮치기 전 그들이 나눴던 아름다운 추억이 깃들어 있었다. 이 곡을 통해 브람스는 그녀에게 '즐겁고 행복했던 날들이 여기 담겼듯, 슈만은 언제나 우리와 함께 있을 거예요.'로 다정하게 다독인다.

2년 후 슈만은 죽었다. 클라라는 피아니스트로 활동하며 일곱 명의 아이를 홀로 키웠다. 브람스는 열네 살 연상의 클라라를 향한 연정을 숨기지 않는다. 세속의 호기심은 '그래서 둘의 관계는 정확히 무엇인가?'에 맞춰진다. 서로 마음만 주고받았을까? 침대도 함께 썼을까? 클라라에 대한 브람스의 사랑은 분명하나, 그녀가 그를 연인으로 받아들였는지에 대해서는 의견이 나뉜다. 클라라는 브람스를 모성애와 우정으로 대했다는 주장과 세속의 비난이 두려워 연

인 사이임을 숨겼다는 주장까지 저마다의 주장은 근거가 있고, 제각각의 설득력도 지닌다.[8]

슈만과 클라라의 결혼 생활은 행복의 이중주였으나 짧게 끝났고, 클라라와 브람스의 관계는 슬픔과 애틋함의 이중주로 44년간 지속됐다. 여기서 클라라와 브람스의 관계를 파악할 핵심은 클라라와 슈만의 관계다. 그녀가 브람스의 연정을 거절했다면, 슈만 때문이다. 죽은 슈만이 산 클라라를 옭아맸다. 따라서 세 음악가의 사랑은 두 개의 이중주로 된 하나의 삼각관계였다. 로제와 폴, 시몽도 그러했다. 이런 와중에 각자의 연인과 식당을 찾은 폴과 로제는 우연히 식당에서 재회한다. 무언가 간절히 바라는 로제의 표정에, 그녀는 눈을 감았고 그날 밤 시몽과 섹스를 거부한다. 다음 날 저녁에 로제와 폴은 만난다. 그가 너무 불행했다고 말하자, 그녀도 그랬다면서 눈물을 흘린다. 그리웠던 것이다.[9]

"시몽, 이제 난 늙었어. 늙은 것 같아……."

8 영화 〈클라라 Geliebte Clara〉(헬마 잔더스 브람스 감독, 2008년)에서 브람스는 거듭 자신을 거절하는 클라라에게 "앞으로 내가 여자들과 사랑을 나눌 때마다 당신만을 생각하겠다."고 윽박지른다. 좌절과 절망의 표현이다. 이 영화는 사실보다는 둘의 관계를 낭만적으로 각색했다.
9 "익숙한 그의 체취와 담배 냄새를 들이마시자 구원받은 듯한 기분이 들었다. 아울러 길을 잃은 기분도."

폴은 로제에게 돌아간다. 거울 속 자신의 나이 든 모습을 응시하며 시작된 소설은 눈물 흘리며 떠나는 어린 연인에게 늙음을 변명하며 끝난다. 폴은 나이 때문에 오랜 연인과의 익숙한 불행을 선택한 것이 아니다. 진짜 이유는 다른 것이다.

뽑히지 않는 뿌리 같은 것

"(그녀의 전남편과 자신을 몹시 사랑했던 다른 남자의 얼굴에 이어) 마지막으로 로제의 얼굴이 떠올랐다. 머릿속에 떠올리는 것만으로도 그녀에게 생기를 주고 표정을 바뀌게 하는 유일한 얼굴이었다."

폴이 로제를 선택한 이유는 로제만이 폴에게 충족시킬 수 있는 무엇 때문이다. 그것은 폴에게 살아 있음을 느끼게 만들 만큼 강력했다. 그것의 정체를 파악하지 못해 시몽은 몹시 불안했다. 그것이 자신과 폴의 관계를 무너뜨릴 것으로 예감했기 때문이다.

"그가 없애야 하는 것은 로제와의 추억이 아니라 폴 안에 있는 로제라는 그 무엇, 그녀가 집요하게 매달려 있는, 뽑아버릴 수 없는 고통스러운 뿌리 같은 그것이었다."

　그것이 로제에게 속한 것인지 둘의 관계에서 만들어졌는지 불명확하나, 폴은 로제와 있으면 편안했다. 편안함은 자신의 존재를 머리끝부터 발끝까지, 태어나는 순간부터 지금까지 무슨 짓을 저질렀든 무슨 말을 했든 간에 자신을 이해하는 사람으로 확신하게 만들었다. 로제의 무엇이 그녀에게 그런 효과를 내는지 불명확하나 폴은 그를 통해서만 그것을 경험했다. 이해받는 기분과 사랑받는 기분은 다르다. 사랑받으면 행복감, 이해받으면 지금의 나도 괜찮은 사람이라는 안심이 든다. 시몽은 폴을 사랑하나 폴은 이해받는 기분을 갖지 못했고, 로제가 그리워졌다. 시몽에게 사랑받는 기분이 충전되자 그 결핍감은 견디지 못할 만큼 커졌다. 그것만 충족된다면 로제로 인한 외로움 정도는 감당할 만하다. 전남편이나 시몽, 누구를 만나더라도, 이유는 달라도 견뎌야 하는 외로움은 있기 마련이기 때문이다.

　이해받는 기분이 들게 하는 사람이 나를 사랑하는 경우는 일생의 행운이니, 어떤 대가를 치르더라도 사랑하지 않을 수 없다. 헤어져도 이별이 아니고, 몸은 떨어져도 생각에서 떨쳐내지 못한다. 폴이 로제에게 느낀 감정의 줄기를 따라 내려가면 뿌리에서 브람스로 촉발된 질문의 답과 만난다. 로제가 곧 그녀의 자아이자 정체성이었다.

나쁜 정답

폴에게 로제는 한 명의 연인을 넘어서(타자로 대체 가능), 그녀가 그녀다울 수 있는 특질들의 종합체(대체 불가)였다. 그것은 로제 안에 깃든 무엇이 아니라, 로제는 촉매로서 그녀를 있는 그대로의 그녀로 만들어줬기 때문이다. 어떤 사람과 함께 있으면 마치 어딘가에 두고 온 나의 열두 살과 재회하는 기분이 드는, 혹은 열두 살의 나로 돌아가게 만드는 듯한 기분에 젖는 것과 같다.

　이런 이유로 클라라도 브람스의 손을 끝내 잡지 못했을 것이다. 클라라는 슈만으로 인해 음악가 클라라가 되었으니, 그녀의 자아와 정체성은 오롯이 슈만의 영향으로 만들어졌다. 그가 죽어도 그의 음악과 추억으로 클라라는 자기 안에 깊이 뿌리내린 슈만을 없애지 못했을 것이다. 이런 사실을 안 후로 브람스는 그녀에게 연정을 표현하지 않았을 듯하다. 브람스는 여러 여자를 사귀어도 결혼은 하지 않은 채 클라라와의 관계를 평생 유지했고, 그녀가 눈을 감은 이듬해 그도 죽었다. 그녀를 위해 연주했던 피아노 삼중주를 훗날 고쳐서 그의 108번째 작품으로 하겠다고 했는데, 브람스 작품

번호 108번은 바이올린 소나타 3번이다. 이런 우연으로 인해서인지 이 곡, 특히 2악장은 지난 사랑을 간직한 채 홀로 나이 든 남자의 쓸쓸함이 바이올린 선율에 짙게 묻어나는 듯하다.

클라라가 브람스를 품으려면 슈만을 죽여야 했듯이, 폴이 시몽을 안으려면 로제에 깃든 자신의 자아와 정체성을 부정해야만 한다. 클라라와 브람스의 관계는 슈만이 결정지었듯, 폴과 시몽의 관계도 로제에 의해 달라졌다. 따라서 폴이 로제냐 시몽이냐를 선택하는 문제로 보이나, 실제로는 로제냐 로제가 아니냐였다. 그녀는 로제가 아니라고 판단했으나, 헤어지고 나서야 로제였음을 깨닫자 그에게 되돌아갔다. 여전히 그는 일을 핑계로 약속을 취소하고, 또다시 그녀는 홀로 식은 음식을 먹으며 베개에 눈물을 적실 것이다. 외로움을 견디다 또 다른 시몽에 흔들릴 것이다. 폴이 로제를 선택한 것은 나쁜 정답이다.

나에게 행복을 허락할 용기

"남성의 행복은 '나는 바란다'는 것이며, 여성의 행복은 '그는 바란다'는 것이다. '보라! 지금 세계는 완성되었다.' 여성은 모든 사랑을 바쳐 복종할 때 이렇게 생각한다."[10]

니체의 말은 오해될 수 있다. 여기서 남성은 생물학적 남자가 아니라 연인 사이에 주도적인 쪽으로 고쳐서 이해해야 한다. 관계의 주도권을 쥔 로제는 폴과 더불어 행복하다. 하지만 폴은 그렇지 못할 것이다. 우리가 사랑하는 이유는 행복하고 싶어서다. 지금보다 행복하려 연애하고, 연애보다 행복하려 결혼하고, 결혼이 행복하지 않아 이혼한다. 행복하려면 우선 스스로에게 행복을 허락해야 한다. 그것은 자신이 얼마나 소중한 사람인지 깨달아야 한다. 이런 면에서 로제는 그녀의 진정한 행복을 차단하는 방해물이다. 자아니 정체성이니 하는 것도 다 행복을 찾으려는 한 과정임을 고려한다면, 로제는 폴의 편안한 불행일 뿐이다. 어쩌면 그것을 폴은 외로움으로 착각하는 것 아닐까?

연인이 있어도 외로움은 없어지지 않는다

편안함과 익숙함은 다르다. 폴이 로제에게만 느낀 편안함도 사실은 오랜 기간 그에게 맞추며 적응된 익숙함이다. 그녀는 그가 원하는

10 프리드리히 니체, 『차라투스트라는 이렇게 말했다』, 김정진 옮김, 올재, p. 93

여자(의 이미지)를 연기하고, 실제 자기와 간극을 참아내고 있다. 있는 그대로의 나를 드러내고, 상대도 있는 그대로의 자신을 드러내면서 서로가 서로를 받아들일 때 나와 너는 우리로서 편안하다. 이런 이유로 폴은 로제를 버려야 진정한 자아와 정체성을 만들고, 진정한 행복에 도달할 수 있을 것이다. 깨달음은 공짜가 아니다.

연인이 있어도 외로움은 없어지지 않는다. 외로움은 사랑이 지나간 후의 잔여물 혹은 뜨겁게 타오른 사랑의 재도 아니다. 그것은 외부의 무엇도 해소시킬 수 없는, 어쩌면 우리 몸 안에, 심장과 콩팥 사이에 '외로움'이란 신체 기관을 갖고 있기 때문일 것이다. 이것을 폴이 파리에서 경험했다면, 티타는 멕시코 대저택의 주방에서 평생에 걸쳐 뼈저리게 느꼈다. 음식과 사랑을 결합시킨 멕시코 소설 『달콤 쌉싸름한 초콜릿』에서 라우라 에스키벨은 우리에게 그 외로움을 극복하는 하나의 방법을 제시한다.

P

프랑수아즈 사강 Françoise Sagan (1935-2004, 프랑스)

대학교 1학년 여름 방학에 심심풀이로 6주 만에 쓴 소설 『슬픔이여 안녕』으로 데뷔했다. 아버지의 연애와 십대 소녀의 사랑을 중첩시킨 가벼운 내용과 예리한 심리 묘사로 당시 프랑스 문학계에 파란을 일으켰다. 이후로 '매력적인 작은 괴물'로 불렸다. 『어떤 미소』『흐트러진 침대』『마음의 파수꾼』 등 소설, 연극 대본과 시나리오, 작사 등 여러 방면에서 왕성하게 활동했다. 통속적인 내용과 섬세한 문체가 특징이다. 정치 참여, 두 번의 결혼과 이혼, 마약과 도박 중독 등 사생활도 논란거리였다. 특히 1995년 코카인 소지 혐의를 받던 무렵 "타인에게 피해를 주지 않는 한, 나는 나를 파괴할 권리가 있다."며 자신을 변호했다. 김영하의 소설(『나는 나를 파괴할 권리가 있다』)의 제목은 여기서 왔다.

사강은 『브람스를 좋아하세요...』에서 사랑이 모호하고 이해하기 어려운 감정임을 탁월하게 그려냈다. 특히 소설의 결말에서 중년 여성 폴의 현실적인 사랑을 결말로 선택했고, 이에 당시 독자들은 거세게 항의했다. 나이에 따라 변하는 사랑과 행복의 미묘한 관계의 변화에 대해 생각하게 만드는 소설로, 가볍게 읽히나 가볍지 않은 명작이다.

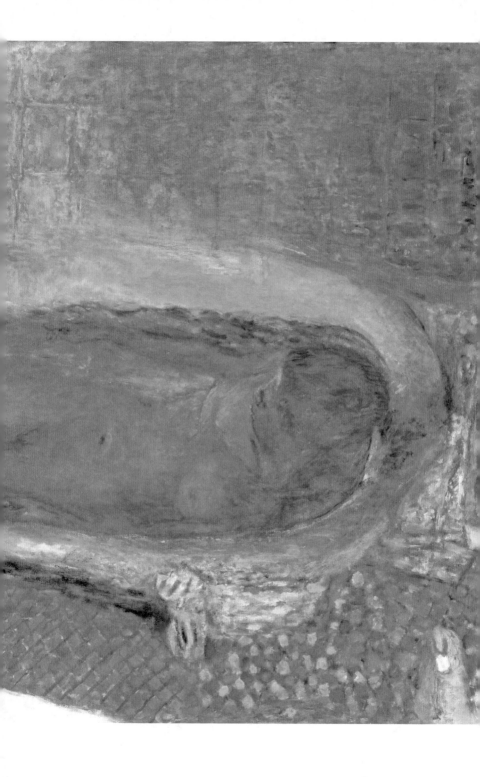

III.

오해와 섹스

섹스보다 중요한 그것

『달콤 쌉싸름한 초콜릿』

라우라 에스키벨

연애를 할 때 우리의 머리는 외모와 성격, 재산과 지위 등을 비교하며 따지지만, 몸은 그 사람에게 즉각 반응한다. 그러니 이상형은 대체로 좋아하는 요소들의 집합으로 만들어지는 이성형에 가깝다. 그렇다면 우리의 몸이 알아차리는, 두고두고 우리를 연인에게 묶어두는 그것은 무엇일까?

티타는 폭군 같은 엄마(마마 엘레나)를 평생 모셔야 한다. 막내딸은 결혼하지 않고 엄마를 죽을 때까지 돌봐야 하는 집안의 전통 탓이다. 막내딸의 불행에 가족들은 무관심하여 티타는 부모 있는 고아의 처지다. 유모이자 요리사인 나차가 그녀에겐 실질적인 엄마고, 그녀와 함께 지내는 부엌이 집(고향)이다. 이렇게 성장한 티타에게 페드로가 청혼한다. 하지만 마마는 그에게 티타는 결혼을 못 하는 운명이니 티타의 언니(로사우라)와 하라고 제안한다. 이것이 그녀 곁에 머물 수 있는 유일한 방법이라 생각한 페드로는 제안을 받아들인다. 티타는 연인에서 형부가 된 페드로에게 받은 장미를 소스로 한 메추라기 요리 등을 통해서 사랑을 전하고, 그도 그 뜻을 알아챈다. 기묘한 동거를 한 몇 년 후 언니는 아들 로베르토를 출산

한다. 마마는 페드로와 티타의 관계를 의심하여 페드로 가족을 멀리 이사시킨다. 얼마 후 아기(로베르토)가 죽었다는 소식에 티타는 마마를 탓하며 정신 착란을 일으키고, 존 브라운 박사가 치료를 위해 도시로 데려간다. 기력을 회복한 티타는 다정하게 돌봐주는 존과 결혼하기로 결심한다. 한편 혁명군에게 죽임을 당한 마마의 장례식을 치르기 위해 집에 온 페드로와 티타는 재회한다. 존과 결혼하기로 했다는 말에 페드로는 티타를 강제로 범하고, 티타는 임신했다고 착각한다. 과연 티타는 누구를 남편으로 선택할까?

페드로, 현실에 굴복한 사나이

티타에게 두 명의 남자가 있다. 첫사랑 페드로와 자신을 치유한 존, 티타는 누구를 선택할까? 그녀를 더 사랑하는 남자? 아니다. 그녀에게 연인으로 잘 맞는 쪽, 즉 그녀의 욕망에 부합하는 남자다.

> "나는 티타를 향한 크고 영원한 사랑으로 (그녀의 언니와) 결혼하는 겁니다."[1]
> "이 결혼을 통해 내가 그토록 바라던 걸 비로소 이룰 수 있었

---

[1] 라우라 에스키벨, 『달콤 쌉싸름한 초콜릿』, 권미선 옮김, 민음사

으니까요. 내가 정말로 사랑하는 당신 곁에 있는 것 말입니다……."

페드로는 티타의 첫사랑이자, 서로 첫눈에 반한 사이다. 하지만 막내딸의 멍에를 짊어진 티타는, 페드로가 언니와 결혼하는 결정을 받아들인다. 그들은 사회적 관계(부부)보다 사랑스런 관계(연인)를 선택했다. '그가 나를 사랑하고, 내가 그를 사랑하니 우리는 부부가 아니어도 된다. 사랑하는 사람 곁에 머물 수만 있다면 '형부-처제'의 관계면 어떤가!'[2] 하지만 이 결정은 티타를 또 다른 불행으로 끌고 간다. 티타의 친언니 헤르트루디스가 문제점을 정확하게 지적한다.

"페드로와 너는 진실을 묵과하는 실수를 저질렀어."

마음은 제도로 안착돼야 굳건해진다. 사랑(마음)과 결혼(제도)의 일치가 진실이다. 페드로는 마마의 황당한 제안을 현실적인 타협책으로 따랐다. 타협은 현명함과 비겁함이 버무려진 결과였고, 진실은 묵과됐다. 진실은 무시한다고 무시되지 않고 반드시 대가를 요구한다. 그들은 같은 집에 살며 은밀히 사랑을 표현할 수는 있었

---

2 여기서 티타의 결혼에 대한 전권을 쥔 마마의 제안을 페트로가 거절했다면, 그는 티타의 인생 밖으로 쫓겨났을 것이다. 마마가 막내딸에게 행하는 악습을 깨트릴 페드로의 지혜와 용기가 부족했다.

지만, 티타는 언니의 질투와 불안, 조카의 죽음, 정신 착란 등의 전혀 예상하지 못했던 고통을 치러야 했다. 결과는 양면적이었다. 우선 그로 인해 티타는 세심하고 다정한 존 브라운 박사를 만날 수 있었다. 행복의 뒤통수를 조심하라고 했던가. 생애 처음으로 평온한 시간을 보내던 티타는 마마의 장례식에서 페드로와 재회한다. 티타의 결혼 소식에 흥분한 그는 강제로 그녀를 범한다.[3]

> "당신(티타)이 해야 할 일은 그(존)를 식사에 초대하는 게 아니라, 당신이 내 아기를 가졌기 때문에 그와 결혼하지 않을 거라고 말하는 거요. (⋯⋯) 당신은 내 곁에 남을지, 존과 결혼할지를 놓고 저울질하고 있기 때문에 존에게 말할 수 없는 거야. 아니야?"

그녀를 잃을 불안과 존에 대한 질투가 그동안 묵과했던 진실에 직면할 용기를 갖게 만든 것이다. 지금까지 그는 티타 집안의 질서와 관습을 좇으며 티타를 향한 사랑의 열기를 억눌렀다. 첫 만남에서 시선만으로 티타의 몸을 흥분시킨 정열의 사나이가 가슴의 욕망을 거절하고 차가운 머리를 따랐다. 전적으로 자기 잘못이다. 처음

---

3 "철제 침대로 티타를 끌고 가서 그녀 위로 몸을 던졌다. 페드로는 그녀의 처녀성을 빼앗고 진정한 사랑이 어떤 건지 가르쳐주려고 했다." 그들의 첫 동침은 '끌고 가서' '빼앗고' 등의 번역으로 강간으로 읽힌다. 하지만 정확하게 설명되지 않고, 티타의 심정도 자세히 묘사되지 않는다.

172

으로 티타의 몸을 덮칠 때, 페드로는 티타의 몸을 들끓게 만들었고, 사랑을 나눌 때는 마법처럼 불꽃이 인다.[4] 그들의 사랑의 온도가 100℃였기 때문이다. 서로의 몸이 맞부딪치고 다급하게 서로를 매만지자, 성냥과 화약이 만난 듯 불길이 솟은 것이다. 초자연적인 현상을 사람들은 마마 엘레나의 혼령으로 착각했으나, 첫 만남 때부터 축적된 열기가 점화된 것이다. 사랑을 온몸으로 확인한 그들은 이제 마마도 죽었으니 결혼했을까? 아니다. 이때 그들은 결혼으로 진실을 회복했어야 했지만 불명확한 이유로 (아마도 아내의 반대와 티타의 요구) 그렇게 하지 않는다.[5] 여기서 존이 문제로 떠오른다.

존, 다정하나 미지근한 남자

"티타, 당신이 뭘 했든 나는 상관없어요. 본질적인 게 바뀌지 않았다면 살면서 어떤 행동을 하든 그리 중요하지 않아요. 내 생각은 당신이 한 말에 조금도 바뀌지 않았습니다. 다시 말하지만, 내가 당신 인생의 동반자가 될 수 있다면 더 바랄

---

4 소설의 마지막 부분의 정사에서도 페드로와 티타의 몸은 발화되어 불에 휩싸여 죽는다. 동네 사람들은 그것을 알렉스와 에스페란자의 결혼식 불꽃놀이로 착각한다.
5 어쩌면 처음으로 사랑의 온도를 몸으로 직접 확인한 이상, 더 이상 결혼이란 제도로 묶어둘 필요를 느끼지 못했을 수도 있다.

게 없을 것 같아요."

존은 티타가 그동안 만나보지 못한 유형의 남자다. 다정하고 친절하고, 세심하고 배려 깊다. 처녀성을 잃으면 그와 결혼해야 한다고 믿던 시대에 전혀 개의치 않는 존의 대답은 사랑의 확실한 증거로서 감동적이다. 동시에 이런 상황에서도 차분하고 이성적인 존의 대답은 어쩐지 차갑다.

"하지만 인생의 동반자가 될 남자가 나인지 아닌지는 잘 생각해 봐요. 당신의 대답이 긍정적이라면 며칠 내로 결혼식을 올립시다. 만약 그렇지 않다면 내가 제일 먼저 페드로에게 축하 인사를 건네고 당신을 잘 보살펴 달라고 부탁할 거요."

절망적인 여인의 상처를 보듬는 의사나 성직자의 조언으로는 훌륭하다. 하지만 그 말을 청혼한 연인에게서 듣는다면? 좋게 보자면 존의 안정감과 고귀함이 돋보이고, 나쁘게 보자면 티타를 과연 사랑하는 것일까 의심이 든다. 사랑에서 지나친 배려는 회피의 심리가 스며든 것처럼 여겨진다. 자신의 곁에서 티타가 행복하리란 말도 덧붙이나, 티타가 그를 남편으로 선택할 가능성은 옅어진다. 왜냐하면 뜨거운 티타에게 존(의 사랑)은 아무래도 열기가 부족하기 때문

이다. 페드로와 존의 차이에서 우리는 티타가 느꼈을 사랑의 온도
라는 요소를 발견한다.

사랑의 온도가 맞아야 한다

단 한 번의 눈빛만으로 사랑이 시작되는 경우가 있는가 하면, 서로
의 몸을 샅샅이 알아도 사랑으로 끓지 못하는 경우도 있다. 이것은
상대의 사랑의 온도와 나의 것이 조응할 수 있느냐의 차이다. 나의
최대 온도가 40℃고 상대는 100℃라면, 연애 초기에 그는 내게 열
정적인 연인이다. 반면 내 최대치로 그를 사랑해도 그는 미적지근하
게 느낀다. 연애 초기에는 사랑의 온도가 그리 큰 문제가 되지 않는
다. 열기가 식어가고 상대의 신비로움이 날아가면서, 사랑의 말과
몸은 당연시되면서, 그때부터 온도 차이가 갈등을 유발시킨다. 내
최대치의 사랑을 줘도 그에겐 밋밋할 뿐이고, 상대의 뜨거움을 나
는 집착으로 오해할 가능성이 커진다. 이런 문제를 겪는다면 서로
사랑의 온도를 점검해 봐야 한다.

　이것이 티타가 페드로를 선택한 결정적인 요소다. 그녀는 페드
로와 어두운 방에서 처음 만났을 때, 그가 열정적으로 옷을 벗기던
때, 그의 뜨거운 손길이 피부 밑으로 파고들어 살이 다 타버서 녹아

내릴 것만 같았던 때 가장 행복했다. 이렇듯 인간은 36℃ 안팎의 체온으로 살아가지만, 사랑할 때 우리의 온도는 30℃, 40℃, 100℃ 등 제각각이다. 사랑의 온도가 맞지 않으면 사랑을 체감하고 유지하기 어렵다. 따라서 티타에게 페드로는 적당한 온도이나, 존은 차갑다. 뜨겁게 타오르는 티타를 존이 식혀줄 수는 있어도 서로 격렬하게 열기를 태우지는 못한다. 티타가 페드로를 선택한 결정적인 이유다. 그러니 페드로는 티타에게 행운이자 족쇄였다.

　하지만 여기서 간과해서는 안 되는 중요한 점이 있다. 티타는 태어나면서부터 마마에게 억눌려 마마의 욕망에 부합되도록 삶의 방향을 몰아가야만 했다. 그러니까 페드로를 선택하려면 먼저 자신의 사랑의 온도부터 긍정해야만 한다. 이를 위해 두 사람을 넘어서야 한다. 마마와 존이다.

나를 찾으려면 마마를 죽여야 한다

"우리 모두 몸 안에 성냥갑 하나씩을 가지고 태어나지만 혼자서는 그 성냥에 불을 당길 수 없으니, 필요한 산소는 사랑하는 사람의 입김이 될 수 있습니다."

재료를 다듬고 자르고 볶고 끓이고 삶아 음식으로 만들듯, 티타는
자신의 삶을 스스로 요리한다. 사랑의 방해물을 돌파하며 그녀는
주체적 인간이 된다.

존의 말에 티타는 자신의 성냥갑은 이미 젖어서 곰팡이가 가득하며 불을 붙이려 할 때마다 가차 없이 꺼진다고 생각한다. 존의 치료를 받으며 티타는 서서히 자신의 성냥갑을 소중히 여기고 불을 태울 수 있는 상태로 나아간다. 그 과정에서 결정적인 전환점은 티타가 자신이 말을 안 하는 이유를 밝히는 대목이다.

"내가 원하지 않기 때문이에요."

이 지점에서 처음으로 티타는 '마마'가 아닌 일인칭 주인공 시점인 '나'로 시작하는 문장을 말한다. 자신에 대한 사랑, 자신이 사랑하는 사람(페드로), 자신을 사랑하는 사람(존)의 힘으로 마마 엘레나의 오랜 억압과 구속에서 벗어난 것이다. 죽어서도 자신을 괴롭히던 마마의 유령에게 티타는 당당하게 외친다.

"나는 나예요! 원하는 대로 자기 삶을 살 권리를 가진 인간이란 말이에요. 제발 날 좀 내버려 둬요! 더 이상은 참지 않을 거예요! 나는 어머니를 증오해요! 항상 증오해 왔다고요!"

더 이상은 과거의 티타가 아니다. 이 말에 마마 엘레나의 귀신은 작은 불빛으로 사그라져 사라진다. 그러면서 페드로에게 붙어서 화상을 입힌다. 마마가 그에게 내린 벌이자 그를 사랑하는 티타에게 가하는 마지막 화풀이다. 고작 이 정도밖에 안 되는 마마에게 기나긴 세월 동안 억눌려 있었던 것이다.

마마보다 더 극복하기 어려운 상대가 존이다. 그는 티타에게 상처를 치유하는 의사(보호자)이자 까다로운 방해자로 상반된 역할을 수행한다. 마마는 확실한 외부의 적으로 맞서 싸워야 할 상대임이 분명한데, 존은 부드럽게 회유하는 쪽이다. '곡절 많은 생활(페드로)과 안락한 생활(존) 가운데 무엇을(누구를) 선택할 것인가?' 존은 결혼의 기준을 사랑의 온도가 아닌 현실의 문제로 전환시킨다. 이것이 티타가 주체적인 인간이 되기 위해 통과해야 할 마지막 관문이었다. 마마의 귀신에게 "나는 나예요."라는 외침과 존에게 한 결혼 취소는, 그 문을 스스로의 힘으로 통과했음을 뜻한다.

> "최면술사는 주체의 자아를 잠재운 뒤에 주체의 욕망을 차츰 최면술사의 욕망이라는 새로운 자아, 즉 **다른 욕망의 다른 자아**로 변화시킨다."[6]

티타는 최면술사 마마와 존을 극복했다. 따라서 페드로가 티타

---

6 장-미셸 우구를리앙, 『욕망의 탄생』, 김진석 옮김, 문학과지성사, p. 242, 강조는 원작자 표시

에게 청혼하지만, 티타가 페드로를 가졌다고 봐야 한다. 더 이상 티타는 마마의 욕망과 페드로의 욕망, 존의 욕망에 부응하려고 노력하지 않는다. 제 욕망에 충실한 주체적인 인간으로 우뚝 선다.[7]

연애로 소녀는 성장한다

티타의 인생은 사랑의 방해물을 극복하는 과정이다. 마마 엘레나, 마마가 따르는 가족 전통, 마마에게 맞서 싸우지 않은 페드로, 존의 안락한 생활의 유혹들은 모두 자신의 욕망에 반하지만 거부하지 못했다. 그녀는 차례대로 그것들을 넘어서서 마침내 자신이 원하는 사랑을 성취한다. 따라서 사랑의 방해물이 곧 자신의 욕망을 알아가도록 이끈 셈이다.

때때로 삶은 형벌로 시작되어 행복에 도달한다. 티타의 삶은 자신을 구속했던 것들을 털어내는 과정이고, 사랑하는 대상을 확실히 하는 과정이고, 자신이 누구인지 무엇을 원하는지를 알아가는 과

---

7 20년 후, 존의 아들 알렉스와 페드로의 딸 에스페란사는 축복 속에서 결혼식을 올린다. 몇 년 전에 로사우라는 병으로 죽었고, 페드로는 티타에게 청혼한다. 수십 년 동안 축적됐을 열정과 애정을 한순간에 태우며 사랑을 나누는데, 뜨거운 열기로 절정의 순간에 페드로는 불타버린다. 그와의 아름다운 추억을 새기던 티타에게도 갑자기 몸에 불꽃이 인다. 환한 광채에 휩싸인 페드로에게 달려가 포옹한다. 그 순간 둘의 몸에서 불꽃이 치솟아 농장 전체가 불탄다. 신혼여행에서 돌아온 에스페란사는 잔해 속에서 요리책 한 권을 찾아낸다.

정이었다. 따라서『달콤 쌉싸름한 초콜릿』은 자신의 사랑의 온도를 알고 그에 맞는 연인을 선택하는 사랑 이야기이자, 소녀 티타가 성숙한 어른으로 커가는 성장기다.

만약 티타가 마마 엘레나의 말을 곧이곧대로 따랐다면 어떻게 됐을까? 어른이 되어서도 아무 문제없을까? 여기 마마 엘레나처럼 딸의 모든 것을 통제하는 어머니가 있다. 문제는 딸이 30대 후반이라는 점이다. 심지어 사랑하는 남자도 생겼다. 중년의 피아노 여자 교수와 젊고 잘생긴 남자 학생을 주인공으로 이 문제를 파고드는 소설, 바로 오스트리아에서 가장 논쟁적인 뜨거운 작가 엘프리데 옐리네크의『피아노 치는 여자』다.

라우라 에스키벨 Laura Esquivel (1950- , 멕시코)

라우라 에스키벨은 어린이를 위한 연극 단체를 운영하며 시나리오 작가로 활동했다. 첫 소설 『달콤 쌉싸름한 초콜릿』은 35개국 언어로 번역될 정도로 세계적인 인기를 얻었다. 저자가 직접 시나리오로 각색하고 남편인 알폰스 아라우가 동명의 제목으로 영화를 만들었다. 여러 영화제에서 시나리오 상을 받았고, 외국인 최초로 미국 출판인들이 꼽은 '올해의 책'에 선정됐다(1994년). 이후 여러 편의 소설과 에세이들을 꾸준히 썼다. 50대 후반에는 정치에 뛰어들어 국회의원(2015-2018)으로 재직했다.

『달콤 쌉싸름한 초콜릿』은 음식과 사랑, 역사와 여성의 삶을 소재로 현실과 환상을 넘나드는 소설로, 가브리엘 가르시아 마르케스의 『백년의 고독』처럼 남미의 마술적 사실주의 소설에 속한다. 그동안 다뤄지지 않았던 부엌과 음식을 전면에 내세워 '요리 문학'이라는 새로운 페미니즘 문학 장르를 탄생시켰다.

섹스의 목적지는 어디일까?

『피아노 치는 여자』

엘프리데 옐리네크

섹스는 은밀하다. 사람들 눈을 피해서 이뤄지고, 말하지 못한 욕망이 미묘하게 드러난다. 섹스는 은폐다. 섹스는 쾌락의 절정으로, 그에 이르는 과정에서 벌어지는 오해는 쾌감의 강함에 묻힌다. 그래서 섹스는 은밀한 은폐다. 종종 우리는 섹스를 사랑과 혼동하고, 그 착각으로 뒤틀린 내면을 연인에게 적나라하게 드러낸다. 그렇다면 섹스로 욕망을 말끔히 해소할 수 있을까?

에리카 코후트는 비엔나 음악대학의 피아노 교수로 슈만과 슈베르트 전문(연주)가다. 세계적인 독주자는 되지 못했으나, 클래식 음악의 중심지에서 교육자로서 입지는 탄탄하다. 어머니의 오랜 통제와 훈육의 결과였다. 어머니는 줄곧 오늘의 연습과 고통을 견뎌야 내일의 행복이 주어진다고 압박했고, 소녀는 믿고 따랐다. 어머니는 그녀에게 사방에 둘러처진 벽이었고, 절대로 무너지지 않는 철옹성이었다. 그곳에서 텔레비전과 낯선 이들에 대한 험담 등을 나누며 모녀는 평안했다. 때때로 삼십 대 후반의 에리카는 성욕에 끌려 스트립쇼를 보는 일탈은 할지언정, 어머니에게서 이탈하지 않았다.

"우리끼리만 사는 거야, 에리카야. 우리는 그 누구도 필요 없지 않니?"[1] 둘만으로 충분하다는 초조한 속삭임은 딸에게 필요한 존재를 무시해야 한다는 강요였다. 어머니를 불안하게 만들 남자가 어느 날 에리카의 삶으로 미끌어져 들어온다. 젊고 매력적인 공대생이자 아마추어 피아니스트 클레머였다. 그는 에리카에게 고백했고, 그녀도 서서히 그에게 젖어든다.

그렇다면 그는 모녀의 관계를 훼방하는 방해자일까, 에리카를 구출할 해방자일까? 이를 알기 위해 우선 모녀의 관계부터 정확히 알아야 한다.

독성의 어머니

"에리카 방문에는 자물쇠가 없다. 자식에겐 비밀이 없어야
한다는 게 그 이유다."

에리카는 어머니에게 완전히 포박당했다. 집에서 에리카의 공간은 조그만한 방뿐이고, 나머지는 모두 어머니와 공유한다. 함께 밥먹고, 같은 소파에 앉아, 함께 TV 보고, 같은 침대에서 잔다. 어쩌다 딸이 카페에 앉아 있으면 그곳이 어딘지 알 정도로, 어머니의 통제

---

1   엘프리데 옐리네크, 『피아노 치는 여자』, 이병애 옮김, 문학동네

는 집 밖에서도 완벽히 작동한다. 에리카의 수입도 전적으로 어머니가 관리한다. 퇴근길에 최신 유행 옷을 사지만, 숨기기 급급하다. 어떤 옷을 사고 언제 입어야 할지도 어머니가 정해 뒀기 때문이다. 그래서 에리카의 옷장에는 걸어두기만 하는 옷의 시체들로 빼곡한데, 유일하게 웨딩드레스만 없다. 딸을 결혼시킬 마음이 없기 때문이다. 어머니도 할 말은 있다.

"자식은 어머니의 우상이고, 어머니는 자식에게서 그저 약소한 대가를 요구할 뿐인데, 그것은 다름 아닌 자식의 삶 전체인 것이다."

무능한 남편은 정신병원에서 죽었고, 에리카를 남편의 대체재로 삼았다. 즉, 어머니는 딸에게 자신의 노후를 보장받을 심산이다. 어머니가 딸을 사랑하니 그럴 수도 있다는 생각과 사랑은 구속을 수반한다고 해도 정도가 지나치다는 견해가 부딪힌다.

"자존감이 있는 부모라면 이미 성인이 된 자신의 자식들을 통제할 필요를 느끼지 않는다. 그러나 내가 만나본 독성의 부모들은 자신의 삶에 대한 깊은 불만 그리고 방기될지 모른다는 공포감 속에서 행동한다. 그들에게 자식의 독립은 마치

수족이 끊기는 것과 같다. 아이가 성장해 갈수록 아이가 의존적이 되게끔 조종하는 일은 그들에게는 한층 더 중요해진다. 독성의 부모들이 자신들의 아들과 딸이 아이처럼 느끼도록 할 수 있는 한, 그들은 여전히 지배권을 유지할 수 있는 것이다."[2]

불행한 부모가 불행한 아이를 만든다. 남편의 무능에 치를 떨었던 어머니는 유일한 혈육인 딸에게 모든 것을 걸었고, 자신이 원하는 방향으로만 딸을 몰아갔다. 딸은 어머니가 낳았으나 어머니의 소유물은 아니다. 하지만 어머니는 에리카를 살아 있는 재산으로 삼았고 딸에 관한 모든 것에 개입했다. 자신에게 의존적인 존재가 되어갈수록 안심했다. 동시에 에리카가 더 이상 자신을 필요로 하지 않을까 두려웠다. 그래서 독성의 어머니는 아주 작은 부분에서도 에리카의 독립을 악착같이 막았다. 눈물의 호소, 막말의 저주, 잔인한 협박 등을 닥치는 대로 구사했고, 지금껏 딸을 성공적으로 묶어뒀다. 아무리 어머니가 전지전능해도 채워주지 못하는 영역이 있으니, 바로 섹스다. 이런 이유로 에리카에게 남자는 완전히 금지되었다. 그래도 의문은 남는다. 나이가 사십에 가까운데, 왜 아직도 어

---

2   김영민, 「차마, 깨칠 뻔하였다」, 늘봄. pp.229-230 수전 포워드의 『독성의 부모들Toxic Parents』을 재인용.

어머니는 제1의 적

'너는 어린이가 아니니까 스스로 알아서 해라.'와 '너는 아직 어리
니까 너 혼자 할 수 없다.'는 부모의 말을 동시에 듣거나, 혹은 말로
는 '이것을 해도 좋아.'라면서 몸짓과 표정은 '절대 하지 마라.'는 상
황에 처하면, 아이는 모순되는 메시지를 해결하지 못하고 정신 분열
증에 빠질 수 있다. 이를 20세기 가장 영향력 있는 사상가 중 한 명
으로 꼽히는 그레고리 베이트슨Gregory Bateson은 '이중 구속double
bind'으로 불렀다. 부모와 아이의 관계, 서로의 등이 붙은 쌍둥이 같
았던 빈센트 반 고흐와 동생 테오의 관계('화가라도 경제적 독립을
해야 한다와 화가니까 돈 신경 쓰지 말고 그려라.')가 대표적인 사
례다. 이중 구속은 대개 사랑의 가면을 쓰고 행해진다. 그래서 사랑
은 애착으로 흐르고, 구속과 동일화의 욕심까지 부리게 된다.[3]

　　"연인 사이의 비대칭적 관계는 일상의 소소한 관계들을 지배
　　하는 경험의 '반복'을 통해서 그 '자의성'이 잊힌 채 어느 결

3　그레고리 베이트슨, 『마음의 생태학』, 박대식 옮김, 책세상, p. 213 참조

에 '자연화'하면서 고착된다. (……) '유동하는 자의성'이었던 것이 마침내 '부동하는 자연성'으로 변화하게 되는 것이다."[4]

철학가 김영민은 이중 구속에 처하는 이유를 연정으로 인한 남근 위계적 질서로 파악하는데, 엄마에 대한 딸의 애정과 피지배자(에리카)에 대한 폭군(어머니)의 권위를 접점 삼으면 쉽게 이해된다.[5] 이런 이유로 어머니의 말은 에리카에게 마땅히 믿고 따라야 할 법으로 자리 잡았고, 에리카도 어머니가 만들어준 세계가 외부에 의해서 깨어질까 두려웠다.

"어머니는 에리카가 최고라고 말한다. 이것이 어머니가 자신의 딸을 묶고 있는 올가미다."

그래서 에리카는 어려서부터 남들보다 우월하지만 확인하고 싶어 하지는 않았다. 혹시나 그랬다가 믿음과 진실이 다를 수도 있으니, 그냥 어머니의 말을 진실로 믿었다. 어머니의 세계에 스스로를

4 김영민, 『사랑, 그 환상의 물매』, 마음산책, pp. 134-136 참조. 작은 따옴표는 원작자
5 프로이트와 라캉 식으로 해석하자면, 에리카에게 어머니는 상상의 아버지(팔루스)로 어머니의 나르시시즘을 만족시킨다. "에리카는 남편을 잃은 어머니에게 팔루스를 대신해 주어야 했고 남의 성행위를 관찰하는 '관음주의자'가 되어 실명한 아버지의 눈을 대신한다."(p. 351 역자 후기)

가둔 에리카는 밖으로 나가려니 두렵고, 두렵지만 나가고 싶(을 때가 있)다. 이런 진퇴양난을 겪으며 모녀의 사랑은 집착과 구속, 동일화로 서서히 굳어졌다.

베이트슨의 설명에 따르면 이중 구속에 포획된 아이는 현실로부터 이탈(망상妄想형)하거나, 그 상황을 그대로 수용(파과破瓜[6]형)하거나, 자신의 내면에만 집중(긴장緊張형)하는 방식으로 해소한다. 에리카는 어머니의 말과 행동 사이의 충돌을 그대로 수용하면서도 때론 성이 너무 답답해서 밖으로, 어머니가 없는(모르는) 곳으로 도 피하고 싶다. 하지만 그녀는 어떻게 나갈지도, 어디로 가야 할지도 몰랐다. 다만 자신이 원할 때는 나갔었다고 스스로를 속였다. 그래 도 이루지 못한 소원들은 파괴의 욕구로 해소했다. 타인이 소유한 것들을 억지로 소유하기 위해 훔쳤고, 어머니에게 발각될까 봐 곧바로 쓰레기통에 버렸다. 훔칠 수 없는 것들은 부숴버렸다.

"고통이란 쾌락, 파괴 그리고 파멸로 향하는 의지의 결과인 것이다. 고통의 최고 형태는 일종의 쾌락이다." 착각과 도피, 고통과 쾌락이 뒤섞이면서 에리카는 남을 괴롭히는 가학 성향과 괴롭힘을 당하는 피가학 성향을 동시에 가진 괴물이 되었다.

6 파과병은 정신 분열병의 하나로 발병 및 경과가 만성적인데, 주로 내향적인 사람들의 사춘기에 발병한다. 지성과 감정이 무뎌지고 무기력, 망상, 환청, 충동적 행동, 독백 등의 증상을 보인다. 에리카가 충동적으로 도둑질을 하고, 불감증에 걸린 이유와 연결된다.

사람은 누구나 마음의 컴컴한 지하실과 지하 감옥을 갖고 있다. 에리카의 그곳에 가학과 피가학이 자리 잡았고, 클레머가 사랑을 고백하자 바로 그곳이 격렬하게 꿈틀거렸다. 이런 이유로 둘의 관계가 사제지간에서 연인으로 발전하기 순탄치 않았고, 그 과정에서 에리카의 억눌렸던 모습들이 적나라하게 까발려졌다. 가장 상징적인 장면이 에리카가 자신의 어깻죽지를 찌르고 묵묵히 걸어가는 장면이다. 왜 그랬을까? 답은 간단하다. 섹스였다. 정확히는 에리카와 클레머의 섹스의 목적지가 달랐기 때문이다.

피아노 치는 손은 성기를 만질 수 없다

"그녀의 성적 욕구는 잠잠하다. 그건 코르크로 씌워놓은 강철 같다."

"에리카는 아무것도 느끼지 못했다. 한 번도 무엇인가를 느낀 적이 없었다."

강한 성욕과 불감증의 몸은 충돌한다. 사랑은 안 해도 섹스는 하고 싶은 게 인간이다. 오로지 배불리 먹겠다는 의지(본능)만 강하여 무엇을 어디서 먹어야 할지를 모르는 사람처럼, 섹스의 충동이 들끓어 오르면 에리카는 관음증과 자해로 성욕을 처리했다. 스트립쇼와 포르노 영상, 다른 연인의 성행위를 망원경으로 훔쳐보며 끌어올린 충동을 오줌을 누며 부르르 떠는 배설 행위로 쾌락을 대체한 것이다. 10대부터 해온 면도칼 자해도 같은 맥락이다. "신랑이 신부를 향하듯 마주 웃고 있"는 면도칼로 여러 차례 손등을 긋고 따뜻하게 흘러내리는 피를 관찰한다. 메마른 그녀에게 피는 물기이자, 제 몸에 쏟아낸 남자의 정액이고, 오줌은 사정의 대체다. 왜 자위가 아닌 자해와 오줌일까?

"에리카는 그녀의 아랫도리 끝에 있는 구멍을 증오한다."

에리카에게 몸은 금기였기 때문이다. 어머니는 그녀에게 피아니스트로서 손만 살아 있도록 만들었고, 나머지 신체 기관들은 손의 부속품으로 전락시켰다. 그래서 에리카는 자위를 모른다. 자위는 성적 충동을 스스로 다스리는 과정이자, 자기 몸의 쾌락 등을 알아가는 과정이다. 이를 위해서는 성기나 가슴, 허벅지 등 쾌락과 관련된 부분을 스스로 만져야 하는데, 피아노를 치는 손은 신성하니 불결한 구멍을 향해서는 안 됐다.[7] 어머니의 세계에서 따로 떨어진 몸조차도, 어머니가 지켜보는 감옥이었다. 따라서 에리카는 숫처녀이

---

7 어머니는 에리카의 2차 성장을 가로막기 위해, 성기를 불결한 것으로 믿게 만들었다.

자 성불구자였다. 이것이 성욕을 배설과 자해로 대체한 원인이자, 성기들의 접촉으로 이뤄지는 성행위를 시각 행위로 전도시킨 이유다. 이렇듯 에리카의 내면은 섹스 숍(성욕)과 집(어머니)으로 양분되어 있고, 클레머는 이것을 간파한다.

"선생님, 선생님은 자신의 몸에서 때때로 어떤 즐거움을 맛볼 수 있는지를 모르시는군요! 육체에게 무엇을 원하는지 물어보십시오. 그러면 선생님의 몸이 그걸 말해 줄 것입니다."

클레머는 강철 코르크로 눌러놓은 에리카의 지하실을 부글부글 달아오르게 만들었고, 마침내 마개가 열리면서 에리카의 성욕은 폭발했다. 그러나 에리카와 클레머는 섹스의 방법이 달랐다. 남들과 같은 방식의 섹스를 원하는 클레머와 달리 에리카는 고통을 당하는 방식을 고집했다. 만약 클레머가 이것을 놀이로 이해하고 실행했더라면, 혹은 그의 성적 지향성도 그러했다면 문제 되지 않았을 것이다. 하지만 클레머는 그녀의 가학-피가학 성향을 충족시킬 세심한 요구들이 적힌 편지를 받고 상처입었다. 심지어 에리카는 클레머가 그렇게 해주기를 바라는 동시에 해주지 않기를 바란다. 즉, 강간당하길 원하는 동시에 아주 다정하게 어루만지는 섹스를 원한다. 한번은 강간 같은 섹스, 그다음은 다정한 섹스가 아니라 말 그대로 동시에 그것이 이뤄지길 요구한다. 마치 자신이 가학적인 성행위를 하는 포르노의 주인공으로 등장하는 영상을 보면서, 부드럽고 달콤한 섹스를 하는 것처럼 말이다. 부드러운 섹스는 남자의 성기가 몸속으로 들어오는 공격적인 행위가 주는 공포를 상쇄시키고, 강간은 '내가 하자고 하지(원하지) 않았는데 당했어요, 엄마.'의 회피 심리다. 이것도 자연스런 애정 행위의 욕망과 '이런 걸 하면 엄마에게 혼날거야.'라는 죄책감이 충돌한 결과였다.

> "어머니와 제자 클레머, 그 둘을 같이 가질 수는 없다. 그렇지만 다른 부분을 그녀가 상당히 그리워할 테니 한 사람을 택할 수도 없다."[8]

다시 한번 에리카는 이러지도 저러지도 못하는 진퇴양난에 처한다. 에리카와 클레머는 섹스의 목적지가 달랐고, 파국은 피할 수 없었다.

---

8 미카엘 하네케 감독은 이 소설을 원작으로 영화 〈피아니스트〉를 만들었다. 여기서 슈베르트의 피아노 3중주 2번의 2악장을 사용하는데, 마치 에리카-어머니-클레머의 위태로운 협주로 느껴진다. 보통 사랑은 이중주 혹은 사중주(나에게 사랑을 심어준 사람과 나-너와 너에게 사랑을 심어준 사람)인데, 여기서는 삼중주이다. 기묘한 설정이다. 피아노와 바이올린, 첼로가 잡고 있던 손을 놓고 다른 손을 잡으려는 듯, 이미 맞잡은 손을 떼어놓으려는 듯, 세 악기는 서로 가해자이자 피해자로 엉킨다. 그래서 서정적인 멜로디와 달리 음악은 충돌과 갈등, 불화가 이어진다.

섹스해 줘. 다만 내 방식으로!

섹스의 목적지는 저마다 다르다. 에리카는 섹스를 자해와 관음증의 결합, 가학과 피가학의 화합으로 이해했다. 클레머는 사랑을 확인하는 과정이자 육체의 쾌락으로 간주한다. 둘이 맞붙은 최초의 전투에서 에리카가 이겼으나, 곧바로 그녀는 그에게 복종당하길 원하며 사죄한다.

> "나를 조롱하고 나를 멍청한 노예라고 불러. 그리고 더 심한 말로 불러줘. (……) 나를 협박해. 그렇지만 너무 심하게 다루지는 마."

'나와 섹스해 줘. 다만 내 방식으로.' 마침내 클레머는 에리카의 연인으로 어머니의 성에 들어선다. 방해하는 어머니의 침입을 막기 위해, 에리카는 방문을 걸어 잠그고 클레머에게 자신의 몸을 열어젖히길 요구한다. 여전히 그녀에게 섹스는 당하는 행위이지 자신이 주도하거나 상대와 함께하는 것은 아니었다. 여기서 에리카의 섹스의 목적은 어머니 세계에서의 탈출이다. '엄마, 난 강간을 당했지만 강간이 아니에요. 내가 원했어요.' 이중 구속에 처한 그녀가 찾아낸 해답이다. 이렇듯 어머니를 막고 클레머와 함께 새로운 문을 열었더

어항을 나갔다 돌아온 금붕어는 이전보다 행복했을까?

니, 그것은 외부로 나가는 탈출구exit가 아닌 창window이었다. 에리카는 몸은 이곳에 두고 눈으로 다른 공간을 건너보는 것만으로도 이곳을 탈출했다고 믿었다. 클레머는 그렇지 못했다. 따라서 에리카에게 클레머는 잠깐의 대피소에 불과했다. 클레머는 구출자와 해방자이길 원했으나 훼방꾼 혹은 일탈의 동반자에 그친 것이다. 자신의 패배를 직감하자, 클레머는 에리카가 원한 폭력적인 섹스를 시도한다. 그는 에리카를 발로 차고 때리면서 비수의 말을 내리꽂는다.

"나는 나 때문에 부끄러워하지 않아."

클레머가 보기에 에리카의 (피)가학은 부끄러움 탓이다. 에리카는 지금껏 제 몸을 부끄러워하며 부정했다. 그래서 클레머는 부끄러워하지 말고 있는 그대로의 자신을 받아들이라고 말한 것이다. 어떻게? 클레머의 몸을 사랑하거나 그녀의 육체를 인정하거나. 그렇게만 된다면, 클레머는 그녀의 지하실과 감옥 문제도 해결되리라 믿었다. 하지만 에리카와 어머니는 한 몸이었으니, 에리카 안의 어머니를 죽이려면 에리카를 죽여야 했다. 그래서 에리카의 몸은 주체적인 몸으로 거듭나지 못한다. 이런 관점에서 마지막 장면의 클레머를 지켜보며 자행하는 자해는 에리카답다. '내가 보는 세상을 상처입히지 못한다면 나를 상처입힌다. 그러면 상처입은 내가 보는 세상은 상처난 세상이 될 테니까.' 혹은 '세상이 나를 위해 피 흘리지 않는다면 내가 나를 위해 피를 흘리겠다.' 또는 '저 아이에게 햇살이 비치듯, 내게도 한 움큼의 따스함을 주는 피가 필요하다.' '나를 떠난 남자에게 상처 주지 못한다면 그 남자를 갖고 싶어 한 나를 상처 낸다.' 가학의 욕구를 피가학의 현실로 받아낸다. 그것이 충족된 그녀는 다시 어머니의 성으로 돌아가는 것이다. 성에 입장하기 전에 상처를 말끔히 없앤 에리카는 '우리끼리만 사는 거야, 엄마. 우리는 누구도 필요 없지 않아요?'라며 엄마를 안심시킬 것이다.[9] 클레머와의 섹스는 어머니의 성 안에서 감행한 일탈이었다. 성을 떠나려는 탈주의 전주곡이 아니었다. 목적지가 어긋난 섹스는 실패했고, 관계는 끝났다. 사랑 없는 섹스는 순간의 쾌감은 줄지언정 사랑의 행복을 주지 못한다. 그녀는 자위의 쾌감은 알지만 사랑은 모른다. 에리카는 타락한 숫처녀다. 클레머의 잘못도 크다.

이해는 설명이 아니다. 공감이다

"그는 개인으로서의 자신을 포기하면서까지 에리카를 사랑

9 엄마와 에리카를 묶기 위해 공동의 적이 필요하다. 외부에서 성을 침입하는 존재가 있어야 성의 방어 체계가 잘 작동하는지 점검할 수 있고, 성을 지켜야 하는 마음을 다잡을 수 있기 때문이다. 이런 이유로 클레머의 침입으로 모녀의 연대감은 한층 강화됐을 것이다.

해야 하며, 그녀 역시 자기를 부정하면서까지 그를 사랑해야
한다."

애정과 복종의 증명서가 사랑의 내용이었으나, 사랑의 증명서는
파기됐다. 클레머는 에리카를 이해하지 못했다. 이해는 설명이 아니
다. 공감이다. 에리카가 어쩌다 그렇게까지 되었는지를 클레머는 마
음으로 받아들일 노력을 하지 않았다. 자기가 아는 사랑이 아니라
고 비난만 했다. 두 사람의 이별은 에리카만의 잘못은 아니다. 클레
머를 잃은 에리카는 어머니를 탓했을까? 클레머와 감행한 일탈로
어머니가 받은 배신감도 만만치 않다. 누구의 잘못이 아니고, 누가
누구를 원망하거나 비난할 일도 아니다. 그들은 자신의 방식으로
삶에 충실했을 뿐이다.

여기 에리카의 어머니와 정반대로 무관심하게 딸의 행동을 방기
하는 어머니가 있다. 프랑스 최고 권위의 문학상인 공쿠르상을 수
상한 마그리트 뒤라스의 『연인』 속 주인공 소녀의 어머니다. 이 소
설은 타락한 백인 소녀와 불결한 백만장자 중국인의 포르노그래피
로 치부되기도 하지만, 분명 섹스에 대해 우리가 좀체 말하지 않는
지점을 파고든다.

P

엘프리데 옐리네크 Elfriede Jelinek (1946- , 오스트리아)

오스트리아 빈의 대학에서 연극, 예술사, 음악을 공부했다. 『연인들』 『내쫓긴 아이들』 『욕망』 『탐욕』 등의 소설과 희곡, 시나리오 등 폭넓게 썼다. 하인리히 뵐 문학상, 하인리히 하이네상, 베를린 연극상에 이어 2004년에 노벨 문학상을 받았다. 여성 작가로는 열 번째, 오스트리아 소설가로는 최초의 수상자였다. 폭력과 성의 적나라한 묘사, 사회에 대한 날카로운 문제의식, 극우파에 대한 저주와 공산당원 활동 등으로 격찬과 비난을 동시에 받는 논쟁적인 작가다.

어머니가 작가 자신을 피아노 연주자로 만들기 위해 혹독한 훈련을 강요했고, 그에 대한 반발로 음악을 전공했으나 그만뒀다. 『피아노 치는 여자』는 자신의 경험을 주 모티브로 삼고 있는 소설로 미하엘 하네케 감독이 영화 〈피아니스트〉로 만들었다. 프랑스 배우 이자벨 위페르가 자신의 음란함을 해소할 방법을 몰라 쩔쩔매는 사복 입은 성직자 에리카를 설득력 있게 연기했다. 2001년 칸 국제 영화제에서 심사위원 대상과 남녀 주연상을 수상했다.

외롭고 쓸쓸하고
나약한 것들의 섹스에 대하여

『연인』

마그리트 뒤라스

인간은 타인과 더불어 살아간다. 사람 인(人)이라는 한자는 두 명이 서로 기대어 서 있는 모습을 본따 만들었다. 각각의 선을 한 명으로 치면, 왼쪽 사람의 등을 오른쪽 사람의 어깨로 지탱하거나 서로의 가슴으로 비스듬히 껴안은 모습 등 여러 형상이 상상된다. 무언가에 걸려 넘어지던 두 사람이 맞부딪쳐 서로를 지탱하는 경우일 수도 있지 않을까?

"우아한 그 남자가 리무진에서 내려 영국제 담배를 피운다. 그는 남성용 펠트 모자를 쓰고 금박 장식 하이힐을 신은 소녀를 바라본다. 그는 소녀를 향해 천천히 걸어온다."[1] 프랑스 출신의 백인 소녀는 베트남의 메콩강을 오가는 배에서 검은 리무진을 탄 중국 남자와 우연히 만난다. 소녀는 "열다섯 살 반. 날씬한, 오히려 연약하다고 할 수 있는 육체, 어린 젖가슴, 연한 분홍빛 분과 루주를 바른 얼굴. 거기에다 웃음을 자아내는, 그러나 실제로는 아무도 웃지 않는 그 옷차림." 때문에 어린 창녀처럼 보인다. 궁상맞은 집과 재미없는 기숙사에서 벗어나고 싶은 소녀는 파리 유학에서 돌아와, 아

---

[1] 마그리트 뒤라스, 『연인』, 김인환 옮김, 민음사

버지가 원하는 삶을 회피하고 있는 남자와 부도덕한 연애를 시작한다. 소녀의 어머니는 알고도 모른 척하며, 오히려 딸이 돈을 벌어 올 수 있다는 사실에 은근히 미소 짓는다. 주변의 묵인 아래 그들은 1년 반 동안 연애를 하다가, 아버지가 강요한 결혼에 남자는 어쩔 수 없이 소녀와 헤어진다. 끝이 정해진 채 시작된 사랑이자, 끝이 정해져 있기에 시작될 수 있었던 사랑은 그렇게 끝나는가 싶었다. 먼 훗날에도 그들은 이 사랑을 잊지 못하는데, 과연 그들은 서로의 무엇에 끌렸을까?

너의 나약함을 사랑한다

프랑스 식민지 베트남에서 현지인이 타는 버스 속 백인 소녀와 검은 리무진의 중국 남자가 처음 만나는 장면에서 나이와 성별, 인종과 재산 등 둘의 이질성은 강하게 충돌한다. 그래서인지 리무진에 올라탔을 때 소녀는 가벼운 현기증을 느낀다.

"희미하게 느껴지는 나른함이, 일종의 피로가 갑자기 온몸에 퍼진다. 강 위의 불빛이 흐려지면서 보일 듯 말 듯 하다. 가볍게 귀가 먹먹해지고, 사방에 안개가 퍼진다."

감정이 솟구치면 감각은 무뎌진다. 소녀는 어머니의 궁상맞은 세계에서 검은 리무진을 타고 남자의 부유한 세계로 이동한다. 떨림과 흥분이 뒤범벅된 현기증이 소녀의 멀미다. 차비는 낼 필요가 없다. 대가가 다른 것임을 알기 때문이다.

"나는 그의 돈과 함께 그 자신도 원하고 있다고 말한다."

소녀의 집안 형편은 좋지 않다. 아버지는 죽었고 어머니의 사업은 실패했다. 어미의 사랑을 독차지한 큰오빠는 폭군이자 무뢰한이고, 어머니는 아들의 뒤치다꺼리가 삶의 목적 같다. 소녀에게 큰오빠는 죽은 아버지의 자리를 차지한 질 나쁜 남편이고, 어머니는 헌신적인 아내다. 큰오빠의 폭력과 어머니의 무관심에 대한 희생물은 세심한 작은오빠다. 그에게 소녀는 동정심과 어머니로부터 버려진 동지애를 갖고 있다. 이런 상황에서 소녀가 중국 남자를 만났다.

중국 남자는 사자가 낳은 허약한 토끼 같다. 강한 아버지에 눌려 자신의 삶을 원하는 대로 살지 못하고, 어떻게 살아야 할지도 모른다. 현실의 감옥에 갇혀 시간을 죽이는 죄수다. 소녀는 첫 만남에서 그 점을 간파한다. 어머니와 큰오빠에게 눌려 어쩔 줄 몰라 하는 작은오빠와 닮았기 때문이다. 그는 작은오빠의 교집합(나약, 다정, 세련)이자, 큰오빠의 여집합(부자, 중국인, 파리 유학파)이다. 그는 소녀가 죽이고 싶을 만큼 증오하는 큰오빠와 모든 면에서 정반대의 남자이자, 소녀가 사랑하는 작은오빠의 장점을 지닌 존재였다. 처음부터 그에게 마음이 끌리고 그의 차에 올라탔던 이유다.

"두려움을 넘어 사랑할 힘이 없기 때문에 그는 곧잘 운다. 그의 영웅심, 그것은 바로 나이고, 그의 노예 근성, 그것은 그의 아버지의 재산이다."

소녀는 남자의 현실에서 완전히 벗어나 있는 존재(국적, 나이, 성별, 인종, 재산, 외모)였기에, 아버지에 대한 소심한 반항(부유한 중국 가문의 중국 여자와 결혼이 아닌 프랑스 출신의 가난한 백인 소녀와 연애)으로 자신을 만난다고 생각한다. 소녀는 남자의 영웅심의 근거였으나, 그것은 아버지의 재산이 없었다면 얻어내지 못한 성취물이었으니 남자의 영웅심은 노예의 영웅심인 셈이다. 그래서 소녀를 끌어안을수록 아버지의 영향력은 커져만 갔고, 남자는 그 점이 괴로웠으나 어쩌지 못했다. 소녀는 그가 아버지에 맞서 자신과 결혼하거나, 자신을 데리고 도망치는 등 자신을 갖기 위해 넘어야 할 장벽들을 결코 헤쳐나가지 못하리라 직감했다. 소녀도 마찬가지다. 아무도 모르는 자신의 나약함(어머니에게 당신이 부끄럽다고

말하지 못하고, 큰오빠의 악행을 고치지 못하는 등[2])을 그의 곁에서
는 슬며시 꺼낸다. 우리도 가족이나 친구보다 낯선 사람에게 나약
함을 더 쉽게 털어놓듯이, 그들도 그랬다.

남자는 소녀의 창녀 같은 옷차림에서 소녀의 상황과 환경을 짐
작했으니 리무진에 타라고 권했을 것이다. 세상에 숨겨온 나약함을
누군가에게 드러내면 조금은 가벼워진다. 그리고 다른 나약함 곁
에 두는 동안만이라도 나의 나약함은 잊을 수도 있다. '너의 나약함
을 사랑하는 것은 아니지만, 네가 나약해서 사랑한다.' 소녀는 그가
나약해서 끌렸고, 그는 자신의 나약함을 잊으려 소녀에게 빠져들었
다. 그들은 나약함을 공유했고, 그래서 소녀는 종종 견딜 수 없는 슬
픔에 빠진다.

"나는 그에게 말한다. 이 슬픔이 나의 연인이라고."

나약한 것들은 쉽게 상처받는다. 상처가 낫기 전에 새로운 상처
가 더해지고, 치유받지 못한 상처는 마음 깊은 곳에 가라앉는다. 그

---

2 소녀에게는 초자아가 없다. 아버지의 부재로 복종해야 할 무엇이 없으니, 소녀는 소녀의 욕망을
따른다. 어머니의 도움으로 아버지의 자리를 차지했다고 착각한 큰오빠를 가소롭게 여기는 이유다.
따라서 소녀는 가족 식사 자리에서 중국 남자를 모른 척하고, 기숙사에서 자신은 숫처녀라고 거짓말
하는 등 자신의 욕망을 추구하면서도 사회가 바라는 소녀의 모습을 연기한다. 어머니에게 사실을 들
켰을 때, 변명이 아닌 침묵을 선택한다. 그렇게 소녀는 자존심을 지켜낸다.

렇게 숨겨진 상처는 세상에 대한 증오와 인간에 대한 실망으로 곪아 차가운 사람으로 만든다. 사랑을 원하면서도 자신의 내면을 알면 상대가 떠날까 두렵기 때문이다. 냉소로 두려움을 숨긴 것이다. 이런 이들도 뜨거운 사랑에는 속절없이 무너지고, 비로소 상처의 통증을 아파한다. 온몸에 퍼붓는 뜨거운 입맞춤에 절대로 울지 않던 소녀가 마침내 울었던 이유다.

사람 인(人)의 글자 모양을 다시 본다. 단순히 서로의 등을 기대는 존재가 아니라 나의 등으로 너의 몸을 지탱하고, 내 가슴으로 너의 쓰러짐을 받아주는 형상이다. 사람이란 한자에 이미 인간은 타인과 관계를 맺고 살아가는 존재임을 분명히 한다. 그 최초의 관계는 가족인데, 내가 어떤 집에 태어날지를 선택할 수 없으니 가족은 누군가에겐 축복이자 누군가에겐 저주다. 중국 남자와 소녀에게 가족은 저주였다. 남자는 부유한 가정에서 태어나 원하지 않은 삶을 강요당했고, 소녀는 가난한 가정에 태어나 탈선한다. 소녀의 선택은 능동적으로 행해지나, 수동태로 말해져야 한다. 가난한 집의 딸은 세상의 어두움과 지름길을 남들보다 먼저 알게 되는 법이다. 소녀의 탈선은 자신을 위함만큼(혹은 그 이상) 경제적으로 어려운 형편의 가족을 위함이다.

"열여덟 살에 나는 늙어 있었다."

그것은 남자와 한바탕 격렬한 열애를 겪은 후의 허탈감이나 사랑으로도 구원하지 못하는 인생의 비밀을 목격해서가 아니다. 열다섯 살부터 1년 반 동안 지속된 연애가 끝나고 나서, 소녀는 그것이 사랑이었음을, 인생의 유일한 사랑임을 뒤늦게 깨달았기 때문이다. 사는 동안 다른 남자들과 연애는 하겠지만, 더 이상 사랑은 없다는 뜻이다. 무엇이 소녀를 그렇게 만들었을까? 답을 찾으려면 남자가 소녀와 만나기 위해 마련한 콜롱의 아파트로 들어가야 한다.

너는 내 인생의 애첩이다

연인에게 콜롱의 아파트는 현실을 피해 몸을 숨기는 은신처이자, 서로의 몸을 탐닉하는 침실이다. 대낮에 커튼을 내린 그곳에서 남자는 소녀의 가슴과 엉덩이의 봉긋한 곡선을 어루만지고, 여물어가는 소녀의 살에 땀 흘리며 온몸을 비빈다.

"그가 내 몸을 즐기는 것을 바라보고 있었다. 내 몸을 어떻게 누리는가를 바라보았다. 그런 식으로 육체를 사랑할 수 있다고 생각해 본 적이 없었다."

소녀는 남자가 발가벗은 자신의 몸을 눈으로 뜨겁게 애무하는 것을 즐기고, 남자의 옷을 벗긴 후 손끝으로 남자의 신체 곳곳을 만지고 느낀다.

"그녀는 성기의 부드러움을, 살갗의 부드러움을 손끝에 느낀다. 그 금빛을, 그 미지의 새로움을 그녀는 어루만진다. 그는 신음하고, 눈물을 흘린다. 그는 가증스러운 사랑에 빠져 있다. 울면서 그는 그것(섹스)을 한다."

섹스는 쾌락으로 현실을 마비시킨다. 콜롱의 아파트는 베트남 열대의 바람과 햇빛, 열기와 습기, 땀과 침이 뒤엉켜 현실을 잊는 곳이자 슬픔을 씻어내는 장소다. 자살의 충동에 빠지긴 하나 자신을 죽이지 못했던 소녀는, 이곳에서 (첫 경험으로 죽는) 처녀성과 평판 (부적절한 관계에 대한 소문으로 학교의 누구도 소녀에게 말을 걸지 않는다)을 죽였고, 죽은 육체를 남자의 애무에 내맡긴다. 이렇듯 남자는 소녀의 하얗고 어린 몸으로, 소녀는 마르고 연약한 남자의 몸으로 현실을 잊는다. 그들의 섹스가 이에 그쳤다면, 먼 훗날 소녀는 이 사랑을 아주 특별하게 기억하지 않았을 것이다.

상대의 몸을 만지며 만질 수 없는 사랑을 만지려 든다.

"우리는 연인이다. 우리는 사랑하지 않고는 도저히 견딜 수가 없다. (……) 나는 그의 인생의 애첩이다."

첫 섹스에서 소녀는 자신을 사랑하지 말라고, 다른 창녀들처럼 대해 달라고 말한다. 이 남자를 진심으로 사랑하게 될까 봐 두려워 그에게 관계의 경계선을 확실하게 그으려 했다. 그래서 남자가 "다만 그녀를 사랑하고 있다고, 미친 사람처럼 사랑하고 있다."며 고백해도 소녀는 대답하지 않는다. 소녀의 염려대로 그는 인생의 사랑이 되어버렸고, 중국 남자도 마찬가지였다. 이 소설은 소녀가 노년에 회상하는 형식을 취하고 있으니, 저 말은 소녀가 남자와 한 이 사랑은 이후의 다른 사랑들과는 질적으로 구별되는 사랑이었다는 뜻이다. 그들의 사랑은 미래가 없는 절망적인 사랑이었고, 그들의 섹스는 육체적 쾌락을 거쳐 더 멀리 나아갔다. 완벽한 섹스로만 가닿을 수 있다는 그곳은 어디일까?

완벽한 섹스로만 가닿을 수 있는 그곳

그들의 섹스의 목적지는 사정의 순간[3]이 아니다. 그들에게 섹스

3 흔히 남성은 사정의 순간을 오르가슴으로 간주하는 반면에, 여성은 사정과 오르가슴을 일치시

는 내가 상대의 몸속으로 파고들고 상대도 내 몸을 파고들어, 현실에 존재하지 않는 상상의 동굴을 만드는 일이었다. 프랑스어에서 오르가슴을 뜻하는 작은 죽음petit mort을 통과해서 구축한 그곳에서 그들은 아주 잠깐이지만 서로의 몸의 경계가 무너지면서 완전히 하나라는 느낌에 도달한다.

그런 존재의 합일을 경험한 연인은 섹스 때마다 그에 이르지 못하더라도, 서로에게 끊어지지 않는 무언가로 연결됐다고 느낀다. 따라서 섹스는 자신의 존재를 확인하고 떠받치는 원초적인 경험이고, 그것을 몸으로 이뤘으니 상대의 육체는 '상상의 동굴' 그 자체로 받아들여진다.[4] 그래서 "그의 육체는 곧 떠나려 하는, 그를 배반하려 하는 여자를 더 이상 원하지 않았다." 미루고 미뤘던 이별이 현실이 되었을 때, 그는 소녀와 섹스하지 못한다. 남자는 더 이상은 그런 합일을 느끼지 못한다는 두려움과 자신의 포근한 동굴을 영원히 잃었다는 상실감 때문이다.

키지는 않는다. 남자도 여자처럼 사정과 오르가슴이 어긋나는 경우가 있는데, 『연인』에서는 남자와 소녀가 둘 다 이 경우로 보인다. 이 소설을 원작으로 장자크 아노 감독이 만든 영화 〈연인〉에서 섹스 후 침대에 둘이 늘어져 있는 순간이 오르가슴의 순간에 가깝다. 있는 그대로의 자신을 공개하는 모습에 나약함과 슬픔은 없다.

4 섹스의 장소가 한정되면, 장소의 섹스가 된다. 연인은 '그 경험 = 콜롱의 아파트'로 기억한다. 그곳은 모든 것이 잊히는 비현실의 공간이자, 있는 그대로의 자신을 긍정하고 받아들이는 성소였다. 그래서 다시 만나지 않기로 하고 여러 번 헤어졌지만 늘 그들은 아파트에서 재회한다. 내 몸이 다시 그곳에 이르길 원하기 때문이다.

"그녀는 그에게 오랫동안 욕망의 여신으로 남아 있었을 것이다."

남자는 소녀와 이뤘던 합일에 대한 그리움에 부인과 동침하지 못했을 것이다. 성욕이 들끓어 오르면 "그래서 그녀, 백인 아기에 대한 욕망을 다른 여자의 몸에 쏟아부었을 것이다." 남자는 자발적 착각으로 눈을 감고 소녀를 상상하며 어느 여자의 몸을 끌어당겼을 것이다. 성욕은 해소되어도 합일의 희열에 대한 갈증은 해소되지 못했다. 마지막 섹스에서 남자는 유언을 남기듯 소녀의 온몸을 어루만졌고, 소녀는 슬픔의 일기를 쓰듯이 남자의 성기를 단단히 움켜쥐었다. 소녀의 몸에는 남자의 유언이 가득했고, 남자의 몸에는 소녀의 단어들로 자욱했다.

"사랑에 빠진 사람은 사랑하는 사람을 통해 세상의 복잡성에서 벗어나 뜻밖에 존재의 단순성, 존재의 근본을 발견하기에 이른다."[5]

홀로 서 있던 소녀(1)와 남자(1)가 만나 사람(人)으로 맺어졌고, 서로의 몸으로 파고들어 합일(一)에 이르렀다. 이것이 프랑스 철학

5   조르주 바타유, 『에로티즘』, 조한경 옮김, 민음사, p. 23

가이자 소설가인 조르주 바타유Georges Bataille가 말한 사랑을 통해 얻은 존재의 단순성이자 존재의 근본이다. 현실에 걸려 넘어진 그들은 섹스로 존재의 합일에 도달했다. 그것은 나약한 연인들이 슬픔을 위무하고 자신의 존재를 긍정하는 방법이었다. 섹스 후에 몸은 떨어져도 그 경험은 몸에서 떨쳐지지 않는다. 섹스는 끝나도 합일의 희열은 지속된다. 행복했기 때문이다.

과거형으로 말해지는 사랑은 슬프다

남자는 프랑스로 떠나는 배에 오른 소녀를 배웅하러 선착장에 나오지 못한다. 세상이 그들의 관계를 알까 봐 두렵기 때문이다. 남자는 고통을 삭여야만 했고, 소녀는 메마른 울음을 울었다. 중국 남자의 정부였기에 눈물을 흘려서는 안 됐다. 프랑스로 돌아가는 배에서 울려 퍼진 쇼팽의 곡에 기대어 소녀는 비로소 눈물 흘리고 그를 향한 자신의 거대한 사랑을 깨닫는다.

시간이 한참 흐른 뒤, 중국 남자는 부인과 함께 파리에 온다. 그리고 여러 권의 책을 출판한 작가(과거의 소녀)에게 전화를 건다.

"그는 그녀를 생각하며 슬퍼했다고 말했다. (……) 그의 사랑은 예전과 똑같다고. 그는 아직도 그녀를 사랑하고 있으며, 결코 이 사랑을 멈출 수 없을 거라고. 죽는 순간까지 그녀만 을 사랑할 거라고. 파리 노플르샤토에서 1984년 2월 - 5월"

소설은 일기장처럼 끝난다. 남자가 여자를 사랑하게 되면 그 여자를 위해 무엇이든 다 해주지만, 단 하나 해주지 않는 것은 영원히 사랑해 주는 일이다. 『살로메』와 『행복한 왕자』를 쓴 영국 작가 오스카 와일드Oscar Wild의 말은 중국 남자에겐 예외였다. 연애는 끝나도 사랑은 끝나지 않았다. 미처 건네지 못한 말과 되돌려받지 못한 애무는 아픈 기억으로 남았다. 그래서인지 작중 화자는 주어를 '나'로 소녀의 관점에서 이야기를 진행하고, '소녀'를 주어로는 사건들의 진행과 소문 등을 다시 들려준다. 이야기는 소녀의 관점과 외부의 시선을 번갈아가며 앞으로 나아가다 뒤로 물러서고, 미처 하지 못한 속내를 덧붙이며 다시 앞으로 진행된다. 그를 떠올리는 것만으로도 사랑의 순간들이 현실로 생생하게 되살아났기 때문이다. 작가는 지난 시절을 떠올리며 글을 썼고, 쓰면서 울었고, 페이지를 넘기며 한숨을 쉬었고, 한숨을 숨기려 어느 문장에서 멈춘 채 담배를 피웠을 것이다. 뒤라스의 글은, 독자를 설득하지 않고 안개처럼 낮게 깔리며 온몸을 서서히 젖게 만든다. 단어를 보는 것만으로도 전염되는 바이러스와 같다.

『연인』의 소녀처럼, 때론 먼 훗날에야 그것이 사랑이었음을 깨닫기도 한다. 그 당시에는 사랑이 아니라고 믿었더라도. 그래서 과거형으로 말해지는 모든 사랑은 슬프다. 이런 이유로 『연인』을 읽으며 지난 연인들을 생각하고 몇몇 인연이 짧았음을 슬퍼하는 이들이 있는 한, 이 책은 사람들의 마음에서 마음으로 전해질 것이다. 이런 마음은 일본 도쿄의 청춘들에게서도 찾아볼 수 있다. 일본을 대표하는 소설가 무라카미 하루키의 『노르웨이의 숲』에서 나오코가 와타나베를 만나는 이유도 어린 뒤라스와 다른 듯 비슷하고, 비슷한 듯 다르다.

마그리트 뒤라스 Maguerite Duras (1914-1996, 프랑스)

베트남에서 어린 시절을 보냈고, 파리에서 법학과 정치학을 공부했다. 『철면피들』로 데뷔해 『태평양을 막는 방파제』『모데라토 칸타빌레』『부영사』 등의 소설과 『히로시마 내 사랑』 등의 시나리오를 썼다. 읊조리는 듯한 짧은 문장, 생략과 절제를 통해 여운을 남기는 문체가 특징이다. 영화 〈인디아 송〉의 감독으로 칸 영화제에서 예술 및 비평 부문을 수상했다. 세상과 운명에 맞서던 작품 속 여자들처럼 뜨겁게 살던 그녀는 40세 연하의 애인 얀 앙드레아 스테네르의 품에 안겨 죽었다.

70세에 발표한 『연인』으로 프랑스 최고 권위의 문학상인 공쿠르상을 받았다. 자전적인 경험과 많이 겹쳐져서 작가의 십 대 시절 일기장이자 노년의 자서전으로 읽힌다. 『연인』 출간 7년 후에 같은 시절의 체험을 3인칭으로 풀어낸 『북중국의 연인』도 발표했다(국내 미출간). 중국인 남자와 소녀의 미묘한 감정과 심리를 관능적인 장면으로 표현해 낸 장자크 아노 감독의 영화도 유명하다.

우리가 섹스에 집착하는 의외의 이유

『노르웨이의 숲』

무라카미 하루키

섹스는 하나이나, 섹스의 의미는 하나가 아니다. 나와 너가 살을 부비며 섹스를 하더라도, 그 의미는 다를 수 있다. 매번 따져 물을 수 없으니, 각자 짐작할 뿐이다. 애정을 확인하는 가장 강력한 행위인 섹스의 의미가 다를 경우, 관계를 잘 유지할 수 있을까?

17세의 기즈키는 동급생 와타나베, 애인 나오코와 어울려 다녔다. 어느 날 와타나베와 당구를 치고 헤어진 후 기즈키는 자살했다. 그가 없어지자 셋이 구축한 관계는 해체된다. 와타나베는 대학을 빌미로 고향을 떠났고, 나오코는 신체 장기 하나가 빠진 사람처럼 겨우 살고 있다. 그들은 우연히 도쿄에서 재회했고, 오랫동안 말없이 함께 걸었고 섹스를 한다. 절친한 친구를 잃은 와타나베와 애인을 잃은 나오코는 사귀는 듯 연인은 아닌 듯한 관계가 된다. 이런 와타나베에게 같은 대학의 미도리가 나타나고 풋풋한 만남을 이어간다. 여전히 와타나베에게는 기즈키와 나오코의 자리가 컸고, 나오코가 정신병원에 입원하자 미도리와의 관계는 발전하지 못한다. 이렇게 와타나베는 두 여자 사이를 떠돈다. 병세가 좋아진 나오코에게 병문안을 가서 나오코의 동료인 레이코를 알게 되고, 그녀와도

이별의 고통을 제대로 치르지 못하면,

고통과 이별하지 못한다.

가끔 편지를 주고받는다. 병세가 상당히 호전되어 퇴원할 줄 알았던 나오코마저 스스로 목숨을 끊는다.

사랑은 변수를 극복하는 힘이라고들 하는데, 저들의 관계에서 섹스는 어떤 변수였을까? 모든 이야기는 기즈키와 나오코의 섹스에서 시작된다.

기즈키와 나오코의 섹스 – 어른 되기가 두렵다

> "나, 기즈키랑 하고 싶었어. 물론 그도 나랑 하고 싶어 했고. 그래서 우리는 몇 번이나 몇 번이나 시도했어. 그렇지만 실패했어. 안 되는 거야. 왜 안 되는지 난 도무지 알 수 없었고 지금도 몰라. 나, 기즈키를 사랑했고, 그렇게 처녀성 같은 거에 집착하지도 않았어. 그가 하고 싶다면 난 뭐든 기쁜 마음으로 내주려고 했어. 그렇지만 안 되었어. 도무지 젖지 않는 거야. 열리지 않았어, 전혀."[1]

소년에게 소녀의 성기는 쾌락의 원천이자 섹스를 잘 해낼지 두려움의 대상이다. 소녀에게도 소년의 뻣뻣하게 팽창한 성기는 '내

---

1 무라카미 하루키, 『노르웨이의 숲』, 양억관 옮김, 민음사

몸속으로 밀고 들어오면 얼마나 아플까? 하지만 궁금해.' 하는 마음을 일으킨다. 무엇보다 섹스가 금기라는 사실이 두려움과 만나 그들의 몸을 경직시킨다. 시도하나 실패했고, 실패는 새로운 시도를 더 어렵게 만들었고, 기즈키와 나오코의 섹스는 실패로 봉인됐다.

섹스의 의미는 다양하다. 여기서는 어른을 상징한다. 세 살 때부터 친구였던 그들은 페팅은 가능하나 성기 삽입의 섹스는 불가능했다. 젖지 않은 성기는, 몸은 어른이나 생각은 아이라는 뜻이다. 마음이 원하는 섹스를 몸이 거부한 이유는 어른 되기가 두려웠기 때문이다.[2] 기즈키는 죽어서 영원한 소년으로 남았다. 그렇다면 나오코는 섹스가 불가능할까?

"난 그 스무 살 생일 저녁에 너를 만났을 때부터 젖었더랬어. 그리고 네 품에 안기고 싶었어. 안아주고 벗겨주고 애무해주고 넣어주기를 바랐어. 그런 느낌은 처음이야. 왜? 왜 그런 일이 일어났지? 나, 기즈키를 정말로 사랑했는데."

스무 살이 되었기 때문에 섹스가 가능했다. 20대의 시작점이자 성인의 관문을 통과했으니 스스로 어른으로 여겼고, 성기는 젖었

---

2 기즈키와 정반대 인물이 와타나베의 대학 선배 나가사와다. 그는 엽색가로 기회가 날 때마다 여자를 헌팅해서 몸을 섞는다. 그에게 헌신적인 하쓰미는 손목을 긋고 자살한다. 그와 그녀는 기즈키와 나오코의 변주로 읽힌다.

고, 와타나베의 성기를 매끄럽게 받아들였다.

스무 살은 세상에 대한 호기심과 세상 속으로 들어가야 한다는 두려움을 동시에 갖게 만든다. 스무 살은 존재 이유Raison d'être를 스스로 찾아가는 상징점이고, 그를 위해 타인과 관계를 구축해야 한다. 이때 섹스는 어른 세계의 가장 확실한 입장권이다. 담배를 피우고 술을 마셔도, 섹스하지 않았다면 어른으로 인정받지 못한다. 그러니 스무 살은 20세가 아니다. 자신의 존재 이유를 찾고 섹스를 통해 어른으로 긍정하는 시기라는 뜻이다. 나오코는 이것을 혼동했다. 20세 생일날을 어른이 된 날로 착각했고, 몸과 마음이 예외적으로 일치했다. 와타나베와 섹스가 가능했던 이유다. 하지만 그녀의 마음은 기즈키 자살에 고정되어 있다. 그래서 그녀가 자유로이 섹사할 수 있는 유일한 해결책은 기억 상실이다. 기억할 과거가 없어야 현재를 현재로 살 수 있기 때문이다. 이런 나오코에게 상실의 고통을 공유한 와타나베는 특별했다.

와타나베와 나오코의 섹스 - 보충하되 대체하지 못한다

나와 너의 몸이 섹스로 가고자 한 곳이 다를 때, 섹스는 도구로 추락한다. 나오코는 와타나베를 도구로 기즈키의 몸으로 나아가려 한다. 그것은 헛것이고 헛것은 실체가 없으므로 만지고 핥을 수 없다. 어디에도 없으므로 어디에서나 환상으로는 만들어낼 수 있다. 물에 녹지 않는 돌처럼, 환상은 현실에 부딪혀도 깨지지 않는다. 그래서 나오코에게 와타나베의 육체는 보체다. 즉, 기즈키의 대체물이자 기 즈키가 주지 못했던 것을 충족시키는 보충물이다.

"보체supplément는 프랑스 철학가 자크 데리다의 용어로, 보 충과 대체의 뜻을 다 포함하고 있다."[3]

기즈키와 불가능했던 섹스를 이뤄 보충했으나, '와타나베 = 기즈 키'로 대체되지 않는다. 나오코가 와타나베를 만날수록 기즈키가 잊혀야 하는데, 마지막 순간까지도 기즈키는 그들 사이에 단단히 자리 잡은 이유다. 그래서 와타나베와 섹스 후, 나오코는 고통스럽 다. 제 몸은 섹스가 가능한데 기즈키는 없으니, 그의 죽음이 시리게 아팠다. 그러자 그녀의 성기는 더 이상 젖지 않는다. 그것이 정절을 지키는 유일한 방법이기 때문이다. 그곳의 주인은 기즈키니까 다른 남자가 들어오지 못하게 육체의 문을 걸어 잠가야 했고, 그렇게 와 타나베의 몸을 거부한다. 그녀는 기즈키의 성기가 제 몸 안으로 들 어오는 느낌을 알지 못하므로, 와타나베가 기즈키의 대체제로서도

---

3   롤랑 바르트, 『사랑의 단상』, 김희영 옮김, 문학과지성사, p. 296 아래 주석 참조

부적당했다. 다른 의도로도 해석할 수 있다.

그녀는 애액이 나오지 않아 어쩔 수 없이 침으로 젖은 입으로 와타나베의 부풀어 오른 성기를 사정으로 몰고 간다고 말한다. 거짓이다. 와타나베의 성기를 손으로 움켜쥐었다가 입에 넣어서 맥박을 더 강하게 느껴서, 그의 살아 있음을 기즈키의 살아 있음으로 착각하고 싶었기 때문이다. 눈을 감은 그녀의 입안에서 와타나베와 기즈키의 성기는 정확히 구별되지 않기에, 그 순간만큼은 와타나베가 기즈키의 완벽한 대체재다.

> "나는 불완전한 인간이야. 네 생각보다 훨씬 더 불완전한 인간이야." - 나오코

줄곧 그녀는 와타나베의 성기를 손으로 쥐고 입에는 넣어도 성기로는 받아들이지 못한다(않는다). 그러니 섹스는 섹스의 모양새를 취하고 있어도 섹스가 아니고, 섹스가 될 수 없다. 섹스는 사랑을 나누는 방식인데, 나오코는 와타나베를 사랑하지 않기 때문이다. 그렇다면 와타나베에게 나오코도 기즈키의 보체였을까?

애도와 스리섬

불분명하다. 다만 서로에게 기즈키를 추억하고 애도를 공유할 수 있는 유일한 상대다. 육체와 육체가 상징하는 것은 다르다. 나오코는 와타나베의 몸은 가져도 기즈키를 되살리지 못했고, 요양소로 들어간다. 와타나베를 기즈키의 보체물로 삼으려 했던 자신을 벌하려거나, 그런 의도로 더 이상 와타나베를 볼 수 없었기에 현실 밖으로 도피한 것으로 보인다. 이런 사정을 모르는 와타나베는 그럴 의도 없이 나오코의 밑바닥을 들쑤신다.

> "무엇보다 우리는 서로를 너무도 몰라. (……) 기즈키를 잃어버린 후 나는 내 마음을 솔직히 표현할 상대를 잃어버렸지. 그것은 너도 마찬가지 아닐까. 아마도 우리가 생각하는 것 이상으로 우리는 서로를 필요로 하는 것 같아." - 와타나베

큰 슬픔은 둘을 하나로 묶었지만, 매듭 푸는 법은 몰랐다. 그들은 고통의 동반자/공유자로서 사랑했고, 서로에게 다가갈수록 과거의 고통은 커졌다. 와타나베는 다른 여자들과 자면서 늘 나오코를 생각하고, 나오코는 기즈키를 떨쳐내지 못한다. 서로의 몸을 만지고 쓰다듬고 흥분하면서 그들은 기즈키를 향해 나아갔다. 따라서

그들의 성행위는 모두 기즈키를 향한 애도로 읽힌다. 나오코가 해 준 펠라티오가 대단하다고 말하니, 나오코가 기즈키도 그렇게 말했다고 답한다. 그에 대해 와타나베는 "나와 그 친구는 생각하는 거나 취향이 아주 잘 맞았어."라고 한다. 둘의 결합은 기즈키를 상징적으로 살려내는 방법이라, 그들의 섹스는 둘이 하는 셋의 섹스(스리섬)다. 서로를 보체로 삼지 않고 새로운 관계의 이름을 만들어야 했지만, 그들은 스무 살이었다. 경험을 해도 의미를 알기 어렵고, 대처법은 더욱 모르고, 해결책은 더더욱 막막하다. 가장 쉬운 해결책은 나오코와 완전한 결별이다. 사랑은 상대를 보체가 아닌 그 사람으로 대하는 것이다. 미도리를 통해 그 근거가 드러난다.

와타나베와 미도리의 섹스 –
섹스는 나를 100퍼센트 사랑하는 것

"늘 목이 말랐어. 한 번이라도 좋으니 듬뿍 사랑받고 싶었어. (……) 나를 일 년 내내 100퍼센트 사랑해 줄 사람을 찾아내서 손에 넣고야 말겠다고, 초등학교 5학년인지 6학년인지 그때 그런 결심을 한 거야. (완벽한 사랑을 바라는 것은 아니고) 내가 바라는 건 그냥 투정을 마음껏 부리는 거야. 완벽한

투정." - 미도리

이를테면 딸기 쇼트케이크를 먹고 싶다고 해서 남자가 모든 일을 젖혀두고 사 오면 이딴 거 안 먹는다며 버리는 정도의 투정, 귀여운 변덕이다.[4] 와타나베가 미도리에게 끌리는 이유는, 그녀가 현실의 여자이기 때문이다. 제멋대로 약속을 정하고 괜히 심술과 투정을 부리고 사라졌다가 갑자기 나타나고, 미안하다는 말도 없이 집으로 데려가 음식을 뚝딱 만들어 같이 먹는다. 나오코가 과거에 잠긴 여자라면, 현실에 발 딛고 살아가는 여자는 미도리다. 나오코는 어둡고 무거우며, 미도리는 경쾌하고 발랄하다. 와타나베는 둘 다 사랑하고 그 사랑을 비교하며 — "무서우리만치 조용하고 상냥하며 맑은 애정"의 나오코와 "땅을 밟고 서서 걷고 숨 쉬고 고동치는 무엇"이고 자신을 뒤흔드는 애정의 미도리 — 둘 사이에서 갈팡질팡한다.

"지금 나오코에게 다른 여자애를 좋아하게 되었다고 말할 수는 없었다. 그리고 나는 나오코 또한 사랑했다." - 와타나베

4 이 소설의 제목인 〈노르웨이의 숲〉은 비틀즈의 노래다. 노래 가사에서 잠잘 시간이라고 말한 후에 이어진 소녀의 웃음은 잘 이해되지 않는다. 자신이 남자를 끌어들이는 쉬운 여자로 보이는 것 같아, 혹은 갑자기 요조숙녀인 척 '내일 아침에 일이 있다.'는 거짓말을 하는 자신에 대한 웃음일까? 미도리와 와타나베의 관계에서 그 소녀가 미도리와 닮았다고 느껴지는 부분이다. 웃음은 호기심과 부끄러움을 숨기기 좋은 수단이다. 노래 속 소녀의 웃음은 미도리의 투정과 비슷하다.

이런 그에게 미도리는 기다려주겠다면서 단서를 분명히 붙인다.

"나를 잡을 때는 나만 잡아. 나를 안을 때는 나만 생각해."

그래서 와타나베는 나오코와 완전히 정리될 때까지 미도리와 끌어안고 키스하지만 섹스는 하지 않는다. 미도리가 자신과 하고 싶지 않냐고 묻자, 머리가 돌아버릴 만큼 미치도록 하고 싶지만 할 수가 없다고 한다. 격렬하게 들끓어 오르는 성 충동을 겨우 억누르며, 미도리의 손과 성기 근처에 사정한다. 미도리에게 섹스는 100퍼센트로 사랑하는 사람들끼리만 하는 것이다. 이처럼 미도리는 현실의 여자이고, 현재를 산다. 나쁜 기억을 떨쳐버릴 좋은 방법은 현재에 집중하는 것이다. 소설에서 미도리가 제일 제멋대로 구는 사람처럼 굴지만 가장 제대로 된 사람이다.

"나는 살아 움직이는, 피가 흐르는 여자야." - 미도리

현실real과 현재present는 다르다. 인간의 몸은 저절로 현재에 속하지만 의식은 그렇지 않다. 의식은 10대 후반 즈음에 만들어지면 크게 변하지 않는다. 그래서 지금 우리를 둘러싼 상황에 대한 의문과 회의, 반성과 부정 등을 거쳐야만 의식은 현실을 제대로 파악할

수 있다. 예를 들어 1980년대에 형성된 의식을 2020년대에도 고집하면 현실에 적응하기 어렵다. 몸은 저절로 현재에 속하나, 의식은 노력해야만 현실에 닿는다. 이런 이유로 시대착오적인 인물이 많은 것이다. 현재와 현실이 일치되면, 우리는 우리의 삶을 살고 있다는 느낌으로 충만하다. 이런 면에서 미도리는 언제나 자신의 현실을 긍정하며 현재를 산다. 현재와 현실이 일치되는 삶이 건강하고, 앞으로 나아가는 삶이다. 와타나베는 그렇지 못했다. 미도리가 그의 기회였다. 기회를 살리려면 과거부터 과거로 묻어야 한다. 그것이 나오코의 병원 동료 레이코가 와타나베와 섹스한 이유였다.

와타나베와 레이코의 섹스 - 섹스는 부활이다

우리는 타인의 시선에 영향을 받는다. 종교인은 섬기는 신의 시선을 두려워하고, 나오코와 와타나베는 기즈키의 시선에 지배받는다. '상실의 시대'는 자살한 기즈키의 상실이 아니라, 그 사건으로 자신을 잃은 친구들의 이야기다. 기즈키는 죽어서 자신을 지켰다. 나오코와 와타나베에게는 거기서 벗어나는 방법을 함께 그리고 각자 찾으려 애썼고, 마침내 그들 안에 있는 기즈키의 시선을 죽여야 함을 깨닫는다. 그에 실패한 나오코는 기즈키를 뒤따랐다. 그리고 13세 소녀로 인해 유부녀인 자신이 젖어버린 사실에 충격받아 입원했던 레이코는 퇴원해 와타나베를 찾아온다. 나오코의 마지막 순간들을 이야기해 주고, 음식을 만들어 먹고, 맥주를 마시고, 노래를 부르고, 섹스한다. 그것은 기억의 장례식으로 느껴진다. '나는 너의 과거를, 너는 나의 과거를 장례 치르자. 너와 나의 고단한 과거를 잊고, 새로운 시작의 출발선을 섹스로 긋자.' 와타나베에게 레이코는 기즈키와 나오코의 시선을 끊어내는 마침표이고, 레이코에게 와타나베는 정신병원을 나와서 현실로 복귀하는 시작점이다. 사랑보다 연민, 애정보다 우정이 느껴지는 이들의 섹스는 일종의 부활 의식이다. 와타나베는 기즈키와 나오코의 시선을 끊어냈음을 느끼고, 곧바로 미도리에게 전화를 건다.

"이 세상에서 너 말고 내가 바라는 건 아무것도 없어. 너를 만나 이야기하고 싶어. 모든 것을 너와 둘이서 처음부터 시작하고 싶어."

이제 미도리에게 미뤄왔던 사랑을 고백하고, 진정한 의미에서 첫 섹스를 경험하게 될 것이다. 와타나베의 스무 살은, 마침내 시작된다.

몸을 포개듯 섹스의 의미도 포개져야 한다

섹스는 하나이나, 의미는 저마다 다르다. 사랑을 출발하는 기념으로, 쾌락을 위해서, 시들해지는 사랑을 유지하려고, 말로는 전할 수 없는 미묘한 감정(들)을 몸으로 전하고자, 쓸쓸함과 외로움 등을 잊기 위해, 잘못에 대한 용서로, 기념일을 축하하기 위해 우리는 섹스를 한다. 매번 섹스의 의미를 따져 물을 수 없으니, 홀로 짐작할 뿐이다. 말하지 않고도 서로 통하면 참 좋으련만!

여기 섹스의 의미가 어긋나면서 생긴 오해로 기나긴 수렁에 빠지는 연인이 있다. 토마시는 테레자와 사비나와 섹스했으나 사비나와는 뜻이 통해서 정부로 남았고, 그렇지 못한 테레자와는 결혼하게 됐다. 우리가 연인의 몸에 집착하는 색다른 이유를 생각하게 만드는 소설, 바로 밀란 쿤데라의 『참을 수 없는 존재의 가벼움』이다.

ℙ

무라카미 하루키｜Murakami Haruki (1949- , 일본)

와세다 대학에서 문학을 전공했다. 재즈 카페 '피터캣'을 운영하다가 『바람의 노래를 들어라』로 데뷔했는데, 현대 도시인의 외로움과 공허함을 간결한 문체로 빚어내서 젊은 층의 열광을 받았다. 『양을 쫓는 모험』 『태엽 감는 새』 『세계의 끝과 하드보일드 원더랜드』 『스푸트니크의 연인』 『1Q84』 등의 소설, 다수의 단편 소설집과 수필집을 썼다. 일본의 군조 신인 문학상, 다니자키 준이치로 상, 요미우리 문학상을 비롯해 프란츠 카프카 상과 세계 환상문학상, 안데르센 문학상 등을 수상했으며, 『해변의 카프카』로 『뉴욕 타임스』의 '올해의 책'에 선정됐다. 그의 주요 작품이 45개국 언어로 번역돼 널리 읽히고 있다.

『노르웨이의 숲』은 하루키에게 국제적인 명성을 안겨준 대표작이다. 1960년대 후반 도쿄의 와타나베와 나오코의 허무와 고독에 1990년대 한국 독자들의 마음도 젖어들었는데, 한국에서는 『상실의 시대』로 출간돼서야 '하루키 붐'을 일으켰다. 지금은 원제로 통용된다. 2010년 영화로도 만들어졌는데, 원작자는 만족했으나 흥행 성적은 부진했다.

왜 그녀는 연인의 외도를 참을까?

『참을 수 없는 존재의 가벼움』

밀란 쿤데라

우리는 연인의 자동차나 옷 등에 대해 처분할 권리를 주장하지 않지만, 육체에 관해서는 집착한다. 사랑은 독점이니 연인의 육체도 그러해야 한다고들 믿는다. 사랑의 대상과 섹스의 대상은 반드시 일치해야만 할까?

체코 프라하의 의사 토마시는 이혼한 독신남으로, 닥치는 대로 섹스를 한다. 이런 '하루살이 사랑'의 여자만으로는 불안하다. 그래서 섹스하되 연인은 아닌 사비나와 '에로틱한 우정'을 나눈다. 어느 날, 지방 왕진에서 알게 된 테레자가 느닷없이 토마시 집으로 찾아온다. 그녀와 함께 살면서 토마시의 엽색 행각은 위기에 처한다. 이 무렵 소련(러시아)이 프라하를 침공하자, 토마시와 테레자는 스위스에 정착한다. 이곳에서도 토마시의 여자 탐험은 계속된다. 결국 테레자는 프라하로 돌아가고, 감시자의 눈이 사라진 토마시는 존재의 가벼움을 느끼나 곧 그녀를 찾아 프라하로 돌아온다. 한편 체코의 공산당 정부는 신문에 기고한 기사를 문제 삼아 토마시에게 반성문을 요구하나, 그는 거절한다. 병원에서 쫓겨나 '창문공이 된 의사'는 여자들의 호기심과 동정심을 불렀고, 토마시의 엽색 행각은 다시 불붙는다. 테레자의 눈을 잘 피해서 외도하는 줄 믿었으나, 그녀는 그의 머리카락에서 나는 여자들의 성기 냄새를 견디고 있었다. 이 문제를 해결하려 그들은 도시를 떠나 시골로 이사한다. 농장 일을 함께 다니며 평온한 삶을 살다가, 교통사고로 같이 죽는다.

　줄거리조차 요약하기 까다로운 이 소설의 뼈대는 사랑과 섹스의 관계에 대한 관점이 제각각인 인물들의 삶의 궤적을 따라가며 구축됐다. 섹스는 연인의 독점적 행위라고들 하는데, 토마시의 답과 테레자의 답은 달랐다.[1] 여기서 둘의 불화는 점화되었다.

토마시: 사랑과 섹스는 분리된다

토마시는 사랑의 대상과 섹스의 대상을 분리했다. 여자를 갈망하면서도 두려워했기 때문이다. 테레자에게 섹스는 사랑하는 사람과만 해야 한다. 섹스의 의미는 달랐으나, 서로를 떠나지 못한다. 그 이유가 둘의 관계가 쉽사리 깨지지 않은 이유이기도 하다.

　육체 접촉을 시도하는 시골의 천박한 술주정뱅이들에게 둘러싸

1　이것을 쿤데라는 베토벤의 마지막 4중주의 마지막 악장의 모티브로 표현한다. "그래야만 하는가Muss es sein? 그래야만 한다Es muss sein!" 이것은 작품 전체에 걸쳐 반복된다.

여 사는 테레자에게 프라하에서 온 의사 토마시는 책을 보는 남자다. 비루한 현실을 잊기 위해 그녀가 선택한 소설(책)을 갖고 있던 그가, 그녀에게는 새로운 세계의 상징이었다. 여기에 우연의 양념이 더해진다. 그가 음료를 주문하는 순간 라디오에서 베토벤의 음악(책과 같은 상징)이 나오고, 숫자 6의 우연들(그의 호텔 룸 넘버와 자신의 퇴근 시간 등)이 겹치면서 테레자의 사랑은 시작됐다. 우연도 반복되면 마법의 힘을 발휘하는 법이다. 이런 이유로 토마시에게 반했을 수는 있으나, 그의 엽색 행위를 참으며 같이 사는 이유로는 부족하다.

"그녀(테레자)는 모든 육체가 평등했던 어머니의 세계로부터 벗어나기 위해 그(토마시)와 함께 살러 온 것이다. 자신의 육체를 유일하고 대체 불가능한 것으로 만들기 위해 그와 함께 산 것이다."[2]

그녀는 어머니의 세계를 끊어내고 싶었다. 사랑하는 사람이 그녀의 육체의 유일성을 인정하면 가능한 일이었다. 그래서 토마시의 외도는 그녀 몸의 유일성을 부정하는 행위였고, 두려움은 자주 악몽으로 표출된다. 그러나 토마시는 이 여자에서 저 여자에게로 가

2 밀란 쿤데라, 『참을 수 없는 존재의 가벼움』, 이재룡 옮김, 민음사

볍게 날아다니며 섹스의 대상을 하나의 육체로 한정하지 않는다. 그것이 여자에 대한 두려움을 해소하는 방법이다.

"동반 수면은 사랑의 명백한 범죄다." - 토마시

그에게 정사의 욕구와 동반 수면의 욕구는 상충된다. 섹스는 쾌락의 시작, 절정, 하강과 결말이 있다. 수면은 무방비 상태의 자신을 전적으로 상대에게 내어주는 것이다. 아울러 동반 수면은 부부의 상징으로, 그가 버리고 온 세계이자 자신의 성욕을 파괴시키는 일이다.

"사랑은 정사를 나누고 싶다는 욕망이 아니라(이 욕망이 수많은 여자에게 적용된다) 동반 수면의 욕망으로 발현되는 것이다(이 욕망은 오로지 한 여자에게만 관련된다)."

토마시는 사랑하는 사람과 섹스하고 잠드는 행복을 모른다. 그는 잃음에 대한 두려움으로 한 여자를 사랑하는 행복을 밀어낸다. 이런 수면과 섹스 분리 원칙은 테레자에 의해 깨어진다. 그녀와 섹스 후에 잠들었다가 화들짝 놀라며 깨서는 자신이 몰랐던 행복의 향기를 들이마셨다고 생각한다. 그러자 그는 섹스의 대상과 사랑의 대상으로 그녀를 각각 구분한다. 그녀는 그것을 간파한다.

"나는 쾌락을 찾는 것이 아니라 행복을 찾아. 행복 없는 쾌락
은 쾌락이 아니야." - 테레자

섹스는 몸으로 하지만, 마음이 오간다. 사랑과 섹스가 분리된
토마시의 몸은 가볍다. 둘이 일치된 테레자의 몸은 무겁다. 그래서
토마시에게 테레자는 가볍고, 테레자에게 토마시가 무겁다. 이것을
테레자는 어떻게 해결할까?

테레자: 사랑은 전부를 갖는 것, 섹스도 독점해야 한다[3]

테레자에게 사랑은 연인의 전부를 갖는 것이다. 토마시의 전부를
갖기 위해, 우선 토마시의 에로틱한 우정의 자리를 차지하려 한다.
에로틱한 우정은 섹스하되 사랑하지 않는 관계, 육체를 원할 때 언

---

3   사람을 안다는 것은 그의 두려움과 욕망을 안다는 것이다. 테레사의 욕망은 어머니가 지배하는
지긋지긋한 시골을 벗어나는 것이고, 두려움은 천박한 이들 가운데서 살아야만 하는 것이다. 그녀에
게 토마시는 욕망을 실현하고 두려움을 제거할 기회였다. '그래, 바로 이 남자야! 이 남자가 나를 여
기서 꺼내줄 수 있을 거야!' 하지만 육체의 문제가 개입되면서 '그가 나를 여기에 내버려둘지도 몰
라!' 토마시가 자신을 구원해 주지 않을 수도 있다는 두려움에 쩔쩔맨다.

제든 취할 수 있으나 사랑하면 치러야 할 두려움은 없는 관계이자, 사랑과 섹스에는 공통점이 없다는 토마시의 생각을 증명하는 관계다. 지금은 사비나가 차지하고 있는데 테레자는 두 가지 방법으로 뺏으려 한다. 먼저 그녀는 사비나를 자신이 골라주고 씻겨주는 상상을 한다('아내인 내가 너를 골랐고 준비해서 내 남편에게 바친다. 이것은 전적으로 나의 선택이고 결정이다!'). 이어서 그녀는 사비나에게 접근하여 누드 사진을 찍는다(사비나의 육체를 상징적으로 소유). 이어서 사진기를 쥔 사비나가 그녀에게 옷을 벗으라고 한 다음 누드 사진을 찍는다(정부가 남편의 부인을 상징적으로 소유). 이어지는 둘의 동성애적인 장면은 사비나에겐 연극적 놀이에 불과하지만, '토마시를 가졌던 몸을 내가 가짐으로써 토마시를 갖겠다.'는 테레자의 강한 욕망을 뜻한다. 그리고 토마시와 자신은 양성애자로서 다른 여자들의 육체는 그들의 장난감이 되길 바라는 상상으로까지 나아간다. 평소 자신의 생각을 버리고 타락으로 걸어 들어갈 만큼, 테레자는 절박하고 간절하다.

사비나는 테레자를 질투하지 않는다. 그녀는 '여자 토마시'로서 테레자가 차지한 아내의 자리(무거움)가 아니라 에로틱한 우정(가벼움)의 자리를 고수하기 때문이다. 같은 맥락으로 스위스에서 만난 남자 프란츠의 아내도 되려고 하지 않고, 그가 함께 살자고 하자 미국으로 가버린다. 이런 면에서 테레자를 만나지 않았더라면 토마시가 어떻게 살았을지를 보여주는 인물이 사비나다. 에로틱한 우정의 자리를 얻(거나 없애)지 못하자, 테레자는 파격적인 해결책을 떠올린다.

섹스는 마음의 리트머스 시험지

"불현듯 그녀는 하녀를 내쫓듯 이 육체를 파면하고 싶었다. 오직 영혼만이 토마시와 함께 있고, 육체는 다른 여성의 육체들이 남성의 육체들과 하는 짓을 똑같이 할 수 있도록 멀리 추방하고 싶었다! 그녀의 육체가 토마시에게 유일한 육체가 될 수 없었고, 테레자 인생의 가장 큰 전쟁에서 패배한 육체이기에, 그렇다면 멀리 꺼질지어다, 육체여!"

사랑과 섹스는 모두 육체에서 이뤄진다. 둘의 대상을 하나로 일치시키지 못한다면, 테레자는 차라리 육체를 파면하고 영혼으로 사랑하길 바란다. 더 확실한 해결책도 있다. 토마시와 헤어지고 도덕적인 남자를 만나면 된다. 하지만 토마시에게 인정받아야 어머니의 세계에서 독립한다고 믿고 있기에 그를 잘라내지 못한다. 남은 방법은 하나다.

"토마시는 사랑과 성행위는 서로 다른 두 세계라는 생각을 그녀(테레자)에게 이해시키려고 끊임없이 노력했다."

토마시의 생각에 동조하면 된다. 길은 정해졌고 기회를 기다렸고, 자신을 치한으로부터 지켜준 기술자의 은밀한 초대에 응한다. 그가 한쪽 가슴을 만지자, 테레자는 섹스가 영혼이 아니라 육체의 일로 느낀다. 그런 깨달음에 이끌려('토마시의 말이 맞았다'), 그와 정사를 치른다. 몸 전체로 번지는 희열에 이어서 그녀는 "치욕의 극단까지 가보자는 욕망, 그저 육체, 오로지 육체 그 자체가 되고자 하는 욕망"에 휩싸이며 화장실로 간다. 섹스의 희열이 자신의 믿음을 날려버렸으니, 몸속의 찌꺼기도 모조리 배설해서 영혼까지 비워내고 싶었다. 그렇게 완전히 텅 빈 육체에 다시 영혼을 채워야 하는 순간이 됐고, 남자의 따뜻한 말 한 마디면 테레자는 그와 사랑에 빠졌을 것이다. 그 순간 그녀를 감시하는 듯한 낯선 목소리가 어디선가 침입했고, 테레자는 화들짝 놀랐다. 그녀의 영혼은 채워지지 않았고, 외도는 불쾌하고 황당한 경험으로 끝난다. 토마시는 테레자에게 영혼을 느끼게 해줬으나 기술자는 그렇게 하지 못했기 때문이다. 결국 테레자는 사랑과 섹스를 분리하지 못했다.

사비나: 사랑보다 에로틱한 우정

사비나는 토마시를 섹스로 포박한다. 에로틱한 우정은 사비나의 의지와 욕망으로 지속된다. 그 관계는 언제든 떠날 수 있는 관계이니, 언제든 다시 시작할 수 있는 관계다. 그래서 그들의 관계는, 소설 초반에 설명된 프리드리히 니체의 자아의 '영원 회귀'(나르시시즘)와 연결된다. 즉, 토마시는 토마시를 사랑하고, 사비나는 사비나를 사랑한다. 자기애는 외로움을 끌고 다니는데, 그것은 타인의 절대적이고 헌신적인 사랑만이 녹일 수 있다. 토마시는 수많은 여자들을 거치면서 마침내 테레자의 모성애를 깨닫지만, 사비나는 프란츠와 미국의 양부모를 거쳐서도 그걸 얻지 못했다. 이렇듯 에로틱한 우정은 자기애의 변주다. 그래서 상대에게 사랑은 말하지 않고, 곧바로 섹스로 직진한다.

이런 이유로 토마시의 사랑은 섹스의 욕망으로 가볍다. 정치와 이념이 그에겐 무겁다. 토마시에게 영혼과 육체의 사랑을 원하는 테레자는 무겁고, 사비나는 가볍다. 테레자에게 토마시는 대체 불가능한 유일한 육체로 무겁고, 영혼을 울리지 못한 기술자는 가볍다. 사비나에게 결혼하자는 프란츠는 무겁고, 짧고 명확하게 옷을 벗으라고 명령하는 토마시는 가볍다. 사비나와 토마시는 에로틱한 우정의 가벼움으로 하나 된다. 그렇다면 사비나의 엽색도 토마시와 같은 이유일까? 그녀도 남자에 대한 열망과 두려움 사이에 낀 탓일까?

섹스에서 폭력의 문제

토마시는 사비나에게 바닥에 거울을 놓고 나체로 걸어 다니라고
명령하고, 일상적인 대화를 하다가 갑자기 옷을 벗으라고 명령한
다. 사비나는 토마시의 말이 갖는 힘에 복종할 때 흥분으로 순식간
에 끓어오른다. 반면 힘이 넘치는 근육을 가진 프란츠의 내부는 나
약하여, 전혀 에로틱하지 않다. 프란츠에게 "사랑한다는 것은 힘을
포기하는 것이기 때문"이고, "그에게 관능성이 없는 것이 아니라,
명령할 힘이 없는 것이다." 하지만 누군가 자신을 지배하려 드는 남
자가 있다면 사비나는 견디지 못한다. 여기서 우리는 사비나의 뒤
틀린 내면과 마주한다. 왜 그녀는 명령하는 토마시에게만 에로스
를 느낄까?

> "세상에는 폭력을 통해서만 이룰 수 있는 것이 있다. 육체적
> 사랑이란 폭력 없이는 생각할 수 없다."

그녀에게 사랑은 육체의 사랑이고, 그것은 어떤 형태의 폭력이

다. 친절하고 다정하여 부드럽게 속삭이며 순종하는 프란츠에겐 어떤 폭력성도 없다. 프란츠가 사비나의 몸 위에서 덮쳐 누르는 체위로 섹스를 하더라도 그것은 형태로만 주종 관계이지, 힘의 우위를 상징하지 못한다.

> "프란츠의 하반신은 남자이지만 상반신은 젖을 먹는 신생아 같았다. 신생아와 동침하고 있다는 생각에 그녀는 거의 혐오스러움을 느꼈다. 오늘이 마지막, 두 번 다시 돌이키지 못할 마지막이다!"

사비나의 욕망은 까다롭다. 그녀에게 "아름다움이란 배반당한 세계"인데, "아름다움이란 박해자들이 실수로 어딘가에서 그것을 잃어버렸을 때만 만날 수 있다."고 믿는다. 프란츠의 남성적인 육체와 여성적인 사랑 방식은 그 어긋남으로 아름다움에 속하는 듯하지만, 사비나는 그렇게 느끼지 않는다. 왜냐하면 프란츠는 친절하고 다정한 내면의 남자여서 프란츠의 어긋남은 '실수로 잃어버린 것'이 아니기 때문이다. 침대에서 프란츠의 근육이 멋지다고 칭찬하지만, 그것은 안타까움과 아쉬움의 표현이다('이토록 두꺼운 근육을 갖고 가벼운 짓만 하다니.'). 반면 토마시는 "벗어!"가 지배의 언어인 줄 모르며 그 말의 연극적 힘을 모른다. 실수로 입에서 흘러나온

사랑은 우리에게 삶의 목적과 방향을 일깨운다.

듯한, 그러나 자신의 욕망을 강하게 적시하는 표현에 사비나는 흠뻑 젖는 것이다. 강한 자기애는 강하고 은밀하게 복종당할 때 쾌감을 느낀다. 이렇듯 사비나는 힘의 복종을 상징하는 인물로, 사비나의 세계를 구성하는 배반은 타자에 기댄 배반이다. '너가 이렇게 하길 바란다면 나는 그렇게 하지 않겠다.' 청개구리는 자신이 무엇을 원하는지 모른다. 다만 상대의 기대를 배반하고 반대로 행할 뿐이다. 이런 이유로 자신이 살기 위해서는 주기적으로 배신의 욕구에 사로잡히고 마침내 자기 자신의 배신을 배신하기도 한다.

다시, 테레자와 토마스: 사랑이 영혼을 구원한다

다시 처음의 질문으로 돌아간다. 왜 테레자는 토마시와 함께 살까? 무엇이 테레자가 토마시를 떠나지 못하게 막을까? 프라하를 떠나 스위스 시절에 테레자는 토마시에게 이렇게 말한다.

> "당신이 늙기를 바라. 지금보다 열 살 더. 스무 살 더. 그녀가 하고 싶었던 말은 당신이 나약하길 바라. 당신도 나처럼 나약하길 바라."

시골 농부가 된 토마시는 늙었다. 테레자의 꿈에서 토마시는 점점 작아져 토끼로 줄어든다. 드디어 테레자의 오랜 바람대로 그는 나약해졌다. 희망이 이뤄지고 만족이 지나가면 허무가 밀려든다. 테레자는 자신을 향한 토마시의 사랑은 흠잡을 데가 없지만, 그에 대한 자신의 사랑은 단순한 자만심이라 자책한다.

"토마시, 당신 인생에서 내가 모든 악의 원인이야. 당신이 여기까지 온 것은 나 때문이야. 더 이상 내려갈 곳도 없을 정도로 밑바닥까지 당신을 끌어내린 것이 바로 나야."

그토록 벗어나려던 어머니(의 세계)를 이해했고, 남편은 자신처럼 약해졌다. 여기에 이르기 위해 남편의 외도를 끈질기게 참았을까? "우리 인생이라는 밑그림은 완성작 없는 초안, 무용한 밑그림"이라는 작가의 말처럼, 인생은 애초의 의도와 어긋나 예상하지 못한 궤적을 그리며 날아가는 종이비행기일까? 스위스에서 테레자가 떠나고 홀로 남았을 초기에 그는 존재의 가벼움을 만끽한다. 하지만 희망과 만족이 지나고 밀려든 허무에 프라하로 돌아온다. 왜 그는 테레자를 떠나지 못했을까?

"사랑은 다른 사람 속에서 가능한 한 많은 아름다운 것을 보든가 또는 다른 사람을 가능한 한 높이 들어올리고자 하는 은밀한 충동을 가지고 있다."[4]

스물넷에 스위스 바젤 대학의 문헌학 교수로 임명되며 세계 철학사상 최연소 교수가 된 프리드리히 니체는 사랑에서는 행복을 맛보지 못했다. 사랑에 불행한 자가 사랑의 본질을 간파한다고 했던가! 그가 『아침놀』에서 설파한 사랑은 남들은 보지 못한 아름다움을 보는 힘 혹은 연인을 보다 나은 인간으로 상승시키길 원하는 마음이다. 그런 사랑은 우리가 마음의 지하실에 깊이 숨겨둔 영혼을 알아채고 변화하도록 이끈다. 여자를 원하면서도 두려워한 토마시는 테레자로 인해 성욕과 두려움을 조절하며 평온에 이르렀다. 하루살이 사랑을 버리고, 사랑의 행복을 얻었다. 테레자는 토마시라는 무거운 존재(신분 상승의 욕구와 어머니 세계의 탈출)의 가벼운 존재감(외도)을 견뎌냈다.[5] 니체의 말처럼, 그들의 사랑은 현실과 이상을 한 단계 높은 차원에서 종합하기 위한 과정이었다. 우리를 더 좋은 인간이 되도록 만드는 힘이 사랑이다.

---

4 정영도, 『니체의 사랑과 철학』, 서문당, p. 46, 프리드리히 니체의 『아침놀Morgenröthe』에서 재인용
5 쿤데라는 이 책을 프랑스어로 직접 번역해서 출간했고, 그것을 원본으로 삼는다. 이 책의 프랑스 제목은 『L'insoutenable légèreté de l'être』인데, 한국어 제목에서 '참을 수 없는'으로 옮긴 단어는 '견딜 수 없는' '지지할 수 없는'의 뜻이다. 여기서 참을 수 없는 것은 '가벼움'이니, 토마시의 존재의 가벼움을 견뎌낸 테레자의 심정과 닿아 있다. 토마시는 테레자의 무거움을 '그래야만 한다.'면서 참고 견딘다. 그렇다면 제목은 토마시보다 테레자에게 해당하는 듯하다.

"슬픔은 형식이었고, 행복이 내용이었다. 행복은 슬픔의 공간을 채웠다."

질량과 무게는 다르다. 질량은 어디서나 변하지 않으나, 무게는 상대적이다. 토마시에게 무거웠던 테레자, 테레자에게 가벼웠던 토마시는 질량(사랑)은 잃지 않으며 서로에게 적절한 무게감에 이르렀다. 서로의 영혼이 묶였다고 느낀 그들은 사랑과 섹스의 불화를 넘어 마침내 행복에 이르렀다.

결혼을 잘하려면 물어야 할 것

사랑과 섹스는 분리되지 않는 문제다. 프란츠에게 정조는 모든 덕목 중 으뜸이다. 그것이 없다면 우리 삶은 수천 조각의 덧없는 인상으로 흩어져 버린다. 배우자에게 충실한 정조가 삶에 통일성을 부여한다고 믿기 때문이다. 그가 정조를 중요하게 여긴 이유는 연인에 대한 사랑과 책임이 아니었다. 오로지 자신을 위함이었다. 사비나가 나타나자 부인을 쉽게 배신한 이유다.

만약 토마시와 사비나, 프란츠와 테레자가 결혼했다면 어땠을까? 파국은 면했을 가능성이 크다. 이렇듯 결혼 상대를 잘 고르려면 우선 결혼과 사랑의 관계부터 서로에게 명확히 해야 한다. 결혼은 사랑의 목적지, 경유지, 출발지, 도착지 등으로 서로에게 다를 수 있기 때문이다. 이것을 간과해서 에밀리 브론테의 『폭풍의 언덕』의 연인 캐서린과 히스클리프는 2대에 걸친 불행을 치러야 했다.

행복은 노력이고 행운은 주어진다. 사랑에서 행운은
상대를 만나는 일이고, 행복은 상대도 나를 만난 일이
행운임을 아는 것이다.

밀란 쿤데라 Milan Kundera (1929 - , 체코)

프라하 예술대학의 영화과를 졸업하고 교수로 지냈다. 체코 공산당과의 불화로 당의 제명과 재입당, 추방을 거듭했다. 1975년에 프랑스로 망명해 이후에 시민권을 획득했다. 『농담』『이별의 왈츠』『웃음과 망각의 책』『불멸』 등은 모국어로, 후기작 『느림』『정체성』 등은 프랑스어로 썼다. 초기작들도 작가가 직접 번역한 프랑스어본을 정본으로 삼는다. 프랑스 '아카데미 프랑세스'의 문학 대상을 비롯해 다수의 문학상을 받았다. 2019년에 체코 대통령의 간곡한 설득으로 쿤데라는 체코 국적을 되찾았다.

『참을 수 없는 존재의 가벼움』은 1968년에 벌어진 체코 민주화 운동 '프라하의 봄'에 참여한 작가의 경험을 바탕으로 쓴 작품으로, 역사와 사회에 의해 짓밟힌 개인의 삶과 사랑을 철학적인 관점에서 깊이 있게 풀어냈다. 40여 개국 언어로 번역돼 전 세계적으로 읽히고 있으며 20세기 소설의 걸작 가운데 하나로 꼽힌다. 체코에서는 공산당 정권이 붕괴하고 나서야 자유로이 출판되었다. 줄리엣 비노쉬 주연의 영화로도 만들어졌다(국내 개봉작의 제목은 〈프라하의 봄〉).

IV.

결혼과 불륜

결혼은 사랑의 유일한 목적지일까?

『폭풍의 언덕』

에밀리 브론테

사랑은 감정의 이름이자 관계의 이름이다. 사랑을 고백할 때의 사랑은 감정이다. 감정은 흔들리고 변하기 마련이니 관계로 안착되길 원한다. 결혼은 관계로서 사랑을 확실히 매듭짓는 일인데, 종종 관점이 어긋난다. '사랑하니 어서 결혼하자.'는 말에 '지금은 불행하니?'로 대꾸하면 '나를 사랑하긴 하는 거야?'와 '너에 대한 내 사랑을 믿지 못하니?'로 갈등이 증폭되며 감정의 사랑마저 위협한다. 이런 이유로 사랑의 능선들 가운데 결혼은 축복의 계곡이자 악몽의 협곡이다. 결혼은 현실의 조건들을 고려하기 때문이다. 감정과 현실이 부딪힐 때 무엇을 따라야 할까?

어느 날 아버지가 시장에 버려진 남자아이를 집에 데려온다. 아이들은 흑인 같은 외모의 낯선 소년 히스클리프를 무시하고 괴롭히나 캐서린은 그에게 끌린다. 둘은 서로에게 애착을 느끼며 성장하지만 결혼에 직면하면서 위기를 맞는다. 그와 헤어져서 살 수 없었던 그녀는 신분과 재산 등을 고려해 이웃 에드거의 청혼을 받아들인다. 자신의 결정을 이해해 주리라 믿은 캐서린의 기대와 달리 히스클리프는 배신감을 토로하며 종적을 감춘다. 그가 사라지자 그녀는 정신 착란증에 걸릴 만큼 고통받는다. 3년 후에 그가 돌아왔고, 캐서린은 "나는 오늘 저녁에 생긴 일 덕분에 하느님과도 인간과도 화해"[1]했다며 행복해하지만, 행복의 찬가는 곧 불행의 전주곡으로 돌변한다. 남편 에드거의 여동생 이사벨라가 히스클리프에게 몸이 달아올랐고, 그녀를 사랑하지 않으면서도 히스클리프는 음흉하게 미소 짓는다. 캐서린은 이사벨라에게 그는 다듬어지지 않은 보석이 아니라 흉포하고 잔인한 남자라며 포기하라고 설득하나, 그들은 다른 도시에서 결혼식을 올리고 돌아온다.

한바탕 소동이 지나고 캐서린은 히스클리프에게 "나를 떠나지 마. 유령이든 뭐든 상관없어. 나를 미친 사람으로 만들어도 좋아! (……) 나더러 어떻게 살라고! 내 영혼이 없는데, 내가 어떻게 살아!" 간청한다. 그에게 매달릴수록 남편과의 관계는 파탄난다. 이런 와중에 캐서린이 딸(캐시)을 낳은 직후에 죽었고, 히스클리프는 18년 동안 캐서린의 오빠의 아들(헤어튼), 자신의 아들(린튼)과 캐시에 이르는 2대에 걸쳐 잔인한 폭력을 휘두른다.

폭풍의 언덕에서 펼쳐진 잔혹한 이야기의 시작점은 캐서린과 히스클리프다. 무엇이 그들을 그토록 사랑하게 만들었을까?

---

1 에밀리 브론테, 『폭풍의 언덕』, 김정아 옮김, 문학동네

나와 같으므로, 너를 사랑한다

"내가 그 애를 사랑하는 건 잘생겼기 때문이 아니야. 그 애가 나보다 더 나 자신이기 때문이야. 그 애의 영혼과 내 영혼이 뭘로 만들어졌는지는 모르겠지만 어쨌거나 같은 걸로 만들어져 있어."

"자기를 넘어서는 자기가 존재하고 있다고 (……) 모든 것이 사라진다 해도 **그 애만** 있으면 나는 계속 존재하겠지만 (……) 내가 **곧** 히스클리프인 거야. 그 애는 내 마음속에 항상, 항상 있는 거야."[2]

히슬클리프도 다른 문장으로 같은 뜻을 말한다.

"캐서린, 내가 내 몸뚱이를 잊으면 잊었지 너는 잊지 못한다는 거 알잖아!"

우리는 한 번만 산다. 다음 생이 있더라도 지금을 기억하지 못하니, 언제나 처음이다. 이번 생에 나를 차지한 영혼이 다음 생에 다른 사람의 몸을 차지한다면 이번 생의 내 영혼도 이전 생의 다른 누군

---

2   모든 강조 표기는 원작자의 것이다.

가의 것이리라. 혹은 하나의 영혼이 동시에 여러 사람을 차지한다면 같은 영혼을 지닌 사람끼리는 첫눈에 알아볼 것이다. 이것이 우리가 낯선 상대에게 '영혼이 통한다.'고 느끼는 연유이자, 유럽의 대표적인 사랑의 신화인 둘로 나눠진 하나다. 영혼이 같은 걸로 만들어졌다는 캐서린의 말이나 상대가 제 육신보다 더 자신의 본질에 닿은 존재라는 히스클리프의 대꾸로 미뤄보면 그들은 영혼의 단짝, '소울메이트soulmate'였다.

> "우리는 우리와 유사한 것을 사랑할 경우, 그것이 우리들을 사랑하게 하려고 애쓴다." [3]

사랑은 내가 사랑하는 상대로부터 사랑받는 것이다. 영혼의 반쪽을 만났으니 그들은 철학자 스피노자Spinoza의 말처럼 상대에게 사랑받으려 애썼고, 서로를 강하게 끌어당기는 사랑에 몸을 내맡겼고, 그들만의 성을 견고하게 쌓았고, 어떤 외부인들도 침범하지 못하게 튼튼히 다져 올렸다. 그는 그녀가 못 살게 굴어도 묵묵히 참아냈고, 그녀는 다른 이들이 그를 괴롭히는 걸 참지 못했다. 그는 그녀 덕분에 슬픔과 고통을 견뎌냈고, 그녀는 그의 곁에서 외로움을 털어냈다. 하지만 캐서린이 소녀에서 아가씨로 넘어가면서 폭풍의 언덕

---

3 스피노자, 『에티카』, 강영계 옮김, 서광사, p. 161

에서 누리던 평화는 부서지고, 하나였던 영혼이 두 개로 깨어진다. 무엇 때문에?

모두를 갖겠다

"히스클리프와 결혼하면 나도 천해지는 거야." - 캐서린

결혼에 대한 관점이 달랐기 때문이다. 결혼식은 금방 끝나지만 결혼 생활은 평생 이어진다. 연인이 부부로 함께 살려면 집과 음식 등이 필요하다. 결혼은 현실이다. 영혼의 단짝이 빵과 고기, 침대와 하인 등을 해결하지 못하니 캐서린은 그와 결혼하면 신분의 추락의 모욕을 감당해야 했다. 이때 귀족 에드거가 청혼한다. 히스클리프를 사랑하나 가난과 신분이 문제이고, 그만큼 사랑하지는 않지만 에드거는 상냥한 부자였다. 소녀에서 부인으로 넘어가야 하는 시점에서 그녀는 고대 그리스 비극의 주인공처럼 화해할 수 없는 갈등 사이에 끼어버렸다. 두 남자 가운데 한 명을 선택해야 했지만, 그녀는 둘 다 가질 방법을 궁리해 낸다. '결혼은 에드거와 하고, 히스클리프와는 지금처럼 영혼의 일치를 지속하여 셋이 모두 행복한 상황을 만들겠다!' 두 선택지의 장점들만 취하겠다는 나름의 묘안은 머

리의 결정이었다.[4] 마음은 불길하고 불안했으나 청혼을 받아들였다. 주사위는 던져졌다. 캐서린은 결혼을 무엇으로 생각했기에 이런 결정을 내렸을까?

결혼은 사랑의 경유지!

캐서린에게 결혼은 경유지다. 히스클리프와 결혼으로 곧바로 가지 못하니, 경유지로 에드거를 선택해 셋이 함께 그에 이르고자 했다. 그녀는 현실의 난관―오빠가 괴롭히는 히스클리프를 구해 내야 한다, 나는 그와 헤어지고 싶지 않다, 지금의 지위와 생활을 유지하며 살겠다―을 한 번에 모두 해결하겠다는 심산이었다. 하나의 결혼식으로 두 남자를 얻겠다는 발상은, 그만큼 히스클리프가 간절했고, 결혼을 사랑의 경유지로 고쳐 생각하니 실현 가능하게 여겨졌다. '내가 설명하면 히스클리프도 이해할 거야.' 오산이었다. 또한 심성 고운 에드거가 히스클리프를 받아들이(게 만들 수 있으)리라 자신했다. 오판이었다. 두 남자는 질투에 빠진 경쟁자이자 서로 증오하는 적군이었다.

---

4 에드거의 청혼을 받아들인 후 캐서린은 결정을 후회하며 "영혼이 있는 데서, 영혼인지 심장인지에서 내가 잘못했다고 말하고 있어!"라고 불길한 예감을 토로한다.

"당신이 내 편이면서 동시에 **그자** 편일 수는 없어요." - 에드거

에드거는 부인을 족보도 없는 거칠고 야만스러운 남자와 나눌 생각이 없으니, 그자를 포기하고 자신을 따르라고 타이르듯 명령한다. 그것은 '그자'도 마찬가지였음을 하녀 넬리에게 겁박하듯 말한다.

"한데 너는 내가 캐서린을 그자의 **의무감**과 **자비심**에 맡겨둘 거라고 생각해?" - 히스클리프

두 남자는 캐서린에 대한 사랑으로 상대를 간신히 참아냈던 터라, 결혼식이 저주의 삼각관계의 시작이었다. 그러자 그녀는 자신은 최선의 결정을 내렸는데, 남자들이 자신의 의도를 제대로 헤아리지 못하고 이기적으로 행동한다며 탓한다.[5] 남편은 그녀의 은밀한 계산을 몰랐고, 알았더라면 파혼했을 것이다. 그에게 결혼은 사랑의 경유지가 아니었기 때문이다.

---

5 "한 사람의 나약함과 한 사람의 고약함을 한도 끝도 없이 받아주었는데, 둘 다 고마운 줄 모르고 배은망덕하니 멍청해도 너무 멍청하네!"

결혼은 사랑의 종착지!

에드거에게 결혼은 사랑의 종착지다. 캐서린과 사랑의 감정에서 출발해 결혼으로 가정을 이뤘으니 사랑은 목적지에 도착했다.

> "캐서린이 그쪽과 친분을 유지하기를 원해서 내가 용인했던
> 거요. 어리석은 일이었소. 그쪽의 존재는 고결한 이들을 오
> 염시키는 인류의 독이오." - 에드거

히스클리프의 불결한 그림자가 집 안에 서성거리기 전까지, 아내 마음속에 히스클리프의 존재가 그토록 깊고 강한 것임을 알기 전까지 그는 행복했다. 아내가 원하니 마지못해 어느 선까지는 둘의 교류를 용인했으나, 도덕의 선을 넘어서면 방치할 수 없다. 남편과 외부 남자를 동시에 품는 아내는 정숙한 아내가 아니다. 정직하고 선량한 에드거의 생각과 처신은 분명하다. 따라서 결혼 후 더 이상의 여행(캐서린이 요구한 히스클리프를 받아들이는 것)은 필요 없고, 할 수 있는 일도 아니었다. 남편의 생각을 캐서린은 몰랐다. 그녀는 그의 조건만 필요했고, 그의 기반 위에서 히스클리프와 행복을 누리려 했다. 에드거는 캐서린을 아내로 사랑했지만, 캐서린은 에드거가 외부의 적을 막아주고 물질의 풍요를 제공하는 보호자로

서 필요했을 뿐이다. 결혼의 관점이 극명히 달랐으니 부부는 행복할 수 없었다. 그렇다면 히스클리프는?

결혼이 사랑의 목적지!

히스클리프에게 결혼은 사랑의 목적지다. 사랑은, 상대를 전적으로 소유하는 결혼으로 완성된다. 캐서린과 자신은 서로 사랑하므로 현실의 난관이든 신의 방해든 상관없이 무조건 결혼으로 나아가야 한다. 그는 사랑이라는 감정에 근거해 결혼이라는 제도(계약)를 실행해야 한다는 당위를 주장한다. 주변 사람들은 계급과 신분의 차이를 내세우며 그녀를 탐하는 그를 비난하나, 사랑을 증명할 권리는 그들에게는 없다. 또한 서로를 향한 사랑의 강고함을 의심하지 않기에 히스클리프에게 주변의 말은 들리지 않는다. '내가 옳다. 내가 틀리지 않았으므로 나를 틀렸다고 하는, 너희들이 틀렸다.' 그에게는 결혼만이 사랑의 목적지이고, 도착지여야 한다.

> "너는 나를 사랑했잖아. 그런데 너는 무슨 **자격**으로 나를 떠났니? 무슨 자격으로 (……) 곤궁도 영락도 죽음도, 하느님이든 사탄이든 누가 무슨 짓을 해도 우리를 갈라놓을 수는

없었는데, **네가** 네 손으로 우리를 갈라놓은 거야. (……) 네가 나한테 한 짓은 용서할게. 나는 **나를** 죽인 너를 사랑하니까." - 히스클리프

캐서린이 에드거와 결혼하자, 배신감과 절망감은 죽음과도 같았다. 견딜 수 없는 현실을 외면하려 폭풍의 언덕을 떠났다. 결혼으로 그들은 나누어졌지만 사랑은 여전히 하나로 묶여 있었다. 이런 이유로 히스클리프에게 에드거는 문제 되지 않는다. 캐서린이 자기 외에 누구와 결혼했더라도 피할 수 없는 충돌이었다.

결혼에도 사랑이 필요하지만, 사랑에도 결혼이 필요하다. 사랑 없는 결혼은 공허하고, 결혼 없는 사랑은 비참하다. 각각 에드거와 히스클리프에게 해당된다. 그렇다면 결혼이 경유지였던 캐서린이 가고자 했던 목적지는 어디였을까?

행복이 사랑의 목적지!

"그저 우리가 영원히 헤어지지 않았으면 좋겠다는 거야."
- 캐서린

행복이다. 하지만 3인 2각으로 해결해야 할 문제였으나, 그녀의 파트너들이 뜻대로 움직이지 않았다. 캐서린의 잘못도 크다. 에드거의 아내와 히스클리프의 연인으로 자신을 분리하면 된다고 믿었으나, 전부를 가지려는 사랑의 속성상 불가능한 일이다.

"지금 당신 손에 있는 내 육신은 당신이 가져요. 하지만 당신 손이 내게 닿을 때, 내 영혼은 이미 저 언덕 꼭대기에 있을 거야." - 캐서린

캐서린은 죽기 전에 에드거에게 몸을 주고, 영혼은 히스클리프에게 주겠다고 고백한다. 행복을 이루려 애썼으나 불가능해진 이상, 그녀는 현실 너머로 가야만 했다. 죽어서 몸은 땅에 묻혔으나 영혼은 히스클리프를 지배했다. 마침내 그녀의 방식으로 그녀의 사랑은 목적지에 도착했다.[6] 행복이 목적지라면 경유지와 도착지는 변해도 문제없다. 반면 결혼이 사랑의 유일한 목적지일 경우, 제때 이르지 못하면 서로의 사랑은 의심받는다. 한번 시작된 의심은 오해를 먹으며 쑥쑥 자라나 관계에 곰팡이를 슬게 만든다. 히스클리프가 캐서린의 전부를 소유하려는 욕망에 갇혀서 캐서린을 제대로 헤

6 결혼 전에 캐서린은 꿈에서 죽어서 천국에 갔는데, 자신을 세상으로 다시 보내달라고 하자 천사들이 화를 내며 그녀를 집어 던졌고, 그녀는 폭풍의 언덕 꼭대기의 히스꽃밭에 떨어졌다. 이것은 히스클리프가 그녀에게 진정한 천국이라는 뜻이다.

아리지 못한 이유다.

결혼은 현실이다. 나와 너, 그녀와 그의 현실이 다르니 정답의 결혼이란 없다. 저마다의 현실에 맞는 결혼으로 행복에 이르면 된다. 사랑해도 연인이 되지 못하는 인연이 있듯이, 결혼도 그러하다. 때로는 여러 경유지를 거쳐 목적지에 이르기도 하고, 도착지가 목적지가 아니었음을 도착한 후에야 깨닫기도 한다. 삶은 깨달은 만큼만 깊어지고 대가를 치른 만큼만 앞으로 나아간다. 히스클리프와 캐서린은 불멸의 사랑을 했으나, 사랑으로 결혼에 이르는 관점의 차이로 불행한 결말을 맞았다. 그렇다면 히스클리프는 캐서린의 무엇에 그토록 집착했을까?

그녀만이 고향이다

"조에zoé는 모든 생명체(동물, 인간 혹은 신)에 공통된 것으로, 살아 있음이라는 단순한 사실을 가리켰다. 반면 비오스bios란 어떤 개인이나 집단에 특유한 삶의 형태나 방식을 가리켰다."[7]

7 조르조 아감벤, 『호모 사케르』, 박진우 옮김, 새물결, p. 33

고대 그리스인들은 삶(생명)을 두 가지로 구분했다. 단지 물리적으로 살아 있음은 조에, 사회적으로 의미 있는 삶은 비오스로 나눴다. 흑인 같은 외모와 길에 버려졌던 히스클리프는 공동체 내부에서 권리를 박탈당한 존재로 오로지 매일을 생존해 내야만 하는 처지였다. 그에게 캐서린은 자신을 한 마리 버려진 들짐승에서 사랑을 느끼는 인간으로 만든 존재로서, 조에를 넘어 비오스를 경험하게 만든 최초이자 유일한 인간이다. 그래서 에드거와 결혼 후 그녀가 자신을 잊었다는 하녀의 전갈을 믿(으려 하)지 않으며 캐서린이 자기를 잊는다면 "내 앞날은 **죽음**과 **지옥**이라는 두 마디로 끝나. 그애 없는 삶은 지옥이야."라고 토로하는 것이다. 그녀가 자신을 잊는 순간, 그는 다시 살아 있는 짐승으로 추락하기 때문이다.

"아아, 캐시! 너는 나의 목숨인데! 나더러 어떻게 살라고!"

캐서린은 죽었고, 그는 고향을 상실했다.[8] 인간에겐 안전과 평화로 상징되는 고향이 필요하다. 그에겐 캐서린이 고향이었다. 그녀를 잃으면서 잃어버린 고향에 대한 향수병으로 세상은 낯선 지옥이 되었고, 그의 현실은 붕괴됐다. 따라서 캐서린의 죽음 이후에 그의 몸

---

8 이것은 불안과 두려움에 질식된 자의 외침이다. 죽은 캐서린에게 완전히 장악당한 그는 현재에 발 딛지 못한 유령이자, 불안과 두려움으로 현실에 안착하지 못하는 이방인이 된다.

은 현재에 있으나 마음은 현실을 살지 못한다. 히스클리프Heathcliff는 거친 잡초와 야생화들만 있는 황야heath의 절벽cliff에 서게 된다. 벼랑 끝에 선 고독한 남자, 히스클리프(Heath의 꽃말은 고독이다)는 캐서린 없는 삶을 18년이나 살았다.[9] 이처럼 되돌릴 수 없는 지난 시간들 앞에서 절망한 남자, 고향을 잃고 존재의 뿌리를 뽑힌 떠돌이, 사랑을 가슴에 품은 악당이 히스클리프다. 이런 측면에서 그가 캐서린과 에드가의 딸 캐시, 캐서린 오빠의 아들 헤어튼, 히스클리프와 이사벨라의 아들 린튼 히스클리프에게 휘두르는 폭력에서 잔인함과는 다른 무엇이 감지된다.

사랑은 사람을 파괴한다

> "슬픔이나 기쁨 그리고 증오나 사랑에서 생기는 욕망은 그것들의 정서가 크면 클수록 더욱더 크다. 슬픔은 인간의 활동 능력을 감소시키거나 방해한다."[10]

---

9 캐서린의 아버지가 죽은 아들의 이름을 그대로 따서 붙였는데, 히스클리프가 정말 길거리에 버려진 아이였을까 의심된다. 아버지의 혼외자가 아니었을까? 혹은 영아 사망률이 높던 시대 탓이라 해도 아비의 사무치는 아픔으로 버려진 그에게 먼저 죽은 아들의 이름을 붙였던 것일까? 어떤 경우든 그의 아픈 손가락이니 더더욱 그를 각별히 아꼈을 듯하다. 아마도 에밀리 브론테는 절박한 외로움의 삶을 이름에 담으려는 의도로 성family name 없이 히스클리프로 이름만 갖도록 했을 것이다.
10 조르조 아감벤, 『호모 사케르』, 박진우 옮김, 새물결, pp. 164-165

스피노자의 지적처럼 슬픔에 빠진 인간은 슬픔을 없애는 데 모든 노력을 기울이는데, 히스클리프의 해법은 폭력이었다. 캐서린이 죽었으니 누군가에게는 책임을 물어야 했고, 목적지를 잃은 사랑은 캐서린과 결합을 방해한 자들을 향한 증오로 전환됐다. 하지만 자신과 그녀의 피붙이들이 망가질수록 슬펐고, 상실의 슬픔은 증오로 끓어올랐으며, 슬픔의 한기와 증오의 열기가 뭉쳐서 광기로 터졌다. 광기로도 슬픔을 극복하지 못하자, 캐서린을 탓한다. '어떻게 나를 두고 네가 죽을 수 있나? 너는 나를 버리고 떠난 것이다. 나에 대한 배신이다.'

"증오는 증오의 보복에 의하여 증대되고 반대로 사랑에 의하여 제거될 수 있다. (……) 사랑에 의하여 완전히 정복된 증오는 사랑으로 변한다. 그리고 사랑은 이전에 증오가 없었던 경우보다 한층 더 크다."[11]

피붙이들을 향한 히스클리프의 증오는 캐서린의 갑작스런 죽음으로 극복되지 못했다. 끝내 슬픔은 털어지지 않았고, 그가 가야 할 곳은 한 곳뿐이었다. 그녀의 묘지다. 그곳을 고향으로 삼는다.

---

11   스피노자, 『에티카』, 강영계 옮김, 서광사, p. 171

"나만의 천국이 바로 저기 있어. 남들의 천국 따위, 나는 좋은지도 모르겠고 가고 싶지도 않아."

살아서 하나 되지 못했으니 죽어서라도 하나가 되겠다며 에드거와 캐서린 부부의 무덤 사이에 제 묘지를 마련한 후에 스스로 들어간다. 마침내 그는 사랑의 목적지에 도착한다.

결혼을 목적으로 하지 않는 사랑도 있다

몸 없는 사람은 유령, 마음 없는 사람은 환자다. 유령 캐서린과 환자 히스클리프는 짝mate 잃은 영혼soul으로 나뉘어 떠돌았고, 죽어서야 다시 영혼의 짝으로 하나 된다. 캐서린이 수치를 무릅쓰고 히스클리프와 결혼했더라면, 히스클리프가 캐서린이 에드거와 결혼한 속내를 제대로 이해했더라면 비극은 없었을 것이다.

여기 캐서린과는 달리 스스로 불명예를 감당하며 결혼하려는 러시아 귀족이 있다. 자신의 부끄러운 과거를 바로잡기 위해 한사코 비천한 여자와 결혼하고자 하지만, 그녀는 승낙하지 않는다. 과연 그는 그녀와 결혼하여 지난날의 과오를 구원받을 수 있을까? 레프 톨스토이는 『부활』에서 정욕으로 타락했던 네홀류도프 공작을 통해 그 문제를 날카롭게 파고든다.

네가 구원자인 줄 알았지만,

오직 나만이 나를 구원할 수 있다.

ꟼ

에밀리 브론테 Emily Bronte (1818-1848, 영국)

에밀리 브론테의 언니 샬럿 브론테는 『제인 에어』, 동생 앤 브론테는 『아그네스 그레이』의 작가다. 세 자매는 어려서부터 글짓기를 즐겼다. 그들의 시를 묶어 필명으로 『커러, 엘리스, 액턴 벨의 시집』을 자비 출판했다. 두 권만 팔렸다. 『폭풍의 언덕』을 발표한 이듬해, 오빠의 장례식에서 걸린 감기가 악화돼 결핵으로 죽었다. 서른 살이었다. 그녀의 반려견 키퍼는 장례식 후 몇 날 며칠을 그녀의 방 앞에서 울었다. 에밀리 브론테는 평생 동안 써온 글의 대부분을 죽기 전에 태워 없앤 탓에 『폭풍의 언덕』 외에 전하는 작품이 없다.

애절한 사랑과 잔인한 숙명을 아름다운 문체로 서술한 『폭풍의 언덕』은 필명 엘리스 벨로 출판됐다가 사후에 언니 샬럿 브론테가 동생의 본명으로 개정판을 냈다. 여성 작가라는 점과 시대를 너무 앞서간 내용 때문에 출간 이후로 70여 년 동안 외면당했으나, 서머싯 몸의 극찬과 노력으로 되살아났다. 몸의 '최고의 작가 10명과 그 작품들'에 선정됐으며, 『리어왕』 『모비 딕』과 함께 '영문학 3대 비극'으로 꼽힌다. 2002년 노벨 연구소에서 54개국의 유명 작가들을 대상으로 설문 조사한 '세계 문학사에서 가장 훌륭하고 가장 중심적인 작품'에 올랐다.

결혼을 인생의 두 번째 기회로 삼는 법

『부활』

레프 톨스토이

결혼은 인생의 변곡점이기도 하다. 유력 가문의 사람과 결혼해 상류층으로 편입할 기회이자, 나쁜 의도를 가진 상대에게 속아 인생을 망치기도 한다. 결혼을 개과천선의 계기로 삼으려는 이들도 적지 않다. 교도소의 창녀에게 청혼한 러시아 귀족도 그런 인물로 보이는데, 그녀와 결혼하려는 진짜 이유는 무엇일까?

네흘류도프 공작은 배심원으로 참여한 재판에서 피고석에 앉은 카튜사를 알아보고 깜짝 놀란다. 그녀는 고모 댁의 양녀이자 하녀였는데,[1] 10여 년 전 하룻밤 정사를 치르고 100루블을 쥐어준 후 까맣게 잊었다. 카튜사는 그의 아이를 우여곡절 끝에 출산해서 고아원으로 보냈으나 죽고 말았다. 그 후에 하녀로 전전하다가 화류계에 이르렀고, 손님을 독살했다는 죄목으로 기소되었다. 네흘류도프는 그녀가 자신을 알아볼까, 부끄러운 과거가 탄로날까, 다른 배심원들이 그녀와의 관계를 의심할까 두려워 무죄를 강하게 주장하지 못한다. 결국 배심원들의 어이없는 실수와 판사의 무책임이 더해져

---

[1]   결혼하지 않는 두 고모가 함께 살았는데, 한 고모는 그녀를 양녀로 교육을 시켰고, 다른 고모는 하녀로 여겼기 때문에 그녀는 반은 양녀, 반은 하녀라는 기묘한 상황에 처했다.

그녀에게 유죄 판결이 내려진다. '그녀는 나 때문에 창녀가 됐다.' 와 '그녀의 유죄는 내가 적극적으로 변론하지 않았기 때문이다.'는 이중의 죄책감으로 공작은 몹시 괴로워한다. 그래서 그는 교도소로 찾아가 그녀에게 청혼한다. 상식에서 완전히 벗어난 청혼을 이해하려면 그의 결혼관부터 파악해야 한다.

결혼은 이익의 계약

네흘류도프에게 결혼은 사랑의 목적지나 종착지가 아니다. 그가 꿈은 결혼의 장점은 불륜 없는 도덕적인 생활과 무의미한 일생에 아이들이 어느 정도 의미를 부여한다는 것이다. 반면에 총각의 자유를 버려야 하며 여자라는 불가사의한 존재에 대한 막연한 공포를 감당해야 하는 단점이 있다. 그래서 결혼 상대로 거론되는 코르차기나가 좋은 집안, 예쁜 외모, 세련된 옷맵시와 품위, 특히 그를 높이 평가해 주는 여자라 좋은 신붓감이니 결혼해야지 싶다가도, 그녀보다 나은 아가씨가 나타날지 모른다는 기대와 그녀가 경험했을 연애 때문에 주저한다. 그는 여인의 살을 비비며 해소하는 정욕은 알지만, 사랑은 모르는 탓이다. 방탕한 생활은 했으나, 여인을 사랑한 적 없으니 그에게 여자는 창녀 아니면 성녀뿐이다. '내게 이익이 되는 가문의 완벽하게 순결한 처녀와 결혼하고, 사랑과 섹스는 집 밖의 여자들과 즐기겠다!' 이렇듯 그에게 결혼은 사회적 명성과 이익 등을 철저하게 따져서 맺는 계약이다. 이런 그가 창녀와 결혼하겠다니, 누구에게도 말하지 못한 속사정이 있을 듯하다.

정신적인 자아로 살고 싶으나
동물적인 자아가 더욱 강하다

> "하나는 다른 사람도 행복하게 해줄 수 있는 그런 행복을 추구하는 정신적인 자아이고, 또 하나는 자기만의 행복을 찾고 이를 위해서는 전 세계의 행복이라도 희생시키는 동물적인 자아였다." [2]

열아홉 살 네흘류도프는 또래의 카튜사를 성욕의 대상으로 상상조차 하지 못했고 그녀와 그런 관계가 가능하다는 생각조차 못했다. 자기와 결혼할 수 없는 여성은 여성이 아닌 단순히 한 인간에 불과하다고 여겼다. 하지만 3년 후 카튜사와 재회한 네흘류도프는 동물적인 자아에 지배받는 방탕한 청년으로 변해 있었다. 그녀를 보

---

2 레프 톨스토이, 『부활』, 박형규 옮김, 민음사

니 순수했던 예전이 떠오르면서 정신적인 자아가 되살아나 기쁜 만큼 타락해 버린 지금이 괴롭다. 게다가 그녀를 탐하는 성욕마저 강해지면서 이중의 괴로움에 쩔쩔맨다. 상반되는 두 자아가 카튜사를 향해 동시에 들끓어 올랐고, 결국 그는 몸의 욕구를 좇는다. 카튜사는 완강히 거절하고 경계하며 물러선다. 아름다운 하녀를 품겠다는 정욕에 사로잡혀 귀족의 체면과 위신 따위는 내팽개치고 한 마리 숫늑대처럼 입맛을 다시며 놓아달라고 간청하며 도망치는 먹잇감을 맹렬히 뒤쫓는다. 끈질긴 시도와 달콤한 구애에 굳게 잠겼던 방문은 열렸고, 그들은 하나로 포개졌다. 다음 날 그는 지난밤에 저지른 잘못에 대한 보상으로 지폐 한 장이 든 봉투를 그녀의 품에 억지로 밀어 넣고 떠났다. 당시 기준으로 귀족 남자가 하녀와 하룻밤 정사를 나눈 것은 용인된 부도덕이었다. 하지만 그는 10년이 지난 지금에는 죄책감으로 괴롭다.

"그때 그녀에게 돈을 준 걸로 나의 의무를 다했다고 생각했던 것처럼 돈으로 속죄할 수는 없다."

스스로에게 가차 없이 정직하면 해결하지 못할 문제는 없다. 자신의 비열함을 인정하자 양심의 가책과 후회가 몰아쳤고, 카튜사와의 재회를 과거의 잘못을 바로잡는 기회로 삼겠다는 결심으로 나아갔고,

그동안 양심에 어긋나는 행동들로 쌓였던 부끄러움과 수치심 등을 없애는 마음의 대청소로 발전했다.[3] 그러자 정신적이고 도덕적인 삶에 대한 희망으로 벅차올랐고, 카튜사가 겪은 불행도 모두 제 탓이었다.

"그건 내 죄요. 그래서 속죄하고 싶은 거요."

"타인의 체험을 자신의 것으로 혹은 자신의 연장선에서 경험하는 심층적인 동일시 현상"[4] 때문에, 우리는 강한 감정적 유대를 가진 타인의 죽음에 충격을 깊게 받는다. 네흘류도프는 카튜사의 타락을 일종의 죽음으로, 자신을 가해자로 느꼈다. 그녀를 다시 살려내야 한다는 의무감에 해결책을 궁리하다가 그가 그녀에게 줄 수 있는 가장 큰 이익인 결혼에 이르렀다. '카튜사는 지참금 대신 나를 용서해 주고, 그녀는 공작 부인으로 다시 태어난다.' 세속의 잣대로는 확실히 그녀에게 이익이다.

"상승혼hypergamy은 여성이 부와 지위가 동등하거나 더 우월한 남성과 결혼하는 행위를 말한다. 인간뿐 아니라 대부분의 사회적 동물에서 짝의 선택을 통해 상향 이동하는 쪽은 암컷

---

3 "마음의 정화란 오랜 시간을 거친 뒤에 불쑥 내면 생활의 지체와 정체를 절감하고 마음속에 쌓이고 쌓여 정체의 원인이 된 찌꺼기를 제거하려는 정신 상태를 이르는 것이다."
4 노르베르트 엘리아스, 『죽어가는 자의 고독』, 김수정 옮김, 문학동네, p. 46

이다."[5]

　남자는 젊은 미녀와 결혼함으로써 자신이 거둔 사회적 성공을 과시하고, 여자는 성공한 남자와 결혼해서 성공의 결과물을 공유한다. 여자는 성공한 남자, 남자는 미녀와 결혼하려는 심리를 설명하는 주된 논리다. 하지만 카튜사는 거절한다. 이유는 여럿이다. 공작과 결혼하면 그녀는 귀족 사회에 맞게 '새로운 카튜사'가 되어야 한다. 그러려면 그동안 자신에게 인생의 의의를 주던 것들을 부정해야한다. 하지만 그녀는 인생관이 변하면 존재 가치를 잃는다고 믿었다. 그 점이 가장 두려웠다. 그리고 자신의 더러운 과거를 아는 남자를 남편으로 맞을 수는 없었다.

잘못된 결혼은 타락이다

　"그녀는 당신과 결혼한다는 건 지난날 그녀의 어떤 타락보다 더 심한 타락이라고 봐요." - 마리야(카튜사의 감옥 동료)

　공작의 자책감은 지나쳤다. 그와의 하룻밤 때문에 카튜사가 창

5　에드워드 윌슨, 『인간 본성에 대하여』, 이한음 옮김, 사이언스북스, p. 71

녀로 추락한 것은 아니다. 하녀로 열심히 살고자 했으나 들어가는 집마다 치근덕대는 남자들의 성적 강요를 피할 수 없던 차에 부자의 정부로 살게 됐고, 예쁜 옷을 마음껏 입고 돈도 많이 벌 수 있다는 유혹에 넘어가 창녀가 되었다. 물론 가장 괜찮은 남자로 믿었던 네흘류도프조차 성욕만 채우고 떠나자 그의 비열함을 증오한 적도 있지만, 지나고 보니 세상 남자들이 대체로 그러했다.[6] 따라서 결혼으로 과거의 잘못을 수정하려는 공작과 달리, 결혼으로 대가를 치를 만큼의 잘못은 아니었기에 청혼을 수락하지 않았다. 그녀에게 이익만 따져서 결혼하는 것이야말로 심각한 타락이기 때문이다. 이것이 거절의 세 번째 이유다.

"네흘류도프는 그의 너그러운 마음과 과거에 저지른 일 때문에 그녀에게 청혼한 것이었으나 (감옥에서 만난) 시몬손은 현재 있는 그대로의 그녀를 사랑하고 단지 사랑하기 때문에 사랑하는 것이었다."

카튜사에게 결혼은 이익의 교환식 혹은 잘못에 대한 보상이 아니다. 사랑하는 남자와 가정을 꾸리는 약속이다. 자신에게 희생적

---

6 "세상 모든 남자의 최대 행복은 매력 있는 여자와 성행위를 하는 데 있다는 생각이었다. 다른 일들로 꽤나 분주한 듯하나 실상은 모두 이 일만을 생각하고 있다는 것이다." -카튜사

인 공작에게 사랑을 느꼈으나, 그렇다고 청혼을 수락하는 것은 모두의 인생을 망치는 행위라고 생각했다.

"그녀는 네흘류도프를 사랑하고 있었으나 함께 있음으로 해서 그의 일생을 망치게 되는 것을 막기 위해 (그녀에게 청혼한) 시몬손과 함께 이곳을 떠나 그를 의무감에서 벗어나게 해주려 했던 것이다."

공작은 속죄하려 청혼했으나 카튜샤는 '다른 공작들처럼' 살도록 그에게 자유를 주었다. 시몬손과 결혼해서 그와의 관계를 영원히 끊으려는 카튜샤의 진심을, 사랑이 무엇인지 전혀 모르던 공작은 작별의 순간에서야 깨닫는다.[7] 이것이 거절의 네 번째 이유다. 물론 공작의 청혼이 카튜샤에게 모욕인 이유는 따로 있다.

---

[7] "둘 중의 하나다. 시몬손을 사랑하기 때문에 나의 희생을 원하지 않거나, 아니면 나에 대한 사랑으로 나의 행복을 위해 맘에 없지만 구애를 거절하고 시몬손과 결혼하여 나와의 관계를 영원히 끊으려 하거나." 작별 인사를 하면서 그녀가 용서해 달란 말과 이상한 눈빛과 서글픈 미소에서 공작은 그녀의 거절이 후자라고 추측한다.

사랑 없는 청혼은 꽃 없는 꽃밭

"만일 필요하다면 그녀와 결혼을 하자!"

문제는 '필요하다면'이다. 조건부 청혼의 목적은 결혼이 아니다. '결혼 = 계약'이던 그에게 청혼은 마음의 정화에 대한 의지를 스스로에게 다지는 표현이자, 그녀가 사과를 받아주지 않거나 말의 사과로 과거의 잘못이 충분히 털어지지 않아서 '필요하다면' 그녀와 결혼까지 해줄 수도 있다는 뜻이다. 사랑하는 너와 나의 결합을 목적으로 하지 않는 청혼은 오로지 자신을 위함이다.[8] 이것은 범죄자 창녀에게 베푸는 시혜이자, 제 위신의 추락과 경제적 손해를 감수하는 희생의 표현이다. 이런 자기의 미덕(창녀와 결혼해 주겠다!)에 스스로 감동하여 눈물을 흘리며 기분이 참 좋다며 반복한다. 그는 과거의 잘못을 바로잡으려다가 더 큰 잘못을 저질렀다. 상대는 전혀 고려하지 않은 몹시도 이기적인 청혼이기 때문이다.[9]

이렇듯 잘못에 상응하는 범위를 크게 벗어난 사과는 이기심(내

---

8 카튜사가 용서하면서 청혼을 거절하면 그로서는 가장 좋은 상황이다.
9 창녀 카튜사에게 청혼은 자신을 구하러 오겠다는 손님들의 헛된 약속이거나 자신의 몸을 품으려는 자들의 사탕발림이었다. 누구도 자신을 한 명의 여자가 아닌 욕정의 대상으로만 봤다. '기대-실망-상처'로 반복됐으니, 기대를 하지 않는 편이 현명했다. 게다가 공작은 그녀에게 가장 아픈 상처(아이의 출산과 위탁, 죽음)를 환기시킨다.

마음 편하자고 하는 것)이자, 미안함의 크기와 깊이는 짐작하게 만드나 그만큼 용서의 주체에겐 크나큰 부담이다('이렇게까지 하는데 내가 그를 용서해야 하는 것 아닌가.'). 그가 결혼하자고 밀고 들어올수록 오히려 거절하는 그녀가 가해자인 듯 여겨진다. 잘못은 그가 했는데, 그녀가 죄인이 된 듯한 뒤집힌 상황이 벌어진다. 강요된 용서는 용서가 아니다. 그의 청혼이 부도덕한 이유다.

> "당신은 나를 미끼로 구원을 받으려고 하는 거죠? (……) 당신은 이 세상에선 나를 농락하고 저 세상에 가서는 나를 미끼로 구원받고 싶은 거죠?"

카튜사가 간파한 것처럼, 공작은 청혼으로 면죄부를 강요하고 있다. 이런 경우에 용서를 하더라도 마음의 밑바닥마저 흔쾌하지는 않다. 카튜사는 창녀이나 상대의 잘못을 이용해 과도한 이익을 갈취하려는 무뢰배는 아니다. 무엇보다 공작의 청혼에는 '내가 너를 사랑함을 이제서야 깨달았다. 우리 결혼해서 행복하게 살자.'는 고백과 다짐이 없다. '너는 나의 죄책감이다. 그것을 털어내기 위해 나는 너와 결혼해 주려고 한다.'의 속셈을 그대로 드러냈으니, 아내로서 카튜사는 완전히 무시됐다. 사랑 없는 청혼은 모욕이다. 변명의 여지도 있다. 그는 부자 공작으로 태어나 살았던 탓에 비천한 사람들의 입장에서 자신의 행동에 대해 고려할 필요가 없었다. 그렇더라도 선의만으로 관계를 구원할 수는 없다.

인간은 장점으로 몰락한다

돈은 주면서 빼앗아 간다. 네흘류도프에게 부와 지위가 일상의 편리함은 주었으나 타락에 대한 반성할 기회는 박탈했다. 이런 점을 느낀 그는 이전과 다른 인간이 되겠다는 결심한다. '내가 가진 것이 곧 나다. 내 소유물을 사용하는 방식이 나를 드러낸다.' 카튜사와의 문제를 숙고하면서 소유물의 노예(갇힌 자)에서 벗어나 세상의 눈치를 보지 않고 제 의지대로 사용하는 자유인이 되고자 한다.[10] 그는 시베리아로 향하는 카튜사의 긴 여정을 따라가는 동안 다양한 유형의 재소자들과도 적극적으로 교류한다. 정직한 노동으로 먹고 살며 기쁨과 고통, 즐거움을 겪는 노동자 농민들을 진짜 상류 사회로 여기게 됐고, 그들에게 비춰보니 출생으로 저절로 얻은 부와 작위를 누리며 사는 자신이 부끄러웠다.

우리는 우리가 가진 것들을 조심해야 한다. 묵자의 말처럼, 인간

---

10 카튜사로 인해 그는 생각만 했던 토지 문제를 행동으로 옮긴다. 토지를 소작농들에게 나눠주려 하나 농부들은 공작의 진심을 이해하지 못하며 이해하려 들지 않는다. 오해와 의심만 무거워져 절망과 외로움에 싸인다. 그는 선의에 의해 버려진다.

은 단점이 아니라 장점으로 몰락하는 법이다. 그렇다면 그는 어떻게 새로운 인간으로 부활할 수 있을까?

깨달음은 고통이다

네흘류도프는 카튜사를 욕망하지 않으니, 그리워하거나 설레지 않는다. 그는 그녀가 줄 수 없고 소유하지 않은 '도덕적으로 완전무결한 네흘류도프'를 욕망하기 때문이다. 시종일관 그는 이상적인 자신에게 설레고 정신적인 자신을 그리워하니,[11] 공작의 십자가는 카튜사가 아니다. 완벽히 도덕적인 자아였다. 자신과 결혼한다고 창녀 카튜사가 성녀 카튜사는 되지 못하듯, 그녀와 결혼해도 '동물적인 자아의 네흘류도프'는 저절로 '정신적인 네흘류도프'로 변하지 않는다. 도덕적인 자아는 스스로 깨닫고 노력해서 성취하는 것이니, 그의 깨달음은 결혼에 대한 관점의 변화로 드러난다.

"나는 가정을 갖고, 내 아이를 갖고 싶다. 인간다운 생활을 하고 싶은 거다."

11 카튜사의 입장에서 보면 내 곁에 있어 설레지만, 신분 차이로 인해 짝사랑할 경우 그에게 그녀는 부재하니 그녀는 그의 부재하는 연인이다. 그리움으로 나아가지 못하고 갈 곳 잃은 그녀의 욕망에는 이름이 없다.

그는 결혼이 이익을 증대시키는 계약이라는 생각을 버린다. 그리고 결혼이란 사랑하는 여인과 가정을 꾸려서 아이를 낳아 기르는 것임을 깨닫는다. 공작이 결혼으로 그녀를 구하려 했으나, 오히려 그녀가 그를 각성시켰다. 공작도 받기만 한 것은 아니다. 그의 진심 어린 사과와 청혼, 헌신적인 뒷바라지 등이 카튜사를 바꾼다. 그녀는 좋은 사람이 되려고 부단히 노력했고, 결국 시몬손과 공작에게 훌륭한 여자라는 찬탄을 받는다.[12]

생각은 삶의 결과물이다

생각은 삶의 결과물이다. 지나온 인생의 갈림길에서 내렸던 선택들이 쌓여서 지금의 생각이 만들어진 만큼 우리는 생각을 좀체 바꾸지 못한다. 생각의 변화는 과거와 단절 혹은 부정의 몸짓이기 때문이다. 네흘류도프와 카튜사는 동물적인 삶을 버리고 정신적인 삶으로 건너가겠다고 결심하고 내디딘 한 발짝들이 쌓여 드디어 도덕적

---

12 "좋은 친구는 나를 돌아보게 만든다. 우정은 애착의 감정에 관한 심리학이 아니라, 하나의 윤리학에 속한다. 그것은 상호적 관계 안에서 주체의 한계를 직시하게 하고, 그의 자기 평가를 타인과의 관계 안에 개방한다. 우정은 상호적 관계를 향하며, '더불어-살기'의 공동모색으로 나아간다."(김애령, 『듣기의 윤리』, 봄날의박씨, p.85) 네흘류도프와 카튜사는 결혼하지 않되 따뜻한 우정의 공동체를 구축했다.

인 인간이 되었다.

현실과 현재는 다르다. 현재는 저절로 주어지는 시간이고, 현실은 주체적으로 살아내는 시간이다. 네흘류도프가 귀족으로 방탕하게 살았을 때 동물적 자아로 현재와 현실은 일치했다. 카튜사로 인해 그는 정신적 자아로 현실과 현재를 일치시켜 낸다. 이것이 간절하게 바라던 도덕적인 네흘류도프이자, 정신적 자아의 네흘류도프로의 부활이다. 인간은 오로지 쾌락만을 위해 살고 있으므로 신이나 선에 대한 말은 모두 기만으로 치부하던 카튜사도 정직한 노동의 대가로 살아가는 정신적 자아의 카튜사로 재탄생한다. 목숨을 지키되 이전 생각들을 죽이고 새로운 생각으로 몸을 채우는 것이 부활이다. 그들은 결혼으로 부부가 되지는 못했으나, 부활의 훌륭한 동반자였다.

인생은 선택이고, 선택은 책임이다. 톨스토이는 네흘류도프와 카튜사처럼 일생일대의 선택으로 대가를 치르는 러시아 귀족 부인을 통해 사랑과 도덕에 관한 질문을 던진다. 불륜의 상대와 결혼하려는 여자, 이혼을 거절한 남편에 질려 소중한 아들마저 포기하는 여자, 부도덕과 타락의 대명사로 간주되나 알고 보면 완전히 다른 가르침을 주는 여자, 『안나 카레니나』의 안나 카레니나다.

ℙ

레프 톨스토이 Lev Tolstoy (1828-1910, 러시아)

막대한 영지를 가진 귀족 가문의 넷째 아들로 태어났다. 대학을 자퇴하고 귀향한 이후에 농노 교육 등 계몽 지주가 되려 애썼으나 뜻을 이루지 못한다. 도시로 나가 여자와 도박 등 방탕한 생활에 빠졌다가 큰형을 쫓아 입대한다. 군 복무 중에 자전적인 소설 『유년 시대』 『소년 시대』 『청년 시대』 등을 썼으며, 크림 전쟁에 참전하여 공을 세워 훈장을 받는다. 서른 살 무렵에 결혼하면서 집필에 집중한다. 『전쟁과 평화』 『안나 카레니나』로 작가로서 이름을 크게 얻었다. 이 무렵 부도덕했던 과거를 후회하며 종교의 가르침에 충실한 삶을 추구하며 『인생론』 『참회록』을 발표했다. 이 시기를 사람들은 '회심回心'이라 부른다. (『안나 카레니나』에서 이어진다.)

톨스토이는 '모든 소설가 중에서 가장 위대한 사람'(버지니아 울프), '세계 문학가를 대표하는 위대한 소설가' 등으로 추앙받고 있다. 영어권 작가들이 가장 좋아하는 작가 1위로 뽑히기도 했다(2위 셰익스피어, 3위 제임스 조이스). 『부활』은 일흔이 넘은 톨스토이가 두호보르 교도들의 구명 자금을 마련하기 위해 쓴 작품으로, 인간의 죄의식과 구원의 문제를 도덕과 종교를 통합시킨 특유의 세계관으로 풀어냈다. 이 소설은 러시아 정교회에 대한 강도 높은 비판을 담고 있어서 정교회에서 파문당했다. 그는 농민처럼 정직하고 단순하게 살고자 노력한 계몽 지주였다. 톨스토이 소설 가운데 『부활』이 유독 한국에서 인기가 높은 편이다.

이혼은 행복의 의지다

『안나 카레니나』

레프 톨스토이

사랑은 '그러나'가 결정한다. '나는 너를 사랑한다. 그러나'와 '그러나 나는 너를 사랑한다.'는 같은 단어들로 구성되나 '그러나'의 위치에 따라 뜻은 완전히 다르다. 전자는 나는 너를 사랑하지만 어쩔 수 없다는 변명, 후자는 무엇이 사랑을 방해하든 상관없이 너를 사랑한다는 고백이다. 이 '그러나'에는 상황을 돌파하겠다는 힘과 의지가 단단히 배어 있다. 사랑할 이유가 명확하기에 너를 사랑하는 것이 아니다. 예상된 어려움과 예상하지 못한 난관이 있(겠)지만, 기어이 나는 너를 사랑하는 것이다.[1] 그렇다면 결혼 후에 만난 '그러나'의 사랑은 어찌해야 할까?

젊고 아름다운 안나는 스무 살 연상의 공작 알렉세이와 결혼해 아들 하나를 뒀다. 공작은 '서두르지 말고, 쉬지 말고'의 좌우명에 맞게 사는 고위 관료다. 부부는 페테르부르크 사교계의 주요 인물로 행복한 가정을 꾸리고 있다. 하지만 불행한 가정을 꾸리고 있는 오빠 부부의 불화를 중재하러 안나가 모스크바로 오면서 "행복한 가정은 모두 모습이 비슷하고, 불행한 가정은 모두 제각각의 불행

---

1 이동섭, 『도쿄 로망스』, 스위시, p. 89

을 안고 있다."²는 소설의 첫 문장은, 그녀의 앞날을 예언하는 구절이 된다. 안나는 기차역에서 어머니를 마중 나온 브론스키 공작과 처음 인사를 나누는 순간, 서로에게 강렬하게 끌린 것이다. 한편 오빠의 불륜을 용서하도록 새언니를 설득한 안나는 무도회에서 혼담이 은밀히 오가던 키티(새언니의 여동생)와 브론스키를 확실히 이어주려 애쓴다. 그러나 키티에게 질투를 받고 자신을 향한 브론스키의 애정만 강하게 만들었다. 브론스키의 자신만만하고 뜨거운 눈빛에 마음이 흔들리자, 안나는 일정을 앞당겨 페테르부르크로 돌아간다. "지금까지 흩어져 있던 그의 모든 힘이 하나로 모여 무서운 에너지를 발산하며 하나의 행복한 목적을 향하고 있다고 느꼈"던 브론스키는 안나와 같은 기차에 올랐고, 둘은 재회한다.

오로지 자신만이 그녀를 사랑할 권리가 있다고 믿었던 브론스키는, 아내의 손을 꼭 잡고 마차로 걸어가는 알렉세이에게 심한 질투심을 느낀다. 질투는 곧 일말의 희망으로 바뀐다. 그들을 뒤쫓아 가던 그는 남편을 보는 그녀의 눈빛의 변화에서 그녀가 남편을 사랑하지 않음을 직감한다. 그는 안나의 주위를 맴돌며 기회를 엿보기로 결심한다. 그러나 그녀는 그에게 어떠한 빌미도 주지 않으며 아주 정숙하게 처신한다. 1년에 걸친 구애 끝에 마침내 둘은 손을 맞잡는다. 브론스키가 안나의 얼굴과 어깨에 키스를 퍼붓자, 그녀

2 레프 톨스토이, 『안나 카레니나』, 연진희 옮김, 민음사

는 큰 죄를 지었다는 수치심에 고개 숙인다. "그래, 이 키스는 이런 수치심을 대가로 산 것이야. 그래, 이 손, 영원히 나의 것이 될 이 손은 나의 공범자의 손이야. 그녀는 그 손을 들어 올려 키스했다." 그들은 사회가 그어놓은 금지선을 넘는다. 그렇다면 안나는 남편과 이혼할 것인가? 해답의 상자는 브론스키가 안나에게 매달린 이유로 묶여 있다.

불륜은 명성을 완성하는 무기

총각의 자유를 잃기 싫은 브론스키는 한 번도 결혼을 고민하지 않았다. 혼담이 오갈 듯하자 연인처럼 대하던 키티도 의도적으로 피했고, 그런 짓이 키티에게 상처와 수치가 된다는 생각조차 못 하는 남자였다.

"진정한 남자는 두 가지를 바란다. 즉, 위험과 유희를. 그 때문에 남성은 여성을 가장 위험한 유희 상대로서 원한다."[3]

니체의 말을 수긍한다면, 여자를 유희 상대로 원하는 남자에게

---

3   프리드리히 니체, 『차라투스트라는 이렇게 말했다』, 김정진 옮김, 올재, p. 92

유부녀는 최적이다. 결혼의 의무 없이 연애만 실컷 즐길 수 있고, 여자가 결혼하자고 부담 주지 않고 스스로 소문도 내지 않기 때문이다. 설령 소문이 나더라도 그에게는 금상첨화다.

"결혼한 여성을 따라다니며 무슨 수를 써서라도 그녀를 간통에 끌어들이고자 자기의 목숨을 거는 남자의 역, 이 역은 이 사람들의 눈에 아름답고 위대한 것으로 보일 뿐 결코 웃음거리가 될 리 없었다."

귀족 사회에서 사교계를 떠들썩하게 만들 불륜이야말로 청년의 명성을 완성하는 무기였다. 유명 스캔들로 스타가 되는 것이다. 반면 브론스키의 손을 잡기 전, 안나의 속내는 복잡했다. 정숙한 부인이자 아이의 어머니로 미남 공작이 건네는 유혹을 거절해야 한다는 차가운 마음과, 한 명의 여자로서 그에게 설레는 뜨거운 마음이 정면으로 충돌했다. 속으로 삭였던 뜨거움은 엉뚱한 곳에서 분출됐다. 모스크바로 돌아와 본 남편의 귀가 못생겼음을 결혼 8년 만에 발견했고, 다음 날에도 귀가 이상할 정도로 툭 튀어나왔다고 느낀 것이다. 줄곧 브론스키를 생각하다 보니 무의식적으로 남편의 외모가 그와 비교됐기 때문이다. 남편 곁에 누워서도 안나는 그를 떠올리며 흥분하는 등 죄악의 기쁨에 푹 젖었다. 시간의 빈틈으로 상대

얼굴이 비집고 들어온다면 사랑에 빠진 것이다. 사랑은 우연히 시작되더라도 의지로 키운다. 아무리 입술을 깨물며 숨기려 해도 사랑은 감춰지지 않았다. 그렇게 남편 알렉세이의 시간이 시작됐다.

가정보다 명예가 중요하다

알렉세이에게 질투는 아내를 불신하는 행위다. 자신이 다른 남자에게 질투를 느끼는 자체가 아내를 불륜의 당사자로 치부하는 것과 같다. 아내를 둘러싼 의혹이 생겨도 상대를 정리하라고 명령하지 않고, 아내에게 오해될 만한 일은 삼가라며 정중한 어조로 부탁한다. 아내를 위하는 말 같지만 사실은 자신의 이미지만 생각한 결과다. 당연히 안나는 남편의 저의를 의심한다. '다른 남자를 만난다고 의심하면서도 나를 그대로 내버려두는 것은, 나를 사랑하지 않는다는 뜻 아닌가? 어쩌면 나를 추잡한 여자로 몰아가려는 의도일까?' 남편이 친 거미줄에 걸려들었다고 느끼자[4] 벗어나려 발버둥치지 않고 오히려 근본적인 질문을 스스로에게 던진다.

---

[4] 어떤 면에서 남편의 속마음은 "그녀는 매 순간 언제 발각될지 모른다는 두려움을 안고 자신과 삶을 합칠 수 없는 자유로운 사내와의 부끄러운 관계를 위해 남편을 속이는 부정한 아내로 영원히 남을 것이다."와 크게 다르지 않았다.

"내가 원하는 게 뭐지? 내가 사랑하는 게 뭐지?"

병아리가 부리로 알을 깨기 시작한다. 깨달음은 희미해도 행동을 바꿀 힘은 충분했다. 안나는 남편의 정중한 부탁을 단호히 거절한다. 알렉세이는 명예의 인간이다. 명예는 작은 티끌에도 더럽혀진다. 그는 공직자로서 활동을 계속하기 위해서 명예를 지켜야만 했다. 명예는 타인의 기대에 부합할수록 높아지니, 세상의 눈에 비치는 자신의 이미지를 연기해야만 한다. 그래서 그는 그녀를 사랑하는지, 결혼 생활의 문제가 무엇인지, 아들의 어머니가 부재하는 문제 등에 대해 생각해야 한다는 사실조차 몰랐다.

"그녀는 불행해져야만 해. 하지만 난 죄를 짓지 않았으니 절대로 불행해질 수 없어."

그의 불행은 불명예스런 남편이 되는 것이니, 바람피운 아내를 두고도 자신의 명예를 지킬 경우의 수만 꼼꼼히 따졌다. 자신과 이혼하면, 아내는 브론스키와 살다가 그에게 버림받거나 다른 남자와 사랑에 빠져서 영원히 타락하리라 예상한다.[5] 이럴 경우 아내의

---

5 그는 그들이 결혼해서 행복하게 사는 경우는 상상조차 못 한다. 알렉세이에게 아내와 정부는 육체의 쾌락에 빠져 부도덕한 짓을 저지른 자들이고, 타락한 자들에게 행복한 가정은 있을 수 없다고 믿기 때문이다.

타락에 일정 부분 자신의 책임도 있으니, 부도덕한 아내에게 기회를 주는 동시에 자신의 명예도 지킬 수 있는 길을 찾아야만 했다. 이때 자신은 가해자가 아닌 희생자의 이미지를 가져야만 한다. 따라서 브론스키와 결투, 아내와 별거 혹은 이혼은 적합하지 않다. 그녀를 자기 옆에 이대로 계속 둔다면? 이렇게 하면 죄지은 아내를 버리지 않고 속죄의 기회를 주는 남편으로 비친다. 종교적 차원에서도 흠잡을 것 없다. 이런 이유로 아내의 불륜을 알면서도 그는 아무 일 없었다는 듯 지내기로 결정한다. 다만 정부를 집에 들이지 말 것 등 몇 가지 조건을 달아서 아내에게 자신의 결정을 통보한다. 그것은 안나의 예상과 정확하게 일치하는 결론이었다.[6] 자신의 명예를 지키기 위한 결정은 동시에 아내의 불륜을 묵인하는 결정이었다. 남편의 부적절한 판단과 자아에 대한 아내의 각성이 더해지면서 한 길로 걸어오던 부부의 길은 두 개로 나뉘었다. 마침내 안나는 남편에게 간통을 직설적으로 고백한다.

"그렇군! 하지만 그때까지 체면이라는 외면적인 조건을 지켜주기 바라오. 내 명예를 지킬 방법을 찾아 그것을 당신에게 알릴 때까지 말이오."

---

6 "그는 아무것도 이해하지 못하고 아무것도 느끼지 못해요. (……) 그는 남자도 사람도 아냐. 그저 인형일 뿐이에요!") -안나

자신을 사랑하는 사람이 아름답다.

브론스키도 명예를 중시한다. 하지만 그는 알렉세이와 완전히 다른 결정을 내린다.

"그녀나 나나 모든 걸 버리고 우리의 사랑만을 간직한 채 어딘가로 숨어버려야 해."

브론스키는 그토록 경멸하던 결혼을 원한다. 거짓된 관계(불륜)를 합법의 관계로 건너가려 한다. 사랑과 명예가 충돌하자, 안나를 선택한다. '그러나'의 사랑을 하는 남자다. 하지만 안나가 이혼을 결정하는 순간, 그들은 좋은 유희 상대에서 위험한 상대가 된다. 귀족들에게 가장 큰 위험은 평판을 잃는 것인데, 이혼 후 결혼은 귀족의 평판을 치명적으로 훼손시킨다. 비윤리적이기 때문이다.

윤리와 도덕의 차이

윤리와 도덕의 구분은 명확하지 않고 역사와 어원을 좇아도 구분의 근거를 찾기 어렵다.[7] 도덕을 어기면 비난을 받을지언정 처벌의 대

7　그리스어에서 비롯된 윤리éthique는 완성된 삶의 목표를 지칭하고, 라틴어 기원의 도덕morale은 이 목표에 도달하기 위해 행위를 구속하는 규범들을 지칭하는 말로 주로 해석된다. 이런 분석으로 프랑스 철학자 폴 리쾨르는 윤리를 아리스토텔레스의 견해를 따라 목적론적 관점으로, 도덕은 칸

상은 아니다. 반면 조직이나 집단이 따라야 할 원칙으로 정해 둔 윤리를 위반하면 처벌받는다. 예를 들어 고객의 범죄 사실을 알게 된 변호사가 경찰에 알리면 변호사 협회의 직업 윤리 위반으로 징계받지만, 범죄자를 묵인하지 말아야 하므로 도덕적으로는 올바른 행동이다.

이런 맥락에서 안나와 브론스키의 결혼은 귀족 사회가 정해 놓은 암묵적인 규율에 위반되는 비윤리적인 행동이다. 설명하자면 이렇다. 신분제 사회에서 도덕은 중산층과 하류층의 것이다. 상류층은 그와 무관하게 살아도 비난받지 않는다. 귀족은 정부와 유희는 즐기더라도 배우자가 살아 있는 한 공공연하게 그런 사실을 드러내서 안 된다. 당연히 이혼과 재혼도 안 된다. 그것이 귀족과 귀족 사회(사교계)의 윤리였다. 이혼하지 않은 채 안나가 브론스키와 한집에 살자 사교계의 문이 굳게 닫힌 이유다. 브론스키는 어쩔 수 없이 군대에서 전역하고 사교계를 떠난다. 즉, 더 이상 사회적 성공을 바라지 않는다. 하지만 안나는 오페라 극장에 갔고, 귀족들에게 비난받는다.[8] 그렇다면 불명예를 당하면서도 안나가 브론스키와 살기로 한 이유는 무엇일까?

트와 연결해서 의무론적 관점으로 정의한다. 윤리적 목표를 실천하려면 도덕적 규범이 필요한 것이다. 폴 리쾨르, 『타자로서 자기 자신』, 김웅권 옮김, 동문서, p. 230 참조

[8] 그래서 알렉세이가 이혼에 동의하자, 그들은 '결혼하지 못한 부부'의 수치와 경멸을 당하지 않을 외국으로 떠난다. 자발적 망명이다.

나는, 나의 사랑에 당당하다

"사람의 머릿수만큼 그 생각도 가지각색이라면, 마음의 수만큼 사랑의 종류도 다양할 것 같아요." - 안나

안나는 자기 방식의 사랑을 했다. '나는 사랑하는 브론스키와 함께 살겠다. 그것이 귀족 방식의 사랑이 아니더라도.' 윤리적인 불행과 비윤리적인 행복에서 후자를 선택했다. 프랑스 철학가 폴 리쾨르Paul Ricœur에 따르면, 윤리적 목표를 실천하려면 도덕적 규범이 필요하다. 좋은 삶이라는 삶의 목표에 도달하려면 정직하고 타인을 배려하는 등의 규범을 실천해야 한다. 윤리는 이념과 목표를 지향하고, 도덕은 행동의 실천을 요구한다. 당시 기준으로 안나는 불륜을 저지른 것도 모자라 아들까지 데리고 정부와 결혼하려는 파렴치한 여자다. 안나의 생각은 달랐다. 남편은 한 번도 자신을 사랑이 필요한 여자로 생각하지 않았고, 외로운 결혼 생활을 견뎌야 했다. 불륜을 저지른 여자의 궁색한 변명으로 치부할 수도 있으나, 폴 리쾨르의 관점으로 보자면 그녀는 '사랑으로 충만한 삶'이라는 목표에 이르기 위해 남편에게 '정직하게' 간통을 고백한 것이다. 그녀에게는 윤리적인 삶과 도덕적인 행동이었다.

"하지만 때가 온 거야. 난 더 이상 자신을 속일 수 없다는 걸 깨달았어. 난 살아 있는 여자야. 내게는 죄가 없어. 하느님은 날 사랑하며 살아야 하는 그런 여자로 만드셨어."

사랑이 안나를 각성시켰다. '남편을 속이며 정부와 밀회를 즐기는 결혼과 이혼 후 애인과 재혼하는 것 가운데에서 후자가 정직하다.' 깨달음에 맞게 삶을 살고자 했다.[9]

불륜이어도 좋다. 나는 행복하다!

"실은, 너를 만나는 일이 재난인 줄 알고 만난다. 그리고 그 재난이 어떤 종류의 반복인 사실도 환하게 안다. 정작 내가 모르는 것은, 그 재난을 회피할 정도로 내가 내게 행복을 허락할 수 있는가 하는 점이다."[10]

9　작품 초반에 안나는 오빠의 불륜에 괴로워하는 새언니(돌리)에게 여전히 오빠를 사랑한다면 용서할 수 있다고 설득한다. 돌리는 사교계에서 욕먹으면서도 자신이 원하는 삶을 사는 안나를 부러워한다. 그러면서 남편을 용서한 것이 잘한 일인지 의문을 갖는다. 자신도 오히려 안나처럼 살 수도 있지 않았을까 상상한다.

10　김영민, 『동무론』, 한겨레출판, p. 13

안나는 사랑으로 행복했다. 행복은 저절로 주어지지 않는다. 방해물을 헤치고, 비난을 감수하고, 연인의 마음을 얻어야 한다. 그러려면 내가 나에게 행복을 허락부터 해야 한다. 행복하려는 의지가 약하면 현실이 행복을 포기시킨다. 사랑이 무엇인지도 모른 채 스무 살 차이 나는 알렉세이와 결혼했던 안나는 자신이 사랑으로써 행복한 사람임을 깨닫고 달라졌다.

"내게는 당신과 내가 하나입니다. 그리고 앞으로도 나에게 든 당신에게든 평온 따윈 있을 것 같지 않군요. 내 눈에는 절망과 불행, 아니면 행복, 그것도 커다란 행복의 가능성만 보일 뿐입니다."

이처럼 브론스키도 안나와 다르지 않았다. 결혼했으나 다른 남자를 사랑한 안나, 유부녀와 결혼하려는 브론스키는 '그러나'의 사랑을 했다. 우리는 좀체 '그러나'의 사랑을 하지 못한다. '그래서'의 사랑을 하면서도 '그러나'의 사랑이라 말하고, 이별의 순간에야 너를 사랑하나 헤어지자는 거짓말을 해댈 뿐이다. '그러나'의 사랑은 우리를 부끄럽고, 부러워하게 만든다. 사랑은 변명하지 않는다. 어떤 다름과 틀림에도 불구하고, 누군가 나를 사랑해 주길 바라면서도, 좀체 내가 그 누군가가 되려고는 하지 않는다. 이것이 '그러나'

의 사랑을 하는 사람을 부러워하는 이유다.

이제 안나의 이혼만 남았다. 이혼은 쉽지 않았다. 이혼에 대해 안나와 브론스키, 알렉세이의 관점이 제각각이었기 때문이다.

이혼은 가시 많은 밤송이다

"난 명예와 아들을 잃었단 말이야. 난 나쁜 짓을 했어. 그러니 행복도 바라지 않고 이혼도 바라지 않아. 난 수치와 아들과의 이별로 괴로워할 거야."[11]

안나는 남편과 이혼한 후 아들을 데리고 살기를 원했다. 남편 알렉세이가 이혼을 완강히 반대하자, 브론스키는 일단 안나가 자신의 집에 와서 살기 원한다. 하지만 안나는 남편이 절대 이혼해 주지 않을 테고, 그렇게 하면 그의 정부가 되는 불명예가 두려워 거절한다.[12] 결정권은 알렉세이가 쥐고 있다. 불륜이 드러난 초기에는 명예를 잃지 않으려 완전 남남인 채로 함께 산다. 그러다 아내가 정부를 집에 끌어들이자 인내심과 질투심이 폭발하여 이혼 소송을 준비한

11 말과 달리 그녀는 전혀 수치심과 괴로움을 느끼지 않는다. 아들을 곁에 두고 싶은 바람과 아들에게 상처를 준 자책감의 말일 뿐이다.
12 남편이 이혼에 동의하자, 이탈리아 여행에서 돌아와 브론스키의 시골 영지에서 함께 산다.

다. 아들의 양육권을 갖기 위해 아내의 외도에 대한 확실한 증거(연애편지 등)를 찾아야 했으나, 성가시고 께름칙한 짓을 하기 싫었기 때문에 소송은 진척되지 못했다.

이혼을 만류하는 안나의 친오빠 오블론스키의 설득에 그는 안나의 본성은 진흙탕이라 구제할 수 없다며 "나를 미워하는 사람을 사랑할 수는 있지만, 내가 미워하는 사람을 사랑할 수는 없습니다."로 이혼의 의지를 강하게 피력한다.

그러나 이혼이 임박했을 때, 뜻밖의 사건이 터진다. 브론스키의 아이를 임신했던 안나가 출산하며 걸린 산욕열에 사경을 헤맨 것이다. 위독한 아내가 용서를 구하자 그녀가 죽길 바랐던 남편은 느닷없이 원수에 대한 사랑과 용서라는 기쁨에 휩싸인다. 그는 부정한 아내를 진심으로 용서한다. 이에 대해 건강을 기적적으로 회복한 안나의 답은 증오였다.

"그의 관대함 때문에 그를 증오해요."

'나는 사랑 없는 인생은 살 수 없어. 그는 사랑이 무엇인지도 몰라. 나를 붙잡아 두는 것은 이기심이야. 이런 사정도 모르고 세상은 그를 관대하다고 칭송한다.' 이로 인해 예전의 행복한 가정으로 돌아갈 줄 알았던 남편의 기대는 무참히 짓밟힌다. 죽을 만큼 괴로운 그에게 오블론스키는 이혼이 가장 합리적인 해결책이라고 설득한다. 하지만 그는, 이혼은 불륜을 세상에 까발려 아내를 수치스럽게 만드는 짓이자 그녀를 돌이킬 수 없는 파멸로 몰아넣는 일이기 때문에 할 수 없다고 생각한다. 그가 생각하는 파멸은 명예의 추락으로 인한 사회적 명성의 죽음이다. 안나에게는 사랑하지 않는 남편과 한집에 사는 것이 파멸이다.

결국 알렉세이는 아들을 내주고 이혼에 동의하면서도 미련이 남는 듯 지금 이대로가 낫지 않겠냐며 덧붙인다. 부정한 아내를 버리는 기분 때문에 부끄러웠으나 동시에 그런 아내를 용서하고 자유를 주는 고결한 자신에게 기쁨을 느꼈다. 그러나 안나는 이혼을 거절한다. 남편의 동의를 믿지 못했고, 아들의 양육권에 대한 처리가 불명확했기 때문이다. 안나가 아들을 원한 이유는 모성애 때문이 아니다. 불륜으로 아내로서는 더러워졌으나, 아들의 어머니로서는 깨끗한 자신의 세계를 발견하고 기뻤기 때문이다. 아들에 대한 사랑보다 자신에 대한 사랑이 더 컸다는 뜻이다.

이렇듯 이혼의 과정에서 셋은 서로에게 가해자, 피해자, 방관자였다. 외도를 한 아내와 정부는 가해자였고, 간통의 피해자였던 남편은 이혼에 반대하면서 아내와 정부를 비윤리적인 인물로 만든 가해자였다. 부부는 이혼의 당사자이면서도 방관자로 굴면서 브론스키를 피해자로 만든다. 알밤을 온전히 얻기 위해서는 가시 돋힌 껍

질을 제거해야 한다. 이혼은 가시 많은 밤송이였고, 셋은 각자의 이익에만 몰두했다.

이혼이 새로운 시작이 되려면

셋의 이기심은 복잡하게 엉킨 이혼의 실타래를 이러지도 저러지도 못 하게 만들었다. 마지못해 남편이 가위로 실타래를 자르자, 남편를 믿지 못한 아내는 잘려나간 남편의 실을 붙잡았고, 이혼은 실현되지 않았다. 안나는 남편 없이 정부만 있는 유부녀의 처지로 스스로를 몰아갔다. 그 반작용으로 그녀는 브론스키의 사랑을 의심하고, 있지도 않는 그의 애인들을 질투한다. 생기 넘치던 연인에서 정부에게 집착하는 애첩으로 추락해 버렸다. 이혼이 새로운 시작이 되려면 과거를 과감하게 잘라내야 한다.

> "난 사랑을 원해요. 그런데 그게 없어요. 그러니 모든 게 끝이에요! (⋯⋯) 내가 누구예요? 탕녀잖아요. 난 당신의 목에 달린 돌이에요. (⋯⋯) 당신은 날 사랑하지 않아요. 당신은 다른 여자를 사랑하고 있어요!"

한번 시작된 의심과 질투는 급속하게 안나를 집어삼켰다. 의심과 눈물, 저주와 비아냥에 브론스키도 지쳐간다.[13] 사랑을 체념하고 부정하자, 안나의 삶의 근거가 뿌리부터 흔들린다.

"난 정말 바르게 살고 싶어! 하지만 난 그럴 수 없어! (……) 사랑이 얼마나 쓸쓸하고 비천한 것인지……." - 안나

자신으로 인한 남편의 치욕, 불륜을 저지른 어머니를 둔 아들의 수치와 자신의 끔찍한 수치를 모두 없애고, 브론스키도 자신을 다시 사랑하게 만드는 등 자신을 둘러싼 모든 것을 한 번에 해결할 방법이 불현듯 떠오른다. 죽음이다. 죽음만이 그 모든 것을 일시에 해결할 수 있는 방책이다. 곧바로 역으로 가서 달려오는 기차에 성호를 긋고 몸을 던진다.

"하느님, 나의 모든 것을 용서하소서!"

안나의 자살은 불륜으로 인한 타락을 깨닫고 스스로 한 단죄다.[14] 신의 처벌은 내려졌고, 도덕과 윤리의 기차는 정상 궤도로 복

---

13 첫눈에 반해 목숨까지 거는 정열의 불꽃을 태우는 사랑이 낭만적 사랑의 신화다. 안나와 브론스키의 사랑은 그러하다. 그 불로 가까운 사람들에게 화상을 입혔고, 함께 태울 무엇을 찾지 못하자 서로를 장작 삼아야 했다. 그러니 그들의 갈등과 불화, 다툼과 눈물은 누구의 잘못도 아니다.
14 밀란 쿤데라는 안나의 죽음을 음악적으로 설명한다. "인간의 삶은 마치 악보처럼 구성된다.

귀한다. 이것이 톨스토이가 바란 답이다. 어쩌면 그런 후회가 밀려들자 안나는 지난 시절의 행복을 보존하려고 자살한 것은 아닐까? 그렇다면 안나는 죽으면서 도덕이란 허울을 넘어선 행복한 삶에의 의지를 살려낸다.

결혼은 함께 살아가는 방법을 배우는 과정

> "일부 사회학자들은 혼인제도를 유지시키는 요인들로써, 배우자(혹은 가족) 사이의 열정, 친밀감 그리고 의무감 등을 거론한다. '열정 → 친밀감 → 의무감'으로 나아가는 과정은 곧 열정이 식으며 귀결하는 과정과 일치하는 것으로 흥미롭다."[15]

열정은 식어도 부부는 함께 살아야 한다. 열정이 친밀감으로 나아가고, 우정의 친밀감은 서로에게 최선을 다하려는 의무감으로 발

(……) 안나는 전혀 다른 방식으로 삶을 마감할 수도 있었을 것이다. 그러나 역과 죽음의 테마, 사랑의 탄생과 결부되어 잊을 수 없는 이 테마가 그 음울한 아름다움으로 절망의 순간에 그녀를 사로잡았던 것이다. 인간은 가장 깊은 절망의 순간에서조차 무심결에 아름다움의 법칙에 따라 자신의 삶을 작곡한다." 밀란 쿤데라, 『참을 수 없는 존재의 가벼움』, 이재룡 옮김, 민음사, p. 85

15 김영민, 『사랑, 그 환상의 물매』, 마음산책, p. 40

전한다. 이것이 연애에서 결혼으로 이어지는 과정이자, 결혼 생활을 연애처럼 유지하는 비법이다. 따라서 행복한 결혼생활에는 두 가지가 필요하다. 우선 역할의 균형을 맞춰야 한다. 안나는 아내, 어머니, 여자다. 외도하면서 아내와 어머니의 의무를 차례로 버린다. 여자로서 자신에 집중하니 처녀로 돌아갔다고 느꼈고, 자아를 찾았다고 확신했다. 알렉세이의 아내, 세료쟈의 어머니가 아닌 한 인간으로서 안나는 자유롭고 행복했다.[16] 그러나 결혼에 뒤따르는 의무인 아내와 어머니의 역할과 자아의 균형이 무너지면서 행복했던 가정은 금이 갔다. 알렉세이는 남편과 아버지의 역할을 몰랐고, 개인 알렉세이로서 사회적 성공에만 열중했다. 아내의 외도에 남편으로서 적절히 대처하지 못했고, 가정은 깨졌다. 안나와 알렉세이는 결혼 생활에서 요구되는 '아내와 남편', '어머니와 아버지' 그리고 자기 자신의 균형을 맞추지 못했다. 따라서 안나의 죽음이 도덕과 윤리의 심판이라면, 남편의 비열함과 무능함도 반드시 함께 언급되어야 한다.

---

16 안나는 변화를 회귀로 착각했다. 아내와 엄마로서 안나는 그에 걸맞은 자기다움을 간직한 '새로운 안나'를 만들어냈어야 하나, 브론스키와 더불어 처녀 시절의 자신으로 되돌아가려고 했다. 그것만이 자기다움을 잃지 않는 유일한 길로 믿었다. 사랑이 문제가 아니라 그 사랑으로 자신이 과거로 돌아갈 수 있다고 믿었다는 점이다. 안나와 남편은 결혼은 했으나 결혼이 무엇인지 제대로 생각하지 않았다.

"결혼 생활 — 나는 그것을, 창조한 것보다 더 높은 것을 창조하려는 두 사람의 의지라고 부른다. — 서로 상대방을 이와 같은 의지의 의욕자로서 경외하는 것을 나는 결혼 생활이라고 부른다. 이것이 그대의 결혼 생활의 의의이며 진리이다."[17]

결혼에서 가장 중요한 것은 대화이고, 나머지는 모두 일시적인 것이라며, 기나긴 대화로서 혼인을 니체는 강조한다. 결혼은 서로 다른 삶을 살아왔던 둘이 더불어 살아가는 법을 배우는 과정이다. 안나와 알렉세이, 안나와 브론스키는 실패했고, 레빈과 키티는 성공했다.[18] 진솔한 대화를 통해 서로가 서로에게 바라는 부부와 부모의 역할을 찾아나갔고, 남편과 부인, 부모와 자아의 균형을 잡아나갔으며, 그 과정에서 발생한 오해들은 대화로 그때그때 풀었다. 결혼으로 더 좋은 삶을 사는 더 좋은 사람에 이르렀다. 이것이 톨스토이가 권하는 이상적인 결혼 생활이다.

도덕심을 갖되 도덕주의는 경계해야 한다. 도덕적인 삶을 살려면 도덕 판단의 기준을 잘 살펴봐야 한다. 과거의 기준만을 고수하

17 프리드리히 니체, 『차라투스트라는 이렇게 말했다』, 김정진 옮김, 올재, p. 97
18 톨스토이는 안나와 브론스키를 비난하면서 농촌에 정착한 레빈-키티 커플을 대조적으로 제시한다. 사랑-부도덕-불행(도시의 안나-브론스키)과 사랑-도덕-행복(시골의 레빈-키티)의 대립 구도다.

면 도덕은 인습으로 우리를 억압한다. 도덕 판단의 기준은 변하기 때문이다. 19세기 러시아와 21세기 한국의 기준은 다르다. 오래된 생각이라고 반드시 정답은 아니다. 우리는 도덕의 허울을 쓴 인습에 억눌려 신음하는 안나를 마음으로 이해해야 한다. 도덕은 배워 행하는 것이고, 행복은 경험하며 스스로 깨닫는 것이다. 행복과 깨달음이 자주 붙어 다니는 이유다. 안나는 당대의 도덕 기준에 어긋남을 알면서도 행복한 삶을 선택했다. 부도덕의 오욕을 감수하며 그 길을 선택한 안나의 삶이 지금의 우리에게 가르침을 주는 이유다.

> "인습은 도덕이 아니다. 독선은 종교가 아니다. 인습과 독선을 공격하는 일은 도덕과 종교를 공격하는 일이 아니다." [19]

안나를 진심으로 이해한 옹호의 말로 읽히는 이 글은 샬럿 브론테의 것이다. 이런 견해는 작가의 대표작으로 뒷받침된다. 귀족 남자가 고아 여자에게 청혼한다. 결혼식장에서 신랑이 감춰온 엄청난 비밀이 탄로나면서 신부는 뛰쳐나간다. 그는 그녀의 행방을 간절히 찾지만 실패한다. 사라졌던 그녀는 몇 년 후 돌아와 그와 재회한다. 샬럿 브론테의 『제인 에어』의 이야기다. 과연 제인은 로체스터에게 다시 사랑한다 말할까?

19 샬럿 브론테, 『제인 에어 I』, 류경희 옮김, 펭귄클래식코리아, p. 46

P

레프 톨스토이 Lev Tolstoy (1828-1910, 러시아)

『안나 카레니나』를 쓰면서 인생에 회의를 느껴, 도덕과 종교의 가르침에 빠진 '회심'의 시기에 접어든다. 이런 시기에 쓴 『이반 일리치의 죽음』은 간디와 차이콥스키로부터 극찬('톨스토이는 동서양 최대의 작가')을 받았다. 러시아 민담 형식으로 성경의 가치를 풀어낸 『바보 이반』, 단편 소설집 『사람은 무엇으로 사는가』 등을 발표했다. 『크로이체르 소나타』와 『악마』는 과도하게 탐닉했던 성욕을 반성하는 자전적인 소설이다. 『부활』로 러시아 정교회와 갈등을 겪었으나, 톨스토이의 신앙심은 강했다. 작품의 저작권 포기 등의 재산 문제로 아내와 불화가 심해 자주 부부 싸움을 했는데, 1910년 초에도 크게 싸우고 한겨울에 집을 나섰다가 걸린 폐렴으로 죽었다. 톨스토이는 인생의 전반기 30년은 방탕한 이기주의자로, 후반기 30년은 엄격한 도덕주의자로 살았다. 그래서 그는 위대한 소설가이자 인류의 정신적인 교사로 칭송받고 있다.

『안나 카레니나』는 『전쟁과 평화』와 더불어 톨스토이의 대표작으로 꼽힌다. '세계 문학의 정점 중 하나'(브리태니커 백과사전), '세계 문학에 있어서 가장 위대한 사회 소설'(토마스 만), '완전무결한 예술 작품'(도스토옙스키) 등 극찬이 끊이지 않는 명작이다. 『뉴스위크』 선정 100대 명저, 2002년 노벨 연구소에서 54개국의 유명 작가들을 대상으로 설문 조사한 '세계 문학사에서 가장 훌륭하고 가장 중심적인 작품'에 선정됐다. 수차례 영화로 옮겨졌는데 배우 비비안 리와 소피 마르소, 키이라 나이틀리가 안나 역을 맡은 영화들이 특히 유명하다.

다시 사랑한다 말할까
주저하는 이에게

『제인 에어』

샬럿 브론테

'아! 역시 내겐 그 사람뿐이야!' 이별하고서야 깨닫는 사랑도 있다. 미련과 그리움으로 치부하기엔 사랑이 확실하다. '그(녀)에게 연락해서 다시 사귀자고 말할까?' 그랬다가 추억마저 훼손될까 두렵다. '이대로 끝내야 할까?' 한 번 헤어진 연인은 같은 이유로 헤어지게 된다는 속설도 전화기로 향하는 손을 멈추게 만든다. 옛 애인을 다시 애인으로 만들 수 있는 방법은 무엇일까?

어려서 부모를 여읜 제인 에어는 친척 집에 얹혀살고 있다. 사촌들의 악랄한 괴롭힘을 꿋꿋하게 견디던 제인이 외숙모의 거짓과 부당한 처사에 정면으로 대들자, 그녀는 제인을 로우드 자선학교로 내다 버리듯 보낸다. 타고난 기지와 굳건한 의지로 좋은 성적으로 졸업한 후 모교의 선생으로 한동안 지내던 제인은 자신이 인생에서 원하는 것을 생각하게 된다. "새로운 집에서, 새로운 얼굴들 사이에서, 새로운 환경에서 일하게 될 새로운 일자리"[1]라는 결론에 이르렀다. 곧바로 신문에 구직 광고를 냈고, 어느 저택의 가정 교사로 채용된다.

1   샬럿 브론테, 『제인 에어』, 류경희 옮김, 펭귄클래식코리아

그렇게 낯선 도시에 위치한 손필드 장의 주인 로체스터 백작과 만났고, 신분과 나이 차이에도 그들은 서로에게 끌린다. 오해와 화해를 거듭하며 가까워졌고, 마침내 백작은 "제인, 나와 결혼해 주겠소? (……) 당신은 정말 별스럽고 이 세상 사람 같지 않은 사람이오. 그런 당신을 내가 내 육신처럼 사랑하오."라며 청혼한다. 걱정과 놀람이 뒤섞인 주변 반응을 뒤로하고 신랑 신부는 성당으로 향한다. 둘로 들어가 하나로 나오려 했다. 하지만 예식이 진행되는 도중에 누군가 큰소리로 외쳤다. "이 결혼은 계속해서는 안 됩니다. 혼인 장애 사유가 있음을 선언하는 바입니다."외침은 칼이 되어 맞잡았던 손을 쪼갰다. 모든 것을 포기한 로체스터가 털어놓은 사실은 제인을 경악시킨다. 그가 악착같이 감춰온 비밀은 무엇이었을까?

결혼으로 과거를 잘라내겠다

"혼인 장애 사유란 이미 결혼 사실이 존재한다는 것입니다. 로체스터 씨에겐 현재 생존한 부인이 있습니다."

십오 년 전 신부가 가져올 막대한 지참금이 탐이 난 아버지와 형은 버사 메이슨의 정신병을 알면서도 로체스터에게 결혼을 종용했다. 세상 물정을 몰랐던 그도 장인의 환대와 신부의 애교에 넘어가 결혼식을 올렸다. 신혼의 행복은 오래가지 못했다. 부인이 미치광이의 본색을 드러내자 매일이 지옥이었다. 결국 로체스터는 그녀를 손필드 장에 옮기고 전문 간호인을 구해 돌봤다. 이 사실을 아는 몇몇은 입이 무거웠고, 비밀은 유지됐다. 그는 자신의 어리석음과 불행을 자책하며 세계를 정처없이 떠돌았고, 일 년에 한 번 아내의 상태를 확인하러 들렀다. 이런 상황에 처한 그가 옛 정부의 딸(아델)의 가정 교사로 채용된 제인에게 청혼한 것이다. 중혼이 위법임을 알면서도 새로운 결혼으로 불행한 과거를 잘라내고 싶었기 때문이다. 가난한 고아 제인은 그의 신분과 재산이 탐나서 청혼을 받아들였을까?

"내게 있어서도 가난은 낙오란 말과 동의어였다." - 제인

제인의 아버지는 가난하나 신실한 성직자, 어머니는 부유한 집안의 아름다운 처녀였다. 외할아버지는 격이 맞지 않는 남자와 혼인한 딸과 의절했다. 전염병으로 부모를 잃은 어린 제인은 외삼촌에게 보내졌다. 그녀를 각별히 아끼던 외삼촌마저 죽자 외숙모의 냉대는 심해졌다. 이런 제인에게 가난은 빈곤의 뜻을 넘어 신분의 추락과 타락까지 뜻하는 공포였다.

"아가씨(제인)는 어릴 때부터 예쁜 편은 아니었잖아요.
(……) 하지만 아가씬 분명히 총명하지요." -하녀

미모는 동정심을 자극한다. 그것을 갖지 못함을 불운으로 생각
한[2] 제인은 다른 능력으로 공포에서 벗어나려 애썼다. 홀로 남겨질
수록, 의지할 이가 없을수록 자신을 더 소중하게 여기겠다고 다짐
했다. 로우드 선생과 가정 교사를 성취하면서 자존감은 단단해졌
다. 가지지 못한 것을 부끄러워하지 않고 가진 것으로 당당했다. 귀
족과 비교해서 주눅 들지 않았고, 자기보다 못한 처지의 이들에게
도 우월 의식을 갖지 않았다. 제인은 자신을 사랑하는 사람이다.

"행복을 사기 위해 내 영혼을 팔 필요가 없어. 내겐 타고난
내면의 재물이 있다고. 외부의 모든 낙이 내게 거부되거나 내
가 감당할 수 없는 가격으로 제공된다 할지라도, 그 재물이
내가 살아가게 해줄 거야."

제인의 '내면의 재물'은 그리스도가 천국의 재물로 칭찬했던 양

---

2 "나는 늘 최선을 다해 남에게 잘 보이고 싶어 하는 편이었고, 부족한 미모일지언정 될 수 있으면
최대한 다른 사람들 마음에 들고자 노력하는 편이었다. 나는 가끔은 좀 더 예쁘게 생기지 못한 걸 유
감스러워했다. (……) 나는 키가 너무 작고, 안색은 창백하고, 너무 들쭉날쭉하고 두드러진 몸매를
갖고 태어난 게 내 불운이라고 생각했다." -제인

심이다.[3] 제인은 삶의 원칙을 고수하는 주체적인 인물로서, 주위 사람을 편견과 선입견 없이 스스로 보고 스스로 판단했다. 제인은 로체스터의 과거사를 전혀 모르는 상태에서 그를 천성적으로 훌륭한 심성과 고귀한 원칙을 지녔으나, 운명의 심술 탓으로 우울하고 냉소적인 사람으로 변했다고 짐작했다. 그녀는 그를 사랑하겠다는 의도 없이 사랑하게 됐고, 그를 사랑하면서도 처음 경험하는 사랑이라 그것이 사랑인 줄 몰랐고, 사랑임을 깨닫자 당혹스러웠다.

"나와 동등한 사람, 나와 똑같은 사람이 여기 있소."
— 로체스터

귀족과 평민, 주인과 하인, 스무 살의 나이 차이 등에도 그들은 잘 통했다. 자신보다 열등한 것들에 대해 냉정하고 오만한 로체스터마저, 놀랍게도 제인을 자신과 동등한 존재로 인정했다. 이렇게 짝사랑이 아닌 듯하자 제인은 더욱 놀랐다. 부유한 귀족이 가난뱅이에 못생긴 가정 교사를 사랑할 리 없다며 스스로를 호되게 다그

---

3 "너희의 재물이 있는 곳에 너희의 마음도 있다." 마태복음 6:21 참고. 성경의 가르침만큼 기숙 학교 친구 헬렌의 말이 제인에게 영향을 끼쳤다. "세상 사람 모두가 너를 싫어하고 네가 사악한 아이라고 믿는다 해도, 네 자신의 양심만 너를 인정해 주고 네 죄를 사하여 준다면 네게 친구가 없을 리가 없어." 로체스터 백작도 그런 친구라고 제인은 생각했다. 숨겨진 진실이 드러나자 그녀가 크게 동요한 이유다. 동시에 그의 양심을 믿었으므로 그럴 만한 이유가 있을 것이라며 받아들인다.

쳤으나,[4] 아무리 생각해도 그의 눈빛과 말투에 배어든 호의와 애정은 확실했다. 이해할 수 없는 현상을 받아들이려면 틀린 이유라도 필요했다.

자기를 느끼게 해준 사람을 사랑한다

"분명히 내게 맞는 타입인 거야. 틀림없어, 확실해. 나는 그에게서 동질감까지 느껴져. 얼굴 표정이 뭘 말하는지, 몸짓이 뭘 말하는지 알아. 계급과 재산이 비록 우리 둘을 갈라놓고 있긴 하지만, 내 머리와 가슴, 내 혈관과 신경엔 정신적으로 그와 나를 동화시키는 무언가가 있어."

프랑스 철학자 파스칼은 『팡세』에서, "사람은 자기를 느끼게 해준 사람을 사랑한다."고 썼다. 하지만 이 사랑은 결혼으로 맺어지긴 불가능했기에 혼자 앓다가 끝날 짝사랑이었다. 짝사랑도 사랑은

---

4 "네가 로체스터 씨가 좋아하는 여자라고? (……) 집어치워!"
로체스터가 자신을 좋아할 리 없는 현실을 스스로에게 환기시킨다. 거울을 보고 자신의 얼굴을 세세하게 그려서 제목은 '일가붙이 하나 없는 가난하고 못생긴 어느 가정 교사의 초상화'로 붙이라고 자신을 다그친다. 그를 간절히 원하나 가질 수 없는 남자이기에 더욱 완강하게 거절하려는 안타까운 몸짓이다.

사랑인지라 제인은 완곡하게 고백한다.

"주인님이 계신 곳이라면 그곳이 어디든 제 집입니다. 제 유일한 집입니다."[5]

내가 너의 모든 것을 받아주는 집이 되어주겠다는 말만큼 사랑의 강력한 표현은 없다. 이런 이유들로 제인은 로체스터의 재물과 지위가 탐나서 결혼하려던 귀족 처녀 잉글램 양과 달랐다. 제인은 드넓은 세상을 경험한 자유인 로체스터를 사랑했기 때문에 청혼을 받아들였다.

"정말이지 당신이 날 구해 준 거요! 끔찍하고 고통스럽기 짝이 없는 죽음으로부터 가까스로 날 구해 낸 거요!"

한편 주인과 하인에서 사적인 이야기를 나누는 관계로 발전하던 즈음에, 제인은 한밤중에 들린 기묘한 소리에 놀라 깬다. 그리고 로체스터의 방에서 새어나오는 연기를 발견하고 다급히 달려가 그를 깨운다. 이때 그가 그녀에게 거듭해서 자신을 구해 냈다고 말하

5 영국 시인 존 밀턴의 서사시 「실낙원」의 구절로서, 낙원에서 추방당한 아담에게 이브가 했던 말이다.

는데, 이유는 중의적이다. 화재로부터 목숨을 살려준 것과 더불어 그가 제인으로 아내로 인한 불행을 끝내고 싶은 열망을 은밀히 품고 있었기 때문이다. '어쩌면 그녀가 나를 행복하게 해줄지도 몰라.'라는 희망에 본심을 얼떨결에 털어놓은 것이다. 따라서 로체스터가 제인과 결혼하려는 이유는 사랑만이 아니었다.

나쁜 속셈은 비싼 대가를 치른다

"그 사람과의 만남이 당신에게 새로운 생명을 주고 당신을 갱생시키오. (……) 당신은 삶을 다시 시작하고 싶다는 욕망, 남은 생의 나날들을 불멸의 존재에 어울리는 방식으로 보내고 싶다는 욕망을 갖게 되오. 이런 욕망을 성취하기 위해 관습적인 장애물 하나쯤은 무시해도 정당화되지 않겠소?"
— 로체스터

'너와 결혼하고 싶은데 관습적인 장애물이 하나 있다.'는 말을 빙빙 돌려서 하는 로체스터의 심정은 괴롭고 간절하다. 제인과 결혼해서 지금의 불행을 끝내고 싶지만, 그러려면 사랑하는 여자를 속여야 한다. 욕망과 도덕을 다급하게 오가던 그는 결국 욕망으로 기울었다. 나쁜 속셈으로 인한 죄책감을 정당화하는 논리도 만들어낸다.

"속죄가 될 거야. 속죄가 되는 셈이라고. 친구도 없고, 춥고, 위로받을 곳 없던 사람을 찾은 것 아니야? 그녀를 보호하고, 소중히 여기고, 위로해 줄 것 아니야? 내 가슴엔 사랑이 있고, 내 결심엔 일편단심이 담긴 거 아니야? 하느님의 심판의 자리에서 속죄가 될 거야. 창조주께서 내가 하려는 일을 허락해 주시리란 걸 알아."

천한 신분의 외로운 고아인 데다 예쁘지도 않은 제인과 결혼하면, 그녀를 보살피는 일이 일종의 자선 행위니 속죄가 된다는 뜻이다. 이것은 제인의 사랑을 더럽히는 짓이다. 인간 대 인간으로 사랑하는 제인을 동등한 존재로 여기지 않고, 자신의 신분과 재산의 수혜자로 치부했다. 제인이 달라고 한 적 없는 것을 줄 수 있으니 속여도 된다는 논리는 제인을 속물로 폄하하는 짓이자, 가족의 거짓으로 불행을 당했으면서 자신도 같은 짓을 제인에게 저지르는 부도덕이다. 죄책감을 털어내려다 이중의 잘못을 범한다.

"나는 비밀을 털어놓는 위험을 감수하기 전에 당신을 확실한 내 사람으로 만들고 싶었소. 그게 비겁했소. 지금처럼 처음부터 고결하고 관대한 당신의 아량에 호소했어야 했소."

때늦은 후회에 담긴 토로에 비통한 자책과 행복의 열망이 뭉쳐 있다. 제인을 두 번째 삶의 희망으로 여겼고 절대로 놓치고 싶지 않았기에 평소와 달리 비겁한 짓을 저질렀던 것이다. 그는 지난 시간들을 박스에 넣고 리본으로 단단히 묶고서 힘껏 던졌다. 하지만 박스가 허술했는지 과거는 허공에서 쏟아졌다. 지난 시간을 부정해서는 두 번째 인생이 시작되지 않는다. 대가를 제대로 치러야 과거는 현재로 넘어오지 못한다. 그것을 제인은 행동으로 로체스터에게 보여준다.

미천한 것들의 고귀한 사랑

말로 하지는 않지만, 로체스터의 설명을 듣고 제인은 그를 완전히 용서한다. 사랑하기 때문이다. 어제의 사랑에 오늘의 연민이 더해져 그를 더 사랑하게 됐다. 그러나 부부로 맺어질 수 없으니, 그의 곁에 있으면 정부가 될 뿐이다. 곧바로 손필드 장을 떠나기로 결심한다. 그가 제발 자기 곁에 있어 달라고 간절히 붙잡자 못 이기는 척 머물고 싶은 마음이 치솟았지만, 가까스로 욕망을 억누른다. 나중에 후

회하더라도 양심을 따른다.[6]

"제가 가난하고, 미천하고, 못생기고, 어리다고 해서 영혼도 없고 가슴도 없다고 생각하시나요?"

사랑은 사소한 것들을 모아 귀한 것으로 만들어낸다. 별 볼 일 없어 보이던 제인의 사랑은 몹시 드물고 고귀하다. 그가 준 예물을 그대로 둔 채 제인은 저택을 떠났고, 낯선 고장에서 허기와 추위로 죽음의 위기를 맞았으나 선량한 오누이들 덕분에 목숨을 잃지 않았다. 가난해서 가정 교사 일을 하는 두 자매와 제인은 성정과 기질이 잘 맞았고, 자매의 오빠 신존은 지적이고 신앙심이 깊은 신부였다. 로체스터는 백방으로 그녀를 수소문하지만 찾지 못한다. 제인과 로체스터는 사랑으로 행복했던 시간이 끝났고, 고통스런 각자의 날들이 시작됐다.

---

6 "아아! 이제 그 사랑은 더 이상 그에게로 향해 갈 수가 없었다. 이미 신뢰는 메말라 버리고 믿음도 파괴되어 버린 것이다! 이제 내게 있어 로체스터 씨는 과거의 로체스터 씨가 아니었다."

이별해도 사랑은 살아 있다

이별은 실패이자 해방이다. 사랑의 관계가 무너졌으니 실패이고, 연인에게 매달렸고 매달렸던 연인을 어쩌지 못했던 상황에서 벗어나니 해방이다. '내 사랑이 다했으니 안녕'은 스스로 끝낸 이별이니 해방이지만, '널 사랑하지만 안녕'은 원치 않지만 끝내야 하니 실패다. 제인과 로체스터의 사랑은 후자다. 도덕과 관습에 부딪혀 실패했고, 패배자로서 쓰라리다. 살아 있는 사랑을 산 채로 삼켜야 했고, 후회와 그리움이 목에 걸린 가시인 양 콕콕 찔러댔다.

"우리는 리비도라고 부르는 사랑의 능력을 소유하고 있다. (성장의 초기에는 리비도가 자아를 향하나 나중에는 다른 대상을 향하는데) 그 대상이 파괴되거나 상실되면 우리의 사랑의 능력(리비도)은 다시 해방되어 대신 다른 대상을 찾거나 아니면 일시적으로 우리 자아에게로 되돌아오게 된다. (리비도가 대상과 분리되는 것이 왜 고통스러운지 알 수 없지만) 다만 우리가 알 수 있는 것은, 리비도가 어떤 대상에 집착한다는 것 그리고 그 대상을 상실했을 때 비록 다른 대체물이 가까이에 있다 하더라도 애초의 그 대상을 포기하지 않는다는 사실이다. 그래서 슬픔이 생겨나는 것이다."[7]

7 지그문트 프로이트, 『예술, 문학, 정신분석』, 정장진 옮김, 열린책들, pp. 337-338

그들은 사랑을 품은 채 헤어졌다. 미련은 사랑의 잔불이라 미풍에도 산을 태울 수도, 불씨를 머금고 꺼질 수도 있다. 제인에게 신존은 그 갈림길에 자리 잡은 스핑크스다.

사랑과 고슴도치

"제인, 나와 함께 인도로 갑시다. 내 조력자이자 동료가 되어 같이 갑시다. (……) 제인은 사랑이 아니라 노역을 위해 태어난 사람이라는 소립니다. 그러니 반드시 선교사의 아내가 되어야 합니다. 아니, 그리될 것입니다. 내 아내가 될 것입니다."

신존의 청혼은 까다로운 질문이다. 프로이트의 해석을 제인에게 적용하면, 제인의 리비도는 가까이 있는 신존을 대체물로 삼더라도 로체스터를 포기하지 않고 집착할 가능성이 높다. 그렇다면 그녀는 사랑하는 대상을 사랑할 수 없음에 슬퍼하며 그리움에 시달릴 것이다. 그리움을 안고 슬퍼하면서 신존을 선택할 것인가? 오이디푸스는 스핑크스의 수수께끼를 풀었는데, 제인의 답은 무엇일까?

"그와 내가 남편과 아내라면 마땅히 해야 할 사랑을 서로 하고 있지 않다는 사실만 가리켜주고 있었다. 그러니 우리가 결혼을 하면 안 된다고 암시하고 있었다."

신존은 흔들리며 변하는 감정을 불신하고 굳건하고 냉철한 이성을 추종한다. 그에게 사랑은 일시적인 감정의 동요일 뿐이다. 자신을 신의 유용한 도구로 여긴 그는 올리버 양을 사랑하면서도 제인이 인도 사역을 함께할 적임자여서 청혼한 것이다. 제인의 거절은 단호하다. 그를 사랑하지 않기 때문이다. 그녀에게 결혼은 사랑하는 남자를 인생의 동반자로 받아들이는 약속이다. 제인은 타협안을 제시한다. 아내가 아닌 여동생(알고 보니 이들은 외사촌지간이었다)으로 인도에 가겠다 하지만 신존은 결혼을 고집한다. 그는 신만 섬기고 인간의 사랑은 무시했거나 당시의 여자들과 달리 스스로 삶을 개척하는 제인의 의지를 얕잡아 봤다.

"만약 제가 오라버니와 결혼한다면 오라버니는 저를 죽음으로 몰아넣으실 거예요."

결혼 문제로 신존과 충돌하면서 제인은 자신이 어떤 사람인지 재확인한다. '나는 나답게 살겠다.'는 결심은 '나는 로체스터만을 사랑해!'라는 결론으로 나아갔다. 신존의 청혼으로 로체스터에게 돌아가는 길이 열렸다. 마침내 제인은 '고슴도치 딜레마hedgehog dilemma'를 해결한 것이다.

1851년 독일 철학자 아르투르 쇼펜하우어Arthur Schopenhauer는 고슴도치 우화를 소개했는데, 겨울에 몇 마리의 고슴도치가 모여 있다가 날이 추워지니 온기를 찾아 다른 고슴도치에게 다가갔다. 너무 가까이 가자 상대의 가시에 찔려서 물러나야만 했다. 온기를 얻으려면 가시에 찔리는 아픔을 감수해야 하고, 상처가 두려우면 온기를 포기해야 한다. 우리는 상대와 가까워지고 싶으면서도 상대에게 받을 상처가 두려워 적당한 거리를 유지하려는 모순된 마음을 갖고 있다. 그래서 '고슴도치 딜레마'는 각자에게 맞는 적당한 거리를 찾는 게 좋은 관계의 핵심이라는 메시지의 우화로 소개된다.

하지만 감정의 증폭 장치인 사랑은 적당히를 모른다. 제인은 그를 사랑하고 사랑하는 그를 껴안자니 도덕을 거스르고, 양심에 따라 행동하자니 그를 멀리해야 했다. 제인은 후자를 선택했고, 손필드 장을 떠났다. 새로운 장소에서 새로운 삶을 꾸려 나간 제인이 찾은 해법은 단순하다. '내가 그를 사랑하니 내 가시들을 없애고 그에게 다가가겠다!' 그리하여 비록 '나는 상처받을지언정 그는 더 이상 아프지 않게 하겠다.'는 해결책을 찾고, 더 나은 해법이 없음을 확인하고, 신존의 청혼으로 그것이 온전히 자기 안에 단단히 뿌리내렸다고 느낄 즈음, 믿을 수 없고 믿기지 않는 사건이 발생한다.

헤어지고 나서 그 사람이 더욱 간절해졌다면

"제인! 제인! 제인!"

자연이 간절하게 외치듯, 밤하늘에서 그녀의 이름이 울려 퍼졌다. 어디서 나는지, 누구의 목소리인지 모를 불가사의한 부름은 그녀에게만 들렸다. 외침은 로체스터에 대한 오랜 그리움의 결과이자, 그를 다시 보고 싶다는 무의식의 발현이다. 새로운 곳에서 가난한 아이들의 교사로 살면서도 그녀의 하루는 그를 중심으로 흘러갔을 것이다. 눈물로 식히지도 울음으로 해소하지도 못한 그리움과 사랑을 꾹꾹 눌러 삼켜야 했고, 억눌린 감정들이 마침내 환청으로 폭발한 것이다.[8]

"제가 갈게요!"

로체스터가 자신을 찾는다는 예감을 확신하며[9] 손필드 장에 되

---

[8] "갑자기 표현할 수 없는 묘한 느낌이 엄습해 와 심장이 멈추는 것 같았다. 그 오싹한 느낌이 심장을 뚫고 들어가서는 단번에 내 머리와 팔다리 끝까지 전해졌다. 전기 충격과는 전혀 다른 느낌이었다."

[9] "이 세 가지(예감, 공감, 징조)가 결합되면 아직까지 인간이 그 해결 열쇠를 찾지 못한 불가사의를 만들어낸다."

돌아온다. 그러나 그곳은 황량한 폐허로 변해 있었다. 로체스터의 아내가 한밤중에 불을 질렀고, 모든 것이 타버린 탓이다. 로체스터가 죽었을지 불안했으나, 다행히 그는 근처 농장 저택에 기거하는 중이었다. 한걸음에 달려간 제인은 사뭇 달라진 그의 모습에 깜짝 놀란다. 불이 나던 날, 로체스터는 아내와 하인들을 구하던 중에 사고로 두 눈과 한쪽 팔을 잃었던 것이다. 그것은 그가 치른 죗값이자 과거를 끝낸 대가였다. 로체스터에게 손필드 장은 미친 아내가 있던 불행의 공간이자, 제인과 사랑을 키우고 확인한 행복의 장소다. 모든 것이 타버린 그곳에 아내는 묻고, 제인과의 추억만 데려 나왔다. 그녀를 간절히 불렀고, 외침을 자연이 제인에게 들려줬던 것이다. 제인을 다시 만난 로체스터는 그녀의 지난날을 들으며 놀람과 반가움, 고마움과 서운함, 신존에 대한 질투 등을 차례로 거쳤다. 그리고 그는 다시 제인에게 사랑한다고 말한다.

"나는 적어도 내가 가장 사랑하는 여자를 선택하겠소, 제인. 나와 결혼해 주겠소?"

그의 사랑은 변하지 않았다. 시간이 갈수록 더욱 간절해졌다. 두 번째 청혼에 대한 제인의 답은 처음과 같았다. 제인이 로체스터에게 돌아가는 이유는, 그만이 그녀를 온전하게 채워주기 때문이다. 말이 통하는 상대는 곧 영혼이 통하는 상대로, 인생에서 만나기가 힘든 존재다. 그런 사람은 사랑의 기준이 되기 마련이다. 제인과 로체스터는 각각 서로에게 그런 존재였다. 사랑은 내가 사랑하는 사람의 튼튼한 집이 되어주는 일이다.

> "제 목숨이 살아 있는 한 주인님을 쓸쓸하게 내버려 두는 일은 결코 없을 거예요."

어떤 사랑은 추락에서 절정을 맞는다. 신분과 재력, 능력과 외모 등 서로 다른 높이에서 출발한 이들이 추락과 상승을 거듭하다가 어느 순간 완전한 수평을 이루며 사랑이 이뤄진다. 로체스터와 제인의 상승과 추락이 엇갈리며 이어지다가 어느 지점에서 딱 만났고, 바로 그 순간이 사랑의 두 번째 시작점이다. 점과 점이 하나의 선으로 이어지면서 섹스 없는 일체감에 전율한다. 사랑의 불꽃을 소진한 후에도 각자의 앙상한 뼈대를 서로에게 기대어 사람(人)으로 만들어가는 사랑, 모든 아름다운 것은 아주 드물고 몹시 고귀하듯이, 로체스터를 향한 제인의 사랑도 그러하다.

프랑스어로 사랑한다는 주템므Je t'aime 다. 거기에 '많이'를 뜻하는 부사 보쿠beaucoup를 붙인 주템 보쿠Je t'aime beaucoup는 '많이 사

랑한다'가 아니다. '나는 널 좋아한다.'가 된다. '사랑한다'와 '좋아
한다'는 비슷해 보이지만, 프랑스인들에게는 전혀 다른 감정이다.
사랑은 '사랑하다'와 '사랑하지 않다'로 인식될 뿐, '많이 사랑할'
수는 없는 것이다. 좋아하는 것은 양으로 측정되지만, 사랑은 질적
가치이기 때문이다. 사랑은 다른 대상으로 대체될지언정 나뉠 수
없는 감정이다. 말장난 같지만 생각할수록 장난이 될 수 없는 말이
다.[10] 제인과 로체스터의 사랑이 이런 사랑이다.

다시 사랑한다 말할까

> "당신의 아내가 되는 것이야말로 제게 있어서는 지상에서 가
> 장 큰 행복이기 때문이에요."

마침내 그들은 부부가 됐고, 제인은 행복했다. 때때로 우리는 헤
어지고 '그 사람만이 내 사랑인데'라는 깨달음에 갈등하게 된다. 오
해든 미움이든 이별의 이유가 무엇이든 한 번 깨진 관계를 다시 시
작하는 일은 어렵기 때문이다. 이때 양갈래의 길이 있다.

사랑은 사랑으로 잊는 것이니, 새로운 사랑을 해야 한다. 인간은

---

10 이동섭, 『파리 로망스』, 앨리스, p. 216 참조

사랑이란 일상이 흔들려서 일생이 달라지는 것이다.

망각의 동물이니 익숙한 상대와 다시 잘될 수도 있다. 두 문장에 흐르는 생각을 합치면 '익숙한 그(녀)와 새로운 사랑을 하면 잘되겠네!' 반만 맞는 말이다. 우리는 저마다의 사랑법을 갖고 있고, 좀체 바꾸지 못한다. 그래서 같은 상대와 '새로운' 사랑은 불가능함을 인정하는 편이 합리적이다. 한 번 이별했던 연인의 두 번째 사랑을 성공하기 위한 해결책은 단순하다. 지난 사랑이 끝난 곳에서 이어 달려야 한다. '우리 처음부터 다시 시작하자.'는 말이 불러일으키는 마법은, 재회의 달콤함이 지나면 사라진다. 둘이 기억 상실증에 걸리지 않은 다음에야 상대의 장단점과 갈등, 다툼들이 이번에도 되살아나 언젠가는 재앙으로 터진다. 한 번 헤어졌던 적이 있으니 두 번째 이별은 더 쉽다.

로체스터가 제인에게 했던 두 번째 청혼은 첫 번째 청혼과 이후의 시간들을 부정하지 않으며, 제인과 처음부터 다시 시작하자고 말하지도 않는다. 그 모든 일을 과거로 인정하고 '그리고 지금부터 우리의 사랑을 이어가자.'는 뜻의 청혼이다. 이렇듯 서로가 서로에게 가시를 없애고 다가서려는 간절함과 절실함, '주템므'의 사랑이 있어야만 두 번째 사랑이 가능하다.

"어떤 여자도 나보다 더 배우자와 가깝게 살았던 사람은 없었다. 또한 어떤 여자도 나보다 더 절대적으로 남편의 뼈에

서 뼈가 만들어졌고 남편의 살에서 살이 만들어진 사람은 없
었다."

그들의 사랑은 호감과 웃음으로 빛나는 사랑이 아니었다. 두려
움과 공포, 불안으로 맺어진 그늘의 사랑이다. 다시 시작한 사랑은
어둠을 품은 채 빛나는 사랑이다.

이렇듯 우리는 사랑하고 이별하고, 다시 사랑한다. 이런 면에서
모든 사랑은 개별적인 사랑으로 동등하다. 그래서 우리는 이반 투
르게네프가 탁월하게 묘사해 낸 『첫사랑』의 주인공 블라디미르처
럼 매번 사랑의 열병에 시달리는 것이 아닐까?

샬럿 브론테 Charlotte Bronte (1816 - 1855, 영국)

육 남매 가운데 셋째로 태어났다. 집안의 세 자매(샬럿, 에밀리, 앤)는 어려서부터 다양한 이야기를 짓고 서로에게 들려주길 즐겼다. 첫 소설 『교수』는 일곱 곳의 출판사에서 모두 거절당했으나, 서른 살 무렵에 발표한 『제인 에어』는 큰 성공을 거뒀다. 죽은 동생 에밀리 브론테를 그린 『셜리』를 썼다. 시대 상황 탓에 모든 작품을 '커러 벨'이란 남자 필명으로 출판했다. 아버지를 제외한 가족들이 병으로 차례로 죽은 후에 샬럿 브론테는 성공회 신부인 아버지의 사제관에서 함께 살았다. 아버지의 보좌 신부 아서 벨 니콜스의 구애로 결혼했으나, 이듬해 봄에 병으로 죽었다. 임신한 상태였다. 그녀의 남편은 장인이 죽을 때까지 곁을 지켰다.

벨기에 브뤼셀 유학 시절에는 교사 콘스탄틴 에제를 사랑했다. 말과 편지로 뜨겁게 고백했으나, 유부남인 에제는 단호히 뿌리쳤다. 『제인 에어』의 배경이 되는 기숙 학교와 제인의 직업이 (가정) 교사라는 설정 등이 샬럿 브론테의 삶과 겹치는 부분이다. 『제인 에어』는 못생겼으나 현명하고 독립적인, 이전에는 없던 현대적인 캐릭터인 제인 덕에 여성 독자들로부터 각별한 사랑을 받는 작품이다. 무성 영화 시기부터 꾸준히 영화와 드라마, 연극과 뮤지컬 등으로 재탄생되고 있다.

그림 리스트

사랑의 쓸모

초판 1쇄 발행 2022년 10월 28일

지은이 이동섭
펴낸이 안지선

디자인 석윤이
교정 신정진
마케팅 최지연 이유리 김현지 안이슬
제작 투자 타인의취향
제작처 상식문화

펴낸곳 (주)몽스북
출판등록 2018년 10월 22일 제2018-000212호
주소 서울시 강남구 학동로4길15 724
이메일 monsbook33@gmail.com

ISBN 979-11-91401-59-2 (03800)

mons (주)몽스북은 생활 철학, 미식, 환경, 디
자인, 리빙 등 일상의 의미와 라이프스타일의 가치를
담은 창작물을 소개합니다.